suhrkamp taschenbuch 1616

Kurt Tucholsky besuchte 1924 den Autor von *Die Aussteigerin*: »Ich frage: Was sagen die Frauen zu Ihrem Werk? – Er: Die Frauen des arbeitenden Volkes sind alle für mich. In der kleinen Bourgeoisie sind die Ansichten der Frauen geteilt – sagen wir: zwei Drittel dafür, ein Drittel dagegen. In den höheren Schichten sind sämtliche Frauen dagegen. – Frau Margueritte sagt: Eine Frau, die angekettet ist und die vom Mann lebt, liebt solche Schilderungen nicht.

Eine gute alte Freundin von mir hat einmal das Gebot geprägt: Du sollst nicht alles mit der Sexu-Elle messen! Die Menschen scheinen anders zu messen, denn sonst wäre ein Welterfolg wie der der ›Aussteigerin‹ von Victor Margueritte nicht zu erklären. Dieses Buch hat den europäischen Kontinent überschwemmt und den südamerikanischen erobert, es liegt auf den Nachttischen der Junggesellen, wird unter den Kopfkissen der Damen verborgen und ist überall.« *Vossische Zeitung*

Der Roman *Die Aussteigerin* diente zum Vorwand, Victor Margueritte (1866–1942) die Mitgliedschaft in der Ehrenlegion abzuerkennen.

Victor Margueritte
Die Aussteigerin

Roman

Aus dem Französischen von
Joseph Chapiro
Mit einem Nachwort von
Ursula Krienes

Suhrkamp

Titel der französischen Originalausgabe: *La Garçonne*
Umschlag: John Duncon Fergusson, *Grace McColl*, 1930

suhrkamp taschenbuch 1616
Erste Auflage 1989

Lizenzausgabe mit freundlicher Genehmigung der
Matthes & Seitz Verlag GmbH, München
Suhrkamp Taschenbuch Verlag

Druck: Ebner Ulm
Printed in Germany
Umschlag nach Entwürfen von
Willy Fleckhaus und Rolf Staudt

3 4 5 6 – 94 93 92 91

Bemerkung des Verfassers

»Ein Vorwort beim 150. Tausend?«

Ein Nachwort, wenn Sie wollen.

»Drei Monate nach Erscheinen des Buches!«

Nun ja, die »lieben Mitbrüder« brauchten Zeit, ihr Gift nach rechts und links zu schleudern ... verzögerte Schamhaftigkeit, deren Bombe erst den beleidigenden Erfolg abwartete, um niederzudonnern ... und sie brauchten Zeit zur Beruhigung einer mehr oder weniger fingierten Entrüstung. Das Gezeter der Heuchler, die Wut der politischen und konfessionellen Hasser, die dies Buch überfielen, das siebenunddreißigste, das ich mit meinem Namen zeichnete, und in dessen Verfasser einige gute Seelen einen für Gewinn arbeitenden, unzüchtigen Literaten zu sehen vermeinten ..., ein klassischer Streich, der auch Zola nicht erspart blieb.

»Wenn man aber aus einem oder dem anderen Grunde nicht genügend verstanden hatte, was Sie zu sagen wünschten, ist das nicht auch einigermaßen Ihre eigene Schuld?«

Ohne Zweifel. Auch schmeichle ich mir nicht, gewisse Vorurteile entwaffnet zu haben! Aber vielleicht hätte ich durch irgendein Vorwort den eiligen Leser von meinen Absichten unterrichten sollen. Das Kino hat ihn verdorben. Es ist eine Tatsache: die heftige Erregung, die Zerstreuung des täglichen Lebens schadet der inneren Sammlung, der Betrachtung, ohne die ein begründetes Urteil sich unmöglich bilden kann. Man liest nicht mehr, man durchfliegt. Man läuft von einer Seite zur andern, das Hundert die Stunde! ...

Gestatten Sie denn, lieber Leser, daß ich einige Aufklärungen beifüge?

Vor allem weiß ich so gut wie Sie, daß es bei uns bewunderungswürdige Mütter und Mädchen gibt, eine ganze Frauengesellschaft, die arbeitet und sich abmüht. Ich habe sie oft geschildert, und ich werde es auch weiter tun.

Habe ich nötig, zu bestätigen, daß ich niemals behauptete, in Monika Lerbier den gegenwärtigen Typus des jungen Mädchens zu zeigen? Und bin ich verantwortlich, wenn die mir feindlichen Kritiken verallgemeinern?

Nein. Ich schilderte mit der kleinen Welt des Gewinnes und der Eitelkeit, die man jetzt die »Welt« nennt – vielleicht weil sie die Gewalt hat –, einige Typen jener Halbemanzipierten, die durch den Krieg in allen Ländern emporwucherten.

Ich habe ohne Vorurteil meine »Garçonne« in das Milieu der Geschäftswelt und der Ausschweifung gesetzt, einer Welt, wie man sie jetzt in Paris sieht, weil diese Gesellschaftsschicht maßgebend für die gegenwärtige Fäulnis den Ton angibt.

»Gut! Aber ist es nötig, Bilder der Entwürdigung und des Lasters ausführlich zu schildern? Ich möchte behaupten, daß Sie es darauf abgesehen haben ...«

... Übles zu sagen oder nachzureden? Der Sittenmaler hat nicht nur das Recht, er hat auch die Pflicht, uns das Schauspiel der größten Schändlichkeiten vor Augen zu führen – bis zum Gefühl des Ekels wie bei Monika. Ich kenne die Entgegnung: »Geben Sie auf die Gefahren acht, die die Lektüre nach sich zieht.« Ich antworte: Man erliegt nicht einem Laster, das man nicht kennt. Es ist besser, das Laster bekanntzugeben als es zu verbergen, nachdem es nun schon einmal besteht. Seine Bekanntgabe wird nur jede junge Seele abstoßen, vorausgesetzt, daß sie gesund ist. Es ist die Feuerwarte auf der Klippe. Monika behielt nur das Entsetzen über die üblen Frauen in Erinnerung – und rettete sich rechtzeitig zu einem »gesunden Glück« ...

»Hätte Ihre Heldin, arm und rein, nicht besser durch eine tatkräftige, arbeitsreiche Existenz ihr Recht auf Unabhängigkeit bewiesen, wie so viele ›Garçonnes‹ täglich sie sich erobern – weniger vom Glück begünstigt, aber mutiger?«

Zugegeben. Aber was wollen Sie? Ich habe nicht ohne Grund aus meiner Heldin eine Tochter der Reichen gemacht und sie auch selbst reich geschildert. Warum? Weil ihr Vermögen wie ihre Erziehung mit eine Ursache zu ihrem Falle waren. Weniger vorbereitet zu gesunder Arbeit, wie ihre arbeitenden Schwestern, oder wie die kleinen Bürgermädchen, ist sie das erste Opfer einer mit Gewalt eroberten Freiheit.

Moral: Ein Gebot für die sogenannte führende Klasse, ihre Töchter, besonders aber ihre Söhne besser zu erziehen. Dieser Umschwung würde eine Wohltat sein!

Was ist in der Tat eine Revolution? Sei sie nun moralisch, politisch oder sozial? – Ich sagte schon anderswo: eine Reaktion der Energie gegen den Druck ungerechter Kräfte. Das Weib, seit Jahrhunderten Gefangene, Sklavin, gewöhnt an Unterwürfigkeit und Schatten, wankt an der Schwelle, die plötzlich zu Licht und Freiheit führt. Folglich allzu rasche Überschreitung ... Darf man das ihr zum Vorwurf machen? Es wäre von seiten des Mannes ein sonderbarer Fehler. Die Unabhängigkeit ist eine Gewohnheit wie eine andere. Man paßt sich ihr nach und nach an ... der Fortschritt? Eine fortgesetzte Lehrzeit!

Man verträgt nicht die nackte Wahrheit, man zieht Handschuhe und schmutzige Hände vor, und dann: ein »Stück Leben« stößt heute ab. Der Naturalismus ist bereits unmodern geworden. Es lebe das Neuklassische! Eine ganze Jugend ist geistig bis zur Onanie veranlagt, bis zur Umkehrung der Dinge. Was unsere Romanschriftsteller nicht hindert, die soziale Wunde mit schöner weißer Wäsche zu bedecken. Ein wenig patriotisch-gemütliches Rosenwasser und ein Gemisch von flüchtigen Abenteuern darauf. Und Snobs, die sich brüsten ... Ich wiederhole es. Ich bin für den brutalen Einschnitt, der Halt gebietet.

Der Instinkt der Klugheit, der Treue, der Güte, der Durst nach Gerechtigkeit, der den meisten weiblichen Wesen innewohnt, wird sich so entfalten, zum großen Vorteil der sexuellen Moral, die von der menschlichen Moral im allgemeinen unzertrennlich ist.

Ich fasse mich kurz zusammen: Ich habe eine Gefahr verkündet. Und ich habe jenseits des Grabens die große Straße der Gleichheit gezeigt, der Gleichwertigkeit (wenn Ihnen dieser Ausdruck geeigneter scheint), auf der die beiden Geschlechter, Seite an Seite, eines Tages dahinwandeln werden. – – –

»It's a long way to Tipperary ...!«

Die »Garçonnes« ist nur eine Etappe auf dem nicht aufzuhaltenden Marsch des Feminismus gegen das wunderbare Ziel hin, das er erreichen wird.

15. Oktober 1922 V. M.

Anatole France an die Ehrenlegion
Ein offener Brief

Meine Herren!

Erlauben Sie mir, Sie ehrerbietigst auf die Gefahren aufmerksam zu machen, denen Sie sich aussetzen würden, wenn Sie in einer Angelegenheit ein Urteil fällten, das nur vom Gewissen der Öffentlichkeit im Laufe der Zeit gesprochen werden kann.

Streitfragen dieser Art wurden von gewissen Richterkollegien schon öfters zum Austrag gebracht, und die Justiz brauchte sich nicht eben zu gratulieren, sie heraufbeschworen zu haben. Zwei Meisterwerke, die Frankreich ehren und die Welt entzücken, »Madame Bovary« und »Les Fleurs du Mal«, sind verfolgt worden. Jean Richepin, ein Dichter, der großes Ansehen genießt und den zu ihren Mitgliedern zu zählen die Französische Akademie ehrt, wurde eines Werkes wegen verurteilt, das heute alle, die lesen können, bewundern. Möge Ihr Richterspruch, meine Herren, durch diese Beispiele belehrt und Ihre Weisheit geleitet, »Die Aussteigerin« nicht auf die ohnehin lange Liste der Bücher setzen, die heute und für kommende Jahrhunderte jene Richter verdammen, die sie bei ihrem Erscheinen verdammt haben.

Meine Herren, Victor Margueritte ist durch eine lange Reihe von Werken bekannt, die von großem Talent und hoher Sittlichkeit zeugen. Wie sollte er plötzlich zum Verfasser eines verwerflichen Buches geworden sein? Das kann nicht sein und ist nicht so. In diesem Buch, das ein derartiges, geheucheltes Entsetzen hervorruft, findet sich die gleiche edle Gesinnung wieder, von der der Verfasser stets geleitet worden ist. Urteilen Sie seinem Thema nach selbst darüber: ein junges, äußerst begabtes und energisches Mädchen findet mit Recht die Gesellschaft sehr übel. Durch Irrungen, die Victor Margueritte keineswegs billigt, verfällt dieses junge Mädchen allerlei Lastern, für die es durchaus nicht geschaffen war. Nach einigen fehlverlebten Jahren, die ihr selbst zu wenig zusagen, als daß sie sie andern schmackhaft machen wollte, kehrt sie zu einem anständigen und geregelten Leben zurück, in dem sie den Herzensfrieden und die Zufriedenheit findet, die sie anderwärts vergeblich gesucht hatte. Dies ist die eigentliche Fabel der »Aussteigerin«. Sie ist tugendreich, und es ist leicht möglich, daß gewisse Schriftsteller, die ihrer Empörung über dieses Buch am lautesten Ausdruck geben, in ihren eigenen Werken weniger moralische Motive behandelt haben.

Eigentlich sind es nur gewisse Einzelheiten, die, wie man mir sagt, in dem beanstandeten Buch den größten Anstoß erregten. Es wäre sehr erstaunlich, daß ein Schriftsteller wie Victor Margueritte, der seines Stils so sicher ist, plötzlich seiner Meisterschaft verlustig gegangen wäre. Sollte man nicht ihm zum Schaden die Rechte der Kunst, die berechtigte Freiheit des Gedankens und die Forderungen eines Themas verkannt haben, das sich auf eine Gesellschaft bezieht, wie sie noch nie zuvor in Frankreich bestanden hat? Victor Margueritte schildert in der »Aussteigerin« jene Gesellschaftsschicht, die aus dem Krieg hervorgegangen ist; er zeigt den Sittenverfall, der bei den neuen Reichen einen unerhörten Grad erreichte. Jeder weiß es, denn in diesen Zeiten der Schamlosigkeit ergoß sich die Ausschweifung ungehemmt bis in die Straßen. Meiner Meinung nach ist der Maler in seinen Gemälden noch weit hinter der Wirklichkeit zurückgeblieben. Die maßlosen Leiden eines langen Krieges haben schauerliche Sitten hervorgerufen, und der Moralist mußte sie schildern. Margueritte tat es, und mit einem Takt, der den Mann von Geschmack verrät. Bevor Sie ein Urteil über ihn fällen, sehen Sie sich an, mit wie kräftigen Strichen d'Aubigné zu seiner Zeit die zeichnete, die er Hermaphroditen nannte. Kann man denn Juvenal die Ausschweifungen Messalinas zum Vorwurf machen?

Sie, meine Herren, haben das Glück, in jenen reinen Sphären zu leben, in denen Sie nicht bemerken können, wie der Neid und der Haß entstehen, deren Billigung man nun von Ihnen fordert.

In Ihrem eigenen Interesse bitte ich Sie: tun Sie nicht, was zu tun Ihnen nicht zusteht. Halten Sie sich in einer Angelegenheit zurück, die Ihre Kompetenz weit übersteigt.

Hüten Sie sich davor, das Talent unter Zensur zu stellen. Das tat in bezug auf Gustave Flaubert jener Herr Pinard, der als geistreicher Mann und ehrenhafter Beamter galt, dessen Andenken nun aber auf ewig der Lächerlichkeit preisgegeben ist. Achten wir die geheiligten Rechte des Gedankens, die in der Zukunft unerbittliche Rächer finden.

Dies, meine Herren, sind die Bemerkungen, die ich glaubte Ihnen ehrerbietigst unterbreiten zu dürfen, gestützt auf mein hohes Alter und die Tätigkeit, der ich mein Leben gewidmet habe.

Anatole France

Victor Margueritte und die Ehrenlegion

Nachdem das Dekret der Aberkennung der Ehrenlegion am 1. Januar vom Präsidenten der Republik unterzeichnet wurde und im »Bulletin der Gesetze« erschienen war, richtete Victor Margueritte an die Kanzlei der Legion folgenden Brief:

3. Januar 1923

Meine Herren!

Ich danke Ihnen für den Zuwachs an Ehre, die mir die strafende Gerechtigkeit, nach dem hohen Urteil des Anatole France, verleiht. So sind nun alle Schriftsteller der Ehrenlegion dem Säbel oder der Zuchtrute unterworfen. Sie werden in Zukunft wissen, was die Gedankenfreiheit kostet; sie wird von nun an tot sein, wenn sie nicht das Recht hat, alles zu sagen, ohne durch das Gesetz garantiert zu sein. Sie konnten gut die literarische Zensur ans Licht ziehen unter dem servilen Beifall einiger und unter der Entrüstung der öffentlichen Meinung (die mir von allen Seiten zugehenden Bezeugungen lassen es glauben). Eine Maßnahme, die der Krieg mit seinen ehernen Gesetzen nationaler Disziplin gerechtfertigt hätte. Eine widerwärtige Aufgabe in Friedenszeiten. Indem sie dieselbe annahmen, blieben sie hinter einem gehorsamen General nichts weiter als politische Richter.

... und parteiisch! Denn mehrere unter ihnen, die mich verurteilten, hatten mich gar nicht gelesen. Sie waren in ihren Nachforschungen auf folgendes Resultat beschränkt: Gemälde, deren grelle Farben, deren Schlüpfrigkeit Anstoß erregten – – – Ich verstände nicht, wie sie sagten, mit der Kunst zu obsiegen, und durch den Eklat der Öffentlichkeit schiene meine Sucht nach Gewinn erwiesen. Als ob Sie nicht wüßten, daß die kommerzielle Ausbeute dem Verleger gehört, und daß ich hinter mir vierzig Bücher habe, Beweise meiner Uneigennützigkeit.

Ist dies alles? Nein. Man beschuldigt mich, daß ich meinem Vaterlande schade, indem ich die französische Frau verleumde. Wo alle meine Werke und sogar die Heldin des letzten Buches bis in ihre verzweifelten Fehltritte doch die in ihr schlummernde Tugend beweisen.

Elender Vorwand! Was man mir nicht verzeiht, ist die Schilderung gewisser in den höheren Gesellschaftsschichten herrschenden Unsitten; dann auch gleich nach dem Kriege die Verantwortlichen unseres ersten Mißgeschickes gezeichnet zu haben. Es ist nicht nur der soziale Romanschriftsteller, es ist der Geschichtsschreiber des »Am Rande des Abgrundes« der in meiner Person die neue Ordnung der Moral schlägt. Ich habe keine der Ehrenbezeugungen beansprucht, die mir bis 1914 zuteil wurden, und ich sagte es Ihnen schon, ich nahm sie nur an in dem Glauben, Sie würden meine Ideen mit mehr Nachdruck unterstützen.

Seitdem sind eine Million siebenhunderttausend Männer gefallen, die sterbend glaubten mithelfen zu können, das Ende des Krieges herbeizuführen. Sie dachten durch ihr Opfer eine neue Ära herbeizuführen. Nichts änderte sich in dieser Welt. Doch ...! Neben der Schar der Helden, die mit ihrem Blut das Ehrenzeichen, das sie tragen, tränkten, hat sich Ihre Legion mit Rekruten bereichert, die, gelinde gesagt, Anstoß erregen.

Ich sende ersteren meinen achtungsvollen Gruß. Ich trenne mich von den anderen mit gründlicher Erleichterung. Und ich lege das Band, das so viel Galle verursachte und so viel Tinte vergießen machte, in die Lade zu anderen Andenken. Es wird neben demjenigen ruhen, das mit anderen väterlichen Erinnerungen das Armeemuseum bereichern soll. Ich könnte vor dem Staatsrate die Nichtigkeitsbeschwerde einreichen; denn ich zweifle nicht, daß es in Frankreich noch Richter gegen Ungesetzlichkeit und schweres Unrecht gibt, Richter, die erhaben sind über Vorurteil und Haß. Allein ich denke nicht daran, Ihnen den Tand streitig zu machen, der im Laufe des Regierungswechsels und von alters her an Ihre Prämierten verteilt wurde, und den Sie mir wieder genommen haben. Ich überlasse

Sie der unauslöschlichen Lächerlichkeit, und ich begebe mich von neuem an die Arbeit, im Vertrauen auf eine wiedergutmachende Zukunft und mit dem vollen und stolzen Bewußtsein, niemals meine Pflicht als Mann, meine Redlichkeit als Schriftsteller vergessen zu haben.

Victor Margueritte

Die Aussteigerin

Das Widerstreben

I.

Monika Lerbier klingelte.

»Marie«, sagte sie zum Stubenmädchen, »meinen Mantel ...«

»Welchen, gnädiges Fräulein?«

»Den blauen. Und meinen neuen Hut.«

»Soll ich dem gnädigen Fräulein die Sachen hereinbringen?«

»Nein, legen Sie sie in meinem Zimmer zurecht ...«

Als sie wieder allein war, seufzte Monika. Wie lästig, dieser Wohltätigkeits-Basar! Wenn sie nicht Lucien dort hätte treffen sollen ... Es war so behaglich in dem kleinen Salon. Sie lehnte ihren Kopf in die Kissen des Sofas zurück und überließ sich wieder ihrer Träumerei.

Sie ist fünf Jahre alt, ißt eben in ihrem Zimmer zu Abend, an dem kleinen Kindertisch, an dem jeden Tag »Fräulein«, die Beherrscherin ihres Lebens, sie bedient und betreut. Aber heute abend hat Fräulein Urlaub. Tante Sylvia vertritt sie.

Monika liebt Tante Sylvia leidenschaftlich. Einmal deswegen, weil sie beide nicht so sind, wie die andern. Alle andern sind Frauen. Sogar Fräulein! Mama hat sie so genannt: »Wenn Sie auch Witwe sind! Eine Erzieherin heißt eben Fräulein!«

Tante Sylvia und Monika dagegen sind Mädchen. Sie ein kleines Mädchen, wenn sie sich auch schon recht groß vorkommt. Und Tante ist ein altes Mädchen ... Alt, so alt! Denn sie hat eine ganz runzlige Haut und am Kinn ein Muttermal mit drei langen Haaren darauf.

Und dann bringt Tante Sylvia immer schwarzen Nougat mit, aus Mandeln und gebranntem Honig, wenn sie aus Hyères zu Besuch kommt. Hyères ist etwas ganz anderes als hier, aber Hyères ist weit weg ... Und nur was hier ist, ist wichtig. Und hier ist heute ein Festtag. Papa und Mama gehen in die Oper und vorher sind sie ins Restaurant eingeladen.

Die Oper ist ein Schloß, wo Feen zur Musik tanzen, und das Restaurant ist ein Ort, wo man Austern ißt ... Und man läßt nur große Leute hinein, hat Tante Sylvia gesagt.

Aber da kommt ja eine Fee ... nein, das ist Mama! – in einem ausgeschnittenen Kleid. Auf dem Kopf hat sie weiße Federn und sieht aus, als hätte sie überhaupt nur weiße Perlen an. Monika berührt entzückt den Stoff ... Ja, wirklich lauter ganz kleine Perlen! Davon möchte sie wohl eine Halskette haben!

Sie streichelt Mama, die sich rasch zu ihr neigt, um ihr gute Nacht zu sagen, den Hals: »Nein, kein Bussi, wegen meiner roten Lippen!« Und wie das kleine Händchen jetzt zu den samtenen Wangen emporsteigt, befiehlt die ungeduldige Stimme: »Laß das! Du wischst mir ja den ganzen Puder ab!«

Hinter ihr steht Papa ganz in Schwarz mit einem komischen weißen V, das aus der Weste steigt. Ein merkwürdiges Hemd – wie aus glänzender Pappe! Mama erzählt Tante Sylvia eine lange Geschichte und die hört lächelnd zu. Papa klopft ungeduldig mit dem Fuß auf den Boden: »Durch deine Angewohnheit, dir drei Stunden lang die Wimpern zu malen und Rot aufzulegen, werden wir noch das Vorspiel versäumen!«

Vorspiel? Wollen Papa und Mama denn spielen? ... Nein. Als sie fort sind, ohne sie geküßt zu haben (Monika ist ein bißchen betrübt darüber), erklärt ihr Tante Sylvia, daß das Vorspiel der Musik gemeint ist ... Also spielt man mit der Musik?

Monika fragt träumerisch: »Woraus ist die Musik gemacht?«

Tante Sylvia hat sie auf den Schoß genommen, streichelt sie und erklärt ihr: »Musik ist das Lied, das aus allen Dingen erklingt ... auch aus uns selbst, wenn wir glücklich sind ... aus dem Sturm, wenn er über den Wald und das Meer braust ... Und auch ein Zusammenklingen von Instrumenten, das an all das erinnert ... Und das Vorspiel ist wie das Fortziehen eines großen Fenstervorhangs, der den Himmel verdeckt, damit all das hereinkann und man es gut hört ... Verstehst du das?«

Monika sieht Tante Sylvia zärtlich an und nickt.

Monika ist acht Jahre alt. Sie war rasch in die Höhe geschossen. Hustet oft. Darum hat Fräulein (es ist nicht mehr die Witwe, sondern eine Luxemburgerin mit knallroten Backen, Monika kann sie nicht ausstehen) strengen Befehl, wenn sie am Strande mit ihr spazierengeht, sie nicht barfuß in den kleinen Tümpeln planschen zu lassen, wo die Krabben sich tummeln. Ferner soll sie nicht auf dem nassen festen Sand vor der Flut herlaufen. Sie darf auch die feuchten, kühlen Algen nicht aufheben, die so gut nach dem Meer riechen, auch keine Muscheln, deren perlmutterne Höhlung das Geräusch der Wellen einschließt ... »Was willst du mit dem Zeug denn machen? Wirf's weg!« hat Mama ein für allemal befohlen.

Monika darf auch nicht soviel lesen, wie sie möchte (vom Lesen bekommt man Kopfweh). Dagegen muß sie regelmäßig eine Stunde lang Tonleitern üben. (Es nützt nichts, wenn sie klagt, das mache sie verrückt; es scheint wohl eine Turnübung für die Finger zu sein.) Wenn das Ferien sein sollen, dann ist Trouville noch langweiliger als Paris!

Außerdem sieht sie hier ihre Eltern noch weniger.

Mama ist immer mit Freunden im Auto unterwegs. Und wenn sie – was selten vorkommt – abends einmal zu Hause ißt, geht sie, sowie sie sich umgekleidet hat, ins Kasino tanzen. Bis spät in die Nacht ... Und morgens schläft sie dann. – Papa? Der kommt nur samstags mit dem Ehemännerzug. Und sonntags ist er mit den andern Herren zusammen ... Geschäfte!

Am gräßlichsten ist es, wenn Mama »einen Strandbummel« macht. Auf dem Seesteg ziehen zwei Reihen von Spaziergängern aneinander vorbei – auf und ab. Sieht aus wie ein Wäschegeschäft. In dichten Reihen führen sich die Mannequins vor, eine sieht aus wie die andere. Die Herren und Damen halten vor ihren Kabinen oder ihren Zelten Cercle ab und wechseln Grüße mit den andern Herren und Damen, die vorbeigehen.

Am Ende des Holzsteges angekommen, machen sie kehrt und das Spiel wiederholt sich. Was bezwecken sie eigentlich damit? Monika hat keine Ahnung. Wieder mal ein Geheimnis! Die ganze Welt steckt offenbar voller Geheimnisse, wenigstens scheint das so nach den Antworten, die man ihr auf ihre unablässigen Fragen gibt ...

Jetzt spielt sie nicht weit von dem mütterlichen Strandkorb mit der kleinen Morin und einer Kameradin, von der sie beide nicht wissen, wie sie heißt. Sie haben sie Kreisel genannt, weil sie sich fortwährend auf einem Bein herumdreht und dazu singt. Unter der lässigen Obhut der Luxemburgerin bauen die drei eine goldene Burg mit Wällen und Gräben. In der Mitte steht, den Rechen militärisch geschultert, ein kleiner lockiger Junge, das sogenannte Lämmchen. Sie haben ihn dahin gestellt, damit er Ruhe hält, und ihm gesagt: »Du bist die Besatzung!«

Nach der Spielregel ist die Besatzung frei, sobald die Burg fertig ist, und an ihrer Stelle wird die erste der drei, die sich greifen läßt, in die Burg eingesperrt. Aber die Burg wird und wird nicht fertig. Lämmchen wird ungeduldig, und ohne die Vollendung des Bauwerks abzuwarten, macht er einen kräftigen Ausfall. Kreisel und die kleine Morin sind fortgelaufen. Monika, die sich auf den Bündnisvertrag verlassen hat, ist stehengeblieben. Und als das Lämmchen sie nun in die Burg sperren will, wehrt sie sich. Er gibt ihr einen Schubs ... Prügelei, Geheul ... Die Luxemburgerin, die herbeistürzt, bekommt ihren Teil Püffe ab, die Mütter mischen sich ein. Sie trennen die Kämpfenden und schütteln sie, ohne auf ihre verworrenen Erklärungen zu hören. Lämmchen widersetzt sich und bekommt ein paar Ohrfeigen. Gleichzeitig fühlt Monika eine Hand, die ihr Schläge versetzt: klitsch, klatsch! ... »Dich will ich lehren!« ...

Niedergeschmettert betrachtet sie die Feindin, die ihre Macht mißbraucht. Die Feindin, die zufrieden ist, das Unrecht und die Strafe ins Gleichgewicht gebracht zu haben ... Ihre Mama! Ist das denn möglich? ... Wut und Staunen kämpfen in Monikas Seele. Sie macht Bekanntschaft mit der Ungerechtigkeit. Und sie leidet darunter, wie eine Erwachsene ...

Monika ist zehn Jahre alt. Sie ist schon erwachsen. Oder vielmehr, erklärt Mama achselzuckend, sie ist ein unausstehliches Kind mit ihren Launen, ihren Zuständen und ihren Nerven.

Immer macht sie alles anders als die andern! Hat sie nicht letzten Sonntag ihr Spitzenkleid vollkommen zerrissen und sich obendrein erkältet, weil sie mit Michelle und ein paar Bengels im Park von Frau Jacquet Verstecken spielte? Alte Mechelner Spitzen – ein wirklicher Gelegenheitskauf, zu 175 Francs der Meter ... Und als man gestern in der Konditorei Tee trank, hat sie sich gar unterstanden, aus dem Schaufenster einen großen Kuchen von ungefähr einem Kilo wegzunehmen und ihn – draußen auf dem Bürgersteig – einem zerlumpten kleinen Mädchen hinzutragen, das ihn mit den Blicken verschlang!... Statt eines ordentlichen Brotes! Einem Feigling zuckte die Wimper bei diesem kindlichen Eifer.

Sie wollte den Kuchen zwar aus ihrer Sparbüchse bezahlen: aber das ist doch keine Mildtätigkeit mehr, das ist schon Extravaganz! Und letzten Endes eine falsch angebrachte Großmut. Man muß den Armen nicht den Geschmack an etwas beibringen, das sie doch nicht haben können, und nach dem sie sich dann sehnen werden ...

Monika leidet unter diesen Vernunftgründen. Sie möchte so gern die ganze Welt glücklich machen. Auch sie hat ja ihren Kummer: die Ihren verstehen sie nicht. Sie kann doch nichts dafür, wenn ihr Charakter so ganz anders ist als der ihrer Umgebung. Sie kann doch auch nichts dafür, daß sie mit ihrem spitzen Gesicht und ihrer schlechten Haltung ihren Eltern keine Ehre macht: »Du bist aufgeschossen wie Unkraut!« wiederholt man ihr ständig ... Wenn das so weitergeht, wird sie noch krank werden: das hat man ihr oft genug prophezeit! Resigniert gewöhnt sie sich an den Gedanken, ja fast hat sie Freude daran. Sterben? – das wäre eigentlich gar kein so großes Unglück. Wer hat sie denn lieb? Niemand. – Doch! Tante Sylvia.

Und in den Osterferien ist Monika nach einer schweren Bronchitis, die sie drei Wochen ans Bett fesselte, so schwach wieder aufgestanden, daß sie sich kaum auf den Beinen halten kann. »Die Tante ist da!« Und als der Arzt erklärt: »Das Kind müßte aufs Land ... für längere Zeit ... womöglich in den Süden ... ans Meer ... Das Pariser Leben und Klima bekommt ihr nicht ...«, ruft Tante aus: »Ich nehme sie mit! Ich entführe sie euch. Hyères ist ausgezeichnet – was, Doktor? ...«

»Ausgezeichnet! Der bestgeeignete Aufenthalt ...«

Man wird sofort einig. Und Monika ist so froh bei dem Gedanken, daß sie in der Sonne, bei ihrer wahren Mutter leben darf, daß sie nicht einmal traurig darüber ist, daß Mama und Papa so gar kein Bedauern über ihr Weggehen zeigen.

Monika ist zwölf Jahre alt. Sie trägt einen Hängezopf und ein kariertes Schulkleid. Sie ist Klassenerste im Pensionat ihrer Tante. An Stelle der grauen nebligen Straßen dehnt sich am Hügelabhang der große Garten vor ihr aus. Die Sonne hüllt alles in einen leichten Glanz. Der leuchtet um die Palmen, die wie riesige Farne aussehen, um die stachligen Platten der Feigenkakteen und auf den bläulichen oder gelbgeäderten Aloestauden, die dastehen wie große Sträuße aus Blech. Das Meer ist ebenso dunkelblau wie der Himmel, und in der Ferne verschwimmen beide miteinander ...

Ostern ist wieder da, das blühende Ostern! Jesus reitet auf seinem kleinen Esel einher unter dem Wiegen grüner Zweige. Die Erde ist ein einziger, leuchtender, bunter Teppich, bedeckt mit Rosen, Narzissen, Nelken und Anemonen.

Morgen wird Monika ganz weiß gekleidet gehen, wie eine kleine Braut. Morgen! Da feiert sie ihre geistige Hochzeit. Der gute Pfarrer Macahire – sie kann den Namen nicht ohne Lachen aussprechen – wird sie und ihre Gefährtinnen aus dem Katechismusunterricht zum Tische des Herrn zulassen.

Sie hat versucht, sich in die schönen Legenden des Testaments zu vertiefen; und das ist ihr um so besser gelungen, als sie ihre Aufgaben mit ihrer großen Freundin Elisabeth Meere wiederholt. Zabeth ist Protestantin; sie hat schon vor vier Jahren ihre erste Kommunion erhalten, und ihre eifernde Strenge verleiht dem mystischen Fieber, das in Monika brennt, eine seltsame Übersteigerung. Alle beide entdecken sie unter Anbetung des Erlösers dunkel die Liebe.

Monikas Anbetung ist ganz Vertrauen, Hingabe, Reinheit.

Sie schwebt in unschuldiger Trunkenheit auf den ausgebreiteten Schwingen ihres Traumes dahin. Sie hat nur eine einzige kindliche Furcht: sie könnte den unsichtbar anwesenden Körper des geistigen Gatten entweihen, indem sie etwa auf die weiße Hostie beißt, während sie sie hinunterschluckt.

Auch soll sie, das hat der Abbé Macahire ihr besonders ans Herz gelegt, vorher alle ihre sündigen Gedanken beichten. Und da sind zwei, die sie vergebens zu verjagen sucht. Immer wieder setzen sie sich wie häßliche Fliegen auf ihre Erwartung ... Ihr hübsches Kleid! Koketterie. Und die Eier, die Ostereier! Naschhaftigkeit! – Vor allem das große Schokoladenei, das sie aus Paris bekommen wird, und dann die mittelgroßen und kleinen von Zucker in allen Farben – und sogar richtige, in rotem Wasser gekochte Eier, die sich in den Büschen und Wegeinfassungen des Gartens so lustig suchen lassen!

Das ist das große Geheimnis von Tante Sylvia, die schon seit Wochen für das ganze Pensionat diese Freuden und Überraschungen vorbereitet. Das ist nämlich deren Art von Kommunion. Wenigstens beklagt sich der Abbé Macahire darüber und meint: »Wie schade, daß diese ausgezeichnete Frau eine Ungläubige ist!«

Es scheint aber keine sehr schlimme Sünde zu sein, da der Herr Pfarrer sie ihr offenbar verzeiht. Es wäre Monika doch sehr unangenehm, wenn sie etwa in den Himmel käme und Tante Sylvia in die Hölle! ... Aber all diese Gedanken machen ihr den Kopf ganz wirr ... Sie ist glücklich und das Wetter ist schön.

Monika ist vierzehn. Sie erinnert sich nicht mehr daran, daß sie einmal ein kränkliches Kind war. In ihr ist die robuste Kraft einer jungen Pflanze, die das rechte Erdreich gefunden hat und gesund in die Höhe gewachsen ist.

Sie ist jetzt in dem schönen Alter, in dem man viel liest, wo eine Welt der Phantasie sich auftut und die Jugend die wirkliche Welt in einen magischen Schleier hüllt. – Sie hat keine Ahnung vom Bösen, so sorgsam hat die Wachsamkeit ihrer Erzieherin all seine Keime in dieser natürlichen, gesunden Seele ausgejätet. Dafür hat sie Verständnis und Verlangen nach dem Guten.

Elisabeth Meere ist noch immer ihre beste Freundin. Seit drei Jahren ist sie nun schon in Monika verliebt. Um so verliebter, als sie sie hoffnungslos begehrt. Nun wird sie das Pensionat bald verlassen, und da sie nicht wahrhaftig ist, empfindet sie eine Scheu vor der offenkundigen Reinheit der Jüngeren. Sie möchte sie gern heißer küssen, aber sie wagt es nicht.

Monika, die für den Zeichenlehrer schwärmt, hat keine Ahnung von der Geschmacksrichtung Zabeths.

Ein Juniabend. Es dunkelt schon. Im Garten ist es noch so heiß, daß man unter den Kleidern eine ganz feuchte Haut hat. Zabeth und Monika gehen nach dem Abendbrot den Lavendelweg entlang, der bis zu dem großen rötlichen Felsen führt, von wo man über die Dünen hinab aufs Meer sehen kann. Auf der andern Seite sieht man die Berge, die blau gegen einen grünen Himmel stehen. Weit draußen auf dem Meer schwebt ein kleines orangerotes Segel, und am Himmel lagert schweres kupfernes Gewölk ... »Man erstickt!« sagt Zabeth.

Nervös reißt sie ein duftendes Blatt von einer Orange und knabbert daran. Man atmet den Duft der hohen Eukalypten; er mischt sich wellenweise in den der andern Blüten. Der ganze Rausch provenzalischer Erde.

Monika knöpft ihr Kleid auf und hebt die nackten Arme empor, vergebens nach ein wenig Kühle suchend ... »Da! Jetzt ist mein Achselband gerissen!« Das Hemd gleitet herab und läßt den Busen sehen. Seine kleinen, aber vollendeten Rundungen erheben sich. Auf ihrer blonden, blaugeäderten Haut sprießen die beiden Rosenknospen.

Zabeth seufzt: »Wieder mal eine Nacht, in der man nicht wird schlafen können, selbst wenn man sich ganz nackt ins Bett legt. Weißt du übrigens, daß deine Brust bald so dick ist wie meine?« ... »Wirklich?« fragt Monika entzückt. »Ja doch! Sieh nur ... Aber deine sind wie Äpfel, meine mehr wie Birnen ...« Zabeth entblößt rasch ihre goldfarbige Brust. Sie vergleicht die längliche Form ihrer braunen, festen Brüste mit der atlassenen

Glätte von Monikas Busen. Ihre Hand umfaßt ihn und streichelt ihn sanft …

Bei diesem angenehmen Gefühl lächelt Monika, ohne darüber nachzudenken, ohne zu verstehen … Aber als Zabeths Finger plötzlich aufgeregt werden, sagt sie: »Schluß! Was fällt dir denn ein?« Zabeth wird rot und stottert: »Ich weiß nicht … es muß das Gewitter sein!«

Zum ersten Male empfindet Monika seltsame Verwirrung. Rasch schließt sie ihr Kleid. Gleichzeitig ertönt eine ferne Stimme. Es ist Tante Sylvia, die: »Monika! Zabeth!« ruft. Zabeth knöpft sich verlegen das Kleid zu … Monika antwortet: »Hallo! …« Die näherkommende Stimme bildet das Echo …

Das Gewitter ist vorbeigezogen.

Monika ist siebzehn. Sie rechnet nach: ein, zwei, drei Jahre schon ist Krieg … Ist das wirklich möglich? Schon die dritten großen Ferien, seitdem aus Hyères ein großes Lazarett geworden ist, wo die Verwundeten genesen.

Sie fühlt sich wie verfolgt von diesen erschreckten Augen, die in die Sonne blinzeln, wenn sie aus der Nacht ihres ewigen Entsetzens auftauchen. Sie kann nicht begreifen, wie die Frontsoldaten sich an den grauenvollen Tod gewöhnen können, der jetzt ihr Leben ist. Sie kann auch nicht verstehen, wie jene, die nur so tun als gehörten sie zu den Kämpfenden – und die, welche überhaupt nicht draußen sind, dies Leiden und Hinschlachten der andern mit ansehen können.

Der Gedanke, daß die Hälfte der Menschheit verblutet, während die andere sich amüsiert und bereichert, verwirrt sie vollkommen. Die großen Worte, die man wie Fahnen schwenkt: Ordnung, Recht, Gerechtigkeit! stärken in ihr vollends die aufkeimende Empörung gegen die soziale Lüge.

Sie hat ihr Abschlußexamen mit Auszeichnung bestanden, denn sie hat ihre Studien auch während ihrer unaufhörlichen, geschickt erdachten Versuche, sich hilfreich zu erweisen, eifrig fortgesetzt. Nicht nur hilfreich den Rekonvaleszenten von Hyères gegenüber, sondern auch gegenüber der unbekannten

Menge, die in den schmutzigen Höhlen der Schützengräben leidet ...

Aber jetzt beginnt ein neues Leben: Paris, die Vorlesungen an der Sorbonne ... Monika ist zu ihren Eltern zurückgekehrt. Sie hat von Tante Sylvia, dem Pensionat, dem Garten Abschied genommen, von allem, was aus ihr das fröhliche junge Mädchen mit dem reinen freien Blick und den frischen Wangen gemacht hat ... Abschied genommen von der schönen Vergangenheit, die ihr einen gesunden Körper und eine gesunde Seele geschenkt hat.

In der Avenue Henry-Martin macht ihr ihr hübsch eingerichtetes Jungmädchenzimmer große Freude. Der Empfang durch Vater und Mutter hat sie gerührt. Sie fühlt, nun gilt sie in den Augen der Ihrigen etwas: sie macht ihnen Ehre ... Tante Sylvia hat gesät – sie ernten. Sie ist selbst glücklich und zürnt ihnen nicht über ihre frühere Lieblosigkeit und ihren Egoismus ... Sie liebt sie grundsätzlich ...

Zum ersten Male seit 1914 ist man wieder nach Trouville gegangen. Monika widmet ihre Ferien der freiwilligen Krankenpflege im Reservelazarett Nr. 37. Tagsüber ist sie von ihrer Arbeit, abends von ihren Büchern so in Anspruch genommen, daß sie sich um die andern gar nicht kümmert ... Und am wenigsten beobachtet sie jene, die sie am nächsten angehen: ihre immer noch vergnügungssüchtige Mutter, ihren stets abwesenden Vater ... Lerbiers Fabrik hat Kriegslieferungen und verdient offenbar Millionen an der Herstellung von Explosivstoffen ... Und ist es zu glauben, daß in einer solchen Zeit die Drückeberger, die Reklamierten und die Zuschauer in aller Ruhe und mit Feuereifer ein fideles Leben führen? Man paart sich und man tanzt, man tanzt und paart sich in Deauville.

Monika ist neunzehn. Der Alptraum des Krieges ist zu Ende. Ein solches Bedürfnis, sich zu entfalten, beherrscht sie seit dem Waffenstillstand, daß sie ihn schon beinahe vergessen hat. Die Flut des täglichen Lebens hat den Krieg fortgespült.

Mehr als je auf sich selbst gestellt, immer weniger am Leben ihrer Eltern beteiligt, hört sie Vorlesungen über Literatur und Philosophie und übt sich eifrig in allerlei Sport: Tennis und Golf ... In der übrigen Zeit macht es ihr Freude, künstliche Blumen zu modellieren ... Nach einem eigenen Verfahren.

Die eleganten Kreise, in denen sie widerwillig verkehrt, nennen sie ein Original, das heißt eine Poseuse, weil sie weder Tanz noch Flirt liebt. Monika wieder hält ihre Freundinnen für mehr oder weniger bewußte Närrinnen und für innerlich tief verdorben ... Wenn man, wie Michelle Jacquet, in den Hosentaschen ihrer jungen Freunde herumstöbert? ... oder wie Ginette Morin sich mit ihren älteren Freundinnen in allen dunklen Winkeln herumdrückt? ... Danke bestens!

Wenn Monika einmal lieben sollte, so würde das die große Liebe sein und sie würde sich ihr restlos hingeben. Noch ist sie ihr nicht begegnet. Kaum ein Name unter all den Männern, von denen ihre Mutter – die es sich in den Kopf gesetzt hat, sie so bald als möglich zu verheiraten – mit ihr spricht: Lucien Vigneret, der Großindustrielle. Aber wenn sie ihn auch wiederholt gesehen und gern gesehen hat – er hat von ihr nicht einmal Notiz genommen ...

So träumt die auf den Diwan hingestreckte Monika. Ihr Leben zieht wie ein Film auf einer geheimnisvollen Leinwand an ihr vorüber. Haarscharfe Bilder, in denen sich aus dem Abgrund des Vergessens die Erinnerung löst und wieder Gestalt gewinnt ... Sie denkt an all diese Wesen, die einmal sie selbst waren und nun verschwunden sind. Jetzt ist sie 20 Jahre alt, und sie liebt.

Sie liebt und wird sich bald verheiraten. In vierzehn Tagen heißt sie Frau Vigneret. Der Traum ist Wirklichkeit geworden. Lächelnd schließt sie die Augen. Bewegt, verwirrt noch, denkt sie daran, daß das Standesamt mit seiner offiziellen Feier und das schauderhafte Trara des nachfolgenden Frühstücks, wo eine Menge Menschen ihr mit schlüpfrigen Hintergedanken gratulieren werden, ihrem wahren Glück nichts mehr hinzufügen kann.

Harmlos hat sie sich nehmen lassen, hat sich vor zwei Tagen ganz dem hingegeben, der ihr alles ist ... Eine rasche, schmerzhafte Umarmung, die sie dennoch mit stolzer Freude erfüllt ... Ihr Lucien, ihr Glaube, ihr Leben! ... Gleich wird sie ihn wiedersehen, auf dem Basar. Ihr ganzes Sein fliegt ihm und diesem süßen Augenblick entgegen.

Sie liebt ihn und hat getan, was er wollte. Sie ist stolz und glücklich, schon jetzt »seine Frau« zu sein, ihm mit dieser letzten Hingabe ihr Vertrauen bewiesen zu haben ... Warten? Sich ihm bis zu dem festgesetzten Tag der offiziellen Feier versagen? Warum? ... Nicht die gesetzliche Sanktion, sondern die freie Wahl verleiht doch einer Ehe ihren Wert. Schicklichkeitsgründe? ... Ob nun acht Tage früher oder später ...!

Die Schicklichkeit! ... Sie lächelt boshaft und errötend bei dem Gedanken an die aufklärenden Worte, die ihre Mutter an sie richten wird. Wenn sie wüßte! ... Monika zuckt zusammen, die Tür öffnet sich. Frau Lerbier tritt ein, den Hut auf dem Kopf.

»Noch nicht fertig? Bist du verrückt? Das Auto ist unten. Du hast wohl ganz vergessen, daß ich dich um halb drei im Auswärtigen Amt absetzen soll?«

»Sofort, Mama! Ich muß nur noch meinen Mantel anziehen!«

Frau Lerbier hebt die Augen gen Himmel und stöhnt:

»Ich werde all meine Verabredungen versäumen!«

II.

»Ginette!« ruft Monika.

»Was denn?«

»Dein Flirt!«

»Leo? Wo denn? Man sieht ja gar nichts in diesem Gedränge!«

»Am Tisch von Helene Suze. Er sucht sich eben eine Zigarre aus ...«

»Ich hör's bis hierher, was sie sich für Schweinereien erzählen! Sieh nur, wie sie lächeln!«

»Das scheint dich nicht weiter zu stören?«

»Mich? Ich amüsiere mich drüber!«

»Versteh' ich nicht!«

Ginette Morin platzt los.

»Monika, du bist einfach süß! Du verstehst überhaupt niemals etwas! Eigentlich bist du wahnsinnig naiv trotz deiner selbständigen Art!«

Schon hat Ginette ihr den Rücken gekehrt, spielt die liebenswürdige Verkäuferin und lächelt einem kleinen, dicken Mann mit einer großen Tolle zu, Jean Piombino, dem Schieberkönig ...

»Eine Krawatte gefällig? ... Nein, Sie sollen sich nicht dran aufhängen! ... Nein ... für einstweilen, bis Sie das Band der Ehrenlegion haben ... Oder vielleicht die hübschen Taschentücher hier? ... Nein? ... Dann die Schachtel Handschuhe? ...«

Zu den Lichtbüscheln der riesigen Kronleuchter, die im gläsernen Gefunkel der Kristallketten flimmern, steigt unaufhörlicher Lärm aus der weißgelben Reihe der Säle. Die mythologischen Gestalten der hohen Gobelins, die auf dem stachelbeerfarbenen Damast der Tapeten hängen, scheinen überrascht die Menge zu mustern, die sich da unten bewegt, mit Stimmengewirr, in elegantem Durcheinander die ungeheure Zimmerflucht füllt und für einen Tag das Erdgeschoß des Ministeriums in ein Warenhaus verwandelt. Ganz Paris ist da und summt wie ein riesiger Hornissenschwarm.

Jean Piombino, päpstlicher Baron, hört Fräulein Morin zerstreut zu. Er fühlt die Blicke Monikas auf sich ruhen; er verneigt sich sehr tief, seine Mähne fällt ihm in die Stirn. Er ist der Witwer einer sizilianischen Orangenverkäuferin und sucht für sein einziges Töchterchen eine Erzieherin, die seines neuen Reichtums würdig wäre. Ein im Kriege aufgeschossener Giftpilz, aber ein semitischer Pilz, der infolgedessen fest im Boden der Familie haftet, hat »der Baron« bei seinem Fetischismus für Werte auch den für die ehelichen Tugenden bewahrt.

Unter ihrem kecken Äußeren hat er die Ehrlichkeit und Anständigkeit Monikas erkannt. Eigenschaften, die in seinen Augen um so größeren Wert haben, als er selbst sie nie besessen hat und weiß, wie selten sie in dem Kreise junger Mädchen sind, die sich ihm überall zur Ehe, oder, wenn das nicht glücken will, zur Geliebten anbieten. Er braucht nur die Hand auszustrecken! Feste Preise und freie Wahl!

Eins nur ist störend bei der »kleinen« Lerbier, deren strahlende Blondheit ihn bezaubert: ihre dicht bevorstehende Heirat mit Vigneret, dem Automobilfabrikanten. Freilich eine gute Marke! Aber was für ein Schürzenjäger der Kerl ist! Man müßte also abwarten: kann man denn wissen? Vielleicht lassen sie sich in ein paar Jahren scheiden? ... Und wenn sie nicht seine Frau werden kann, was für eine entzückende Geliebte! ... Seine Millionen lassen Piombino, diesen schweißigen Dickhäuter, die eigene Häßlichkeit vergessen: ein Mann mit zwölfhunderttausend Francs Rente wird überall gut aufgenommen ...

Beleidigt durch den kühlen Gruß, mit der seine demonstrative Verbeugung aufgenommen worden ist, wirft er Ginette Morin doppelt feurige Blicke zu. Eine kleine pikante Brünette, die man gern einmal im Bett haben würde ... Freilich nur zum Zeitvertreib. So begehrenswert ihm Monika als Gattin erscheint, so wenig Vertrauen flößt ihm Ginette ein. Aber als flüchtige Beziehung, das wäre etwas anderes! Seine Hängelippe feuchtet sich bei dem Gedanken. Aufgepulvert stimmt er zu:

»Eine Schachtel Handschuhe? ... Warum nicht? ... Besonders, wenn Sie sie mir anprobieren!«

»Sechs Paar? Das dürfte ein bißchen zu lange dauern!«

»Da bin ich anderer Ansicht!«

Er lacht laut. Sie macht erstaunte Augen:

»Was ist daran Komisches? Glacé, Nr. 7¼ ...«

»Das ist nicht meine Nummer.«

»Allerdings!«

Nun lacht sie unverschämt beim Anblick der dicken Flosse, die er ihr hinreicht.

Jean Piombino – der ehemals mehr als einen Sack auf die Schulter gehoben hat, als er noch Lastträger im Hafen von Genua war und drei Franken am Tag verdiente – hat wenigstens soviel Geist, sich seines Plebejertums nicht zu schämen. Die ehemalige Niedrigkeit würzt das Selbstbewußtsein seines jetzigen Reichtums mit Stolz; er kichert: »Nicht jeder kann Ihre Feenhände haben – selbst wenn er sie gut bezahlen wollte!«

Ginette ist sprachlos; was will er damit sagen? Und was bedeutet, von ihm ausgesprochen, diese Andeutung des Kaufenwollens? – Sollte er ehrliche Absichten haben? ... Baronin Piombino? ... Das könnte man sich überlegen, so widerwärtig der Kerl auch ist ... Aber der Baron fährt fort:

»Ach, da kommt ja gerade Leo, der Schiedsrichter der Eleganz ... Guten Tag, Herr Leonidas Mercoeur ... Fräulein Morin wartet schon auf Sie.«

»Daran ist Helene Suze schuld«, sagt der Ankommende entschuldigend und mit einem Zwinkern des Einverständnisses ... »Ich habe Ihre Bestellung ausgerichtet, gnädiges Fräulein.«

»Na, und?«

»Einverstanden.«

Sie denkt: »Fein!« Ihr Blick ist undurchdringlich, aber hinter ihrer Stirn spiegelt sich schon der kommende Abend: Opiumrauchen zu viert bei Anika Gobrony, und zum erstenmal Kokain und alles, was darauf folgen wird! ... Mit wirrer Genauigkeit stellt sie sich in der ungesunden Neugier einer Viertelsjungfrau, die nach allen Lastern sucht, diesen Abend vor. Der »Baron« fühlt sich überflüssig. Er zieht einen großen blauen Schein aus seiner Brieftasche:

»Für Ihr gutes Werk, gnädiges Fräulein, und meine besten Empfehlungen an Ihre Frau Mutter ...«

»Nehmen Sie doch wenigstens irgend etwas ... Hier das Riechkissen! Nelken, mein Parfüm!«

»Gut denn, als Andenken! ... Die Handschuhe ...«

Er zeigt auf Mercoeur:

»Die kann der nehmen! Ich wette, ihm paßt Ihre Nummer!«

Vergnügt schwänzelt er zum nächsten Stand, von dem aus Frau Bardinot und Michelle Jacquet ihm freundschaftlich zuwinken.

»Es gibt keine Aristokratie mehr! Das ist die moderne Fellachisierung der Menschheit!« sagt mit elegischer Bitterkeit der

Spender mondäner Wahrsprüche. »Das Geld hat alles nivelliert. Flegeltum regiert die Welt!«

Leonidas Mercoeur, kurzweg Leo genannt, schwebt sozusagen über diesen Miseren. Seit er in das Alter gekommen ist, den Frauen zu gefallen, haben ihn seine Mätressen ausgehalten – dann sicherten ihn 1915 erfolgreiche Spekulationen bei der Intendantur gleichzeitig vor Not und Schützengraben, und der ehemalige Friseurgehilfe, der zum gesellschaftlichen Chronikschreiber avancierte, lebt von seinen Renten: dreißigtausend Francs in Staatspapieren. Sein Kriegsgewinn. Und da er einmal am Aushilfsdienst Gefallen gefunden hat, setzt er ihn im Zivilleben fort. Als Zuhälter von Frau Bardinot verwendet er für seine kleinen Ausgaben (sie betragen das Doppelte seines Einkommens) einen Teil dessen, was sie aus ihrem Geliebten, dem Bankier Ransom, herausholt. Das hindert übrigens den schönen Leo, den Vertrauten der Alten und Ratgeber der Jungen, nicht, gelegentlich in jedem trüben Wasser zu fischen, das sich ihm gerade bietet.

Käufer unterbrechen jetzt ihre Privatunterhaltung. Stolz darauf, mehr Kundschaft zu haben als ihre beste Freundin, die kleine Jacquet, deren Gassenjungenprofil sie am Nebenstand sehen kann, spielt Ginette mit leuchtenden Augen und vorgeneigtem Oberkörper die Liebenswürdige. Mit bloßem Hals und Brüsten, die sich unter einem leichten Kreppschleier darbieten, scheint sie bei jedem Gegenstand, den sie verkauft, dem Kunden auch ein wenig von sich selbst mitzuverkaufen. Eitle Befriedigung mischt sich in ihre sinnliche Erregung: sie würde heute abend die größten Einnahmen abliefern können!

»Warten Sie doch, Leo! Sie haben mir ja noch gar nichts gesagt!«

Er flüstert ihr rasch und leise zu – denn er sieht, daß Max de Laume und Sascha Volant sich ihnen nähern:

»Morgen um sechs bei Anika. Wir haben reichlich Zeit, da Ihre Eltern ja im Elysée speisen!«

»Treffpunkt?«

»Mit Helene Suze im Teeraum der Place Vendôme.«

Er verbeugt sich formvollendet und verabschiedet sich, als ein neues Aufflackern der Erregung, ein anschwellendes Gemurmel sie die Köpfe wenden läßt. Wie ein hochbordiges Schiff erscheint die trockene, knochige Gestalt John Whites, des amerikanischen Milliardärs, begleitet von einer rollenden Schaluppe: der Generalin Merlin in Person, der Vorsitzenden des Hilfswerks für französische Kriegsverstümmelte, die die Honneurs macht; den beiden folgt ein lärmender Schwarm alter Herren und schöner Damen.

Leo scherzt:

»Jetzt kommt ernsthafte Kundschaft; da drück' ich mich lieber!«

*

Monika, die Ginette den Rücken gewandt hat und sich um ihre Heldentaten nicht kümmert, ist vollkommen überrascht, als die Welle der Offiziellen nach ihrer Richtung hin brandet. Auf wen haben sie es abgesehen? Wahrscheinlich auf die Leiterin der Abteilung, Frau Hutier, die Vizepräsidentin des Hilfswerks! ... Nein! ... Vor ihrer Auslage künstlicher Blumen macht der Zug halt.

Blaß vor Eifersucht eilt Ginette zur Hilfe herbei, auch Frau Hutier nähert sich mit süßem Lächeln.

»Hier stelle ich Ihnen«, sagt die Generalin, zu John White gewendet, »unsere liebe Vizepräsidentin vor, Frau Hutier, die Gattin des ehemaligen Ministers.«

Das knochige Gesicht des Milliardärs ist unbewegt. Nur ein mechanisches Zucken des Halses zu Ehren dieses unbekannten Regierenden.

»Fräulein Morin, die Tochter des berühmten Bildhauers.«

Trotz ihrer liebenswürdigen Verbeugung sieht Ginette ihren Namen mit demselben gleichgültigen Zucken bewertet.

»Fräulein Lerbier.«

Ein Ausdruck des Interesses belebt plötzlich die eckigen Züge.

»Aoh! ›Lerbier, Chemische Erzeugnisse‹? Kenne ich ... Und diese kleinen Sachen ...«

Er beugt seinen langen Körper über die kleinen Wunderwerke, Narzissen, Rosen, Anemonen, blühende Juwelen aus einem Zwerggarten.

»Fräulein Lerbier amüsiert sich damit, diese Dinge herzustellen. Eine wirkliche Künstlerin ...«

Die Generalin ist überrascht, daß der Automat, den sie seit zwanzig Minuten spazierenführt, ohne etwas anderes aus ihm herausholen zu können als ein gelegentliches Aoh! und seine Verbeugungen, plötzlich lebendig wird, und benutzt die bisher vergeblich gesuchte Gelegenheit, ihren Besucher für das Hilfswerk zu interessieren.

»Eine unserer aufopferndsten Mitarbeiterinnen. Unsere Verstümmelten beten sie geradezu an!«

»Na, aber!« denkt Monika, die nur ein einziges Mal in dem großen Hospital Boisfleury gewesen und so erschüttert heimgekommen war, daß sie seither nicht wieder den Mut gefunden hat, hinzugehen, »die legt sich ja ordentlich ins Zeug!«

Doch ein strenger Blick der Generalin befiehlt ihr, zu begreifen und mitzumachen. Gleichzeitig betrachtet John White sie mit sympathischen Blicken. Er hat einen Weißdornzweig in seine große Tatze genommen und prüft ihn neugierig.

»Sind die weißen Blättchen nicht entzückend?« lobt die Präsidentin.

»Sehen Sie nur, wie fein im Ton! Man weiß gar nicht, ob das Elfenbein ist oder Jade.«

Monika berichtigt:

»Es ist nur Weißbrotkrume, getrocknet und bemalt.«

»Aoh!« macht John White. »Wirklich? ... Ich behalte ...«

Und während er der dicken Dame Merlin das zarte Kunstwerk zu halten gibt, zieht er ein Scheckbuch und eine Füllfeder aus seiner inneren Westentasche, unterschreibt unbewegt zwei Schecks, löst sie los und überreicht sie den Damen: einen über fünftausend Francs der überraschten Monika: »Für den Weißdorn« ... den andern über zehntausend Francs der Präsidentin, deren rundes Gesicht wie ein Vollmond strahlt: »Für die Verstümmelten.«

Und nachdem er Monika wortlos zugelächelt hat, verteilt er an die übrigen Verkaufsbuden ein dreifaches Kopfnicken und geht seines Weges weiter, ohne den leisesten Wunsch zu bezeigen, am benachbarten Stand haltzumachen, trotz allen Verbeugungen der Frau Bardinot.

Aber nun verlangt es der Anstand, daß man dem Stifter schleunigst ein Glas Champagner anbietet. Die Präsidentin ist befriedigt und verzichtet auf überflüssige Demonstrationen. Und hinter der hohen amerikanischen Takelage und der rollenden Pilotenschalupe wälzt sich der ganze Zug dem Büfett zu.

»Sie hatten mir ja gar nicht gesagt, liebe Kleine, daß Sie Beziehungen zu Amerika hätten?« meint Frau Hutier vorwurfsvoll.

»Ich? Ich habe noch nie von John White reden hören.«

»Das stimmt!« bestätigt ein neuer Ankömmling.

Rasch fährt Monika herum, als sie die Stimme hört, die plötzlich für sie alle andern auslöscht. Lucien Vigneret fährt fort:

»Aber John White hat vielleicht von der Erfindung des Herrn Lerbier gehört!«

Monika strahlt plötzlich. Rosiges Feuer belebt die zarte Blässe ihrer Haut. Sie schwenkt den Scheck.

»Was? Du weißt schon?«

»Es ist das Ereignis des Tages!«

»Ich kann's noch gar nicht fassen ...«

»Red' du nur«, denkt Ginette bei sich selbst und kehrt zu ihren Geschäften zurück; sie ist überzeugt, die Sache sei eine abgekartete Geschichte gewesen. Frau Hutier, dem Erfolg und der geheiligten Liebe gegenüber nachsichtig, beeilt sich, die Liebenden ihrem vertraulichen Gespräch zu überlassen ... Was für ein hübsches Paar, und wie gut sie zueinander passen!

Monika und Lucien deuten mit den Lippen einen Kuß an. Unter der Alltäglichkeit der Worte hört sie nur das Jubellied ihres Glücks.

»Zerbrich dir nicht lange den Kopf«, fährt Vigneret fort. »John White hat sich nicht um deines Lächelns willen so angestrengt, wenn das auch den Scheck wert ist. Die Bemühung galt deinem Vater. Der Schlingel glaubt wohl, daß der Zusatz von Stickstoff zu den landwirtschaftlichen Düngemitteln auch für die amerikanische Landwirtschaft von Nutzen sein könnte. Und da der franzosenfreundliche John White lieber mit Aubervilliers als mit Ludwigshafen in Geschäftsverbindung steht ... Verstehst du?«

»Well. Die Dollars sollen uns willkommen sein.«

Er bemerkt mit einer Bitterkeit, die sie überrascht:

»Gewiß! Gold ist immer willkommen! Besonders, wenn unter der Firma der Dollars die Louisdors wieder zurückfließen.«

»Sie zahlen uns für industrielle Erzeugnisse zurück, was sie uns für Kriegsmaterial abgenommen haben ... Ist das vielleicht ein Unglück? New York kann doch schließlich nichts dafür, wenn Paris und Berlin miteinander Krieg führen!«

Er stimmt zu:

»Du hast recht, Minerva!«

Er neckt sie mit diesem Spitznamen, den er ihr ebensosehr ihrer Logik, deren kategorische Aussprüche er zwar achtet, aber fürchtet, als ihrer Schönheit wegen gegeben hat ... »Minerva«! Sie haßt diesen Vergleich, unter dem sie einen Hintergedanken spürt. Der einzige unklare Punkt, in dem ihre Charaktere nicht zusammenstimmen. Der einzige Schatten auf ihrer Liebe! Sie sieht ihn an: er lächelt.

»Es ist sehr schlecht von dir«, flüstert sie, »daß du mich jedesmal neckst, wenn ich etwas Ernstes sage! Im Grunde ist mir ja alles gleichgültig, was nicht uns beide betrifft!«

Er betrachtet sie geschmeichelt. Und sie fährt fort:

»Du bist meine Gegenwart und meine Zukunft, mein Leib und meine Seele ... Es ist so schön, einander rückhaltlos zu vertrauen! ... Du wirst mich nie betrügen, nicht wahr, Lucien? Aber Augen wie die deinen können ja einfach nicht lügen! ... Sag mir alles, was du denkst! ... Lucien? ... Lucien! Wo bist du?«

Er ergreift ihre Hand, drückt einen langen Kuß auf das Handgelenk und flüstert: »Ich bin ja da!« und dann wie ein

Hauch: »Ich liebe dich! ...« Aber gleichzeitig denkt er: »Sie ist einfach fürchterlich mit ihrer Aufrichtigkeitsmanie! ... Schöne Aussichten für die Zukunft! ... Es war vielleicht Unrecht, daß ich nicht ehrlicher gegen sie gewesen bin ... Ich hätte ihr die Sache mit Cleo gestehen sollen! Oder doch wenigstens ihren Vater bitten, ihr einen Teil der Wahrheit zu sagen ... Jetzt ist's zu spät ...«

»Ich liebe dich!« Beim Zauberklang dieser magischen Worte durchlebt Monika von neuem die unvergeßliche Stunde: sie beide zufällig allein in der Wohnung, die sie bald bewohnen werden und die einzurichten ihr so viel Freude macht ... Und sie hat nur den einen Wunsch, den sie nicht auszudenken wagt: daß diese Gelegenheit sich wiederholen möge! ... Mit kurzen Sätzen und ohne eine Ahnung von den ganz entgegengesetzten Wegen, die seine Gedanken gehen, wiederholt sie sich's, geht innerlich all dem nach, was sie Tag um Tag näher zusammenbringt, ihre Einkaufsgänge, ihre Stelldicheins ... Heute abend sein täglicher Besuch ... Morgen um fünf beim Pelzhändler; dann einen Augenblick die Empiremöbel ansehen, auf die Pierre de Souzaies sie aufmerksam gemacht hat; und dann der Tee im Ritz ... Sie verzieht schmollend den Mund:

»Wie schade, daß du heute abend nicht mit mir zusammen sein kannst! Es wäre doch so nett gewesen, wenn du bei uns gegessen und wir nach dem Theater gemeinsam Heiligabend gefeiert hätten. Ich werde dir aber trotzdem deinen Platz aufheben ... Du weißt ja, Loge 24 im Cosmo-Theater.«

»Ich werde mein möglichstes tun, um mich freizumachen. Aber ich kann nur wiederholen, daß das Geschäft höchst wichtig ist.«

... Ja. Das Patent für seinen neuen Wagen, das er an die Belgier, die eigens deswegen aus Brüssel herübergekommen sind, verkaufen will ... Sie würden sich in der heiteren Atmosphäre eines Soupers leichter zum Ankauf entschließen ... Das alles hat er ihr gesagt, und sie sieht auch vollkommen ein, daß es sich da um eine unangenehme geschäftliche Notwendigkeit handelt.

»Aber im nächsten Jahr«, meint sie mit drohend erhobenem Finger, »da bleiben wir zusammen!«

Sie sieht sich schon nach dem Rausch der Flitterwochen alles mit ihm teilen, auch die tägliche Arbeit. Alles werden sie gemeinsam haben, die Sorgen wie das Vergnügen.

»Schwörst du?«

»Ich schwöre!«

Lucien Vigneret tritt mit seinen fünfunddreißig Jahren in die Ehe, wie man nach stürmischer Überfahrt in den Hafen einläuft. Er ist sicher, daß er geliebt wird, und er genießt schon im voraus die Gemütsruhe, die mit der sinnlichen Befriedigung Hand in Hand gehen wird. Er schlüpft in diese friedlichen Aussichten wie in ein Paar warme Pantoffel. Er denkt nur an sein eigenes Glück.

Monikas Glück? Er ist vollkommen davon überzeugt, daß es ihm eine Kleinigkeit sein wird, sie glücklich zu machen. Zärtlichkeit, Zuvorkommenheit und bald die fesselnde Gegenwart von Kindern ... Die Mutter fesselnd! Denn ihm selbst sind Kinder ziemlich gleichgültig: irgendwo in der Welt hat er schon ein kleines Töchterchen, um das er sich nicht kümmert ... Diese Verantwortung bedrückt sein hundertpferdiges Gewissen nicht mehr, als der Gedanke an den letzten Hund, den er überfahren hat. Augenblicklich ist seine größte Sorge der unvermeidliche, wenigstens äußerliche Bruch mit seiner Geliebten Cleo, der Modistin ...

Eine junge Frau, die er als Mädchen verführt und der er dann ein Geschäft eingerichtet hat, und die offenbar damit rechnet, er werde sie eines Tages heiraten. Ein heftiges, eifersüchtiges Naturell – genau der gleiche Charakter wie Monika! Aber mehr noch als deren Offenheit und Spontaneität – die recht lästig werden konnten, meint er jetzt, besonders, seitdem sie sich ihm ganz hingegeben hat – fürchtet er seitens der andern einen Skandal auf dem Standesamt. Wie kann man den vermeiden? Nur, indem er ihren Verdacht bis zum letzten Augenblick einschläfert ... Inzwischen ist er Herr der Lerbierschen Fabrik und hat das Patent in der Tasche. Das Weitere findet sich dann schon!

Schließlich kann er ja für den Anfang geschickt zweispännig fahren, wenn's durchaus sein muß …

Lucien Vigneret ist ein guter Rechner und sieht in dem kommerziellen Zusammenschluß mit seinem zukünftigen Schwiegervater ein sehr gutes Geschäft. Um diesen Vertrag ist es ihm in allererster Linie zu tun. Monika ist, ohne daß sie es ahnt, nur die Zugabe.

Die allgemeine Geschäftskrise hat auch die Lerbiersche Fabrik betroffen und sie ist unter ihrer glänzenden Außenseite ins Wanken geraten. Der Rest der Kriegsgewinne ging für die Versuche mit der neuen Erfindung drauf; aber trotzdem ist Lucien der Ansicht, daß er ein ausgezeichnetes Geschäft macht, wenn er bei der Unterzeichnung des Ehevertrags über die nichtausgezahlten fünfhunderttausend Francs von Monikas Mitgift quittiert und selbst in die Gesellschaft Lerbier–Vigneret nur fünfhunderttausend Francs neues Geld einzubringen braucht. Wenn man den Stickstoffdünger geschickt ausbeutet, wird er eine reine Goldgrube werden.

Daher wird es ihm auch so schwer, seine Mißstimmung über die beunruhigende Freigebigkeit John Whites, eines möglichen Teilhabers, zu verbergen.

Nach der Hochzeit, soviel er nur will! … Aber bis dahin stellt das Mädchen in Vignerets Augen den vollen Wert des Patents dar – und nur diesen. Wenn er so denkt, ist er nicht besser und nicht schlimmer als die meisten andern Männer.

Er will sich von Monika verabschieden, aber sie hält ihn mit spontanem Betteln zurück.

»Mama muß gleich kommen. Bleib' doch noch so lange! … Wir gehen dann zusammen.«

In ihrer harmlosen Verliebtheit genießt sie den flüchtigen Augenblick, wie eine Nonne die Ewigkeit. Sieht Lucien mit seinem energischen Gesicht, seiner muskulösen Magerkeit, seinen tiefschwarzen Augen nicht besser aus als alle andern? Selbst die Schönsten stellt er in den Schatten! … Sogar Sascha Volant, der ehemalige Flieger, der inzwischen die Auto-Meisterschaft erworben hat, selbst Antinous, alias Max de Laume, der Literaturkritiker der Nouvelle Anthologie Française, verblassen vor ihm.

Eben sieht er den beiden zu, wie sie sich um Ginette bemühen. Fräulein Morin prüft verächtlich Monikas Auslage. Der Basar ist bald zu Ende und ihr Verkaufstisch noch halb voll! ... Sie deutet auf den leeren Tisch vor sich:

»Da bist du geschlagen, was? Ich habe nichts mehr zu verkaufen!«

»Doch!« protestiert Sascha Volant.

»Nein! Was denn?«

»Das da!«

Er zeigt auf die verwelkende Rose in ihrem Gürtel. Und Max de Laume unterstreicht mit zweideutigem Lächeln:

»Ihre Blume!«

Ginette entgegnet:

»Viel zu kostspielig für euch, meine Lieben!«

Sie protestieren:

»Das wird sich ja zeigen! Wieviel? ... Nennen Sie einen Preis!«

»Ich weiß nicht! Fünfundzwanzig Louis? ... Ist das zu viel?«

»Das ist halb geschenkt«, meint Sascha Volant galant. »Ich biete dreißig! ... Bietet jemand mehr?«

»Vierzig!« ruft Max de Laume.

»Fünfzig!«

Fräulein Morin findet, daß die Zweideutigkeit, oder vielleicht die Versteigerung, weit genug gegangen sei, nestelt ihre Rose los, nach der Sascha Volant schon greift, und hält sie Mercoeur hin, der eben wieder erscheint. »Schon zugeschlagen, meine Herren!« meint sie mit einer höhnischen Fratze. »Ich verkaufe sie nicht. Ich verschenke sie.«

In den großen Sälen, wo das Gedränge und der Lärm schon nachgelassen haben, löst sich der Wohltätigkeitsbasar in Privatempfänge auf. Die famose Jazzband Tom Fricks hat die Kapelle der republikanischen Garde abgelöst. Man tanzt zwischen den Tischen des großen Erfrischungsraumes.

Von den einzelnen Ständen her, wo sich, ihren Sympathien

folgend, Gruppen gebildet haben, tönt Gelächter und die Stimmen erschallen lauter. Man könnte meinen, nach dem Gedränge des Nachmittags finde jetzt ein heiteres auserlesenes Fest statt, in dem die gesellschaftliche Elite ihre Reihen schließt. Die vier- oder fünfhundert Figurantinnen, denen man auf allen Messen und bei allen Premieren begegnet, sind vollzählig versammelt. Man ist wieder unter sich.

»Deine Mutter scheint nicht zu kommen«, meint Vigneret. »Schon sechs! Ich muß unbedingt gehen. Ein Geschäft, das keinen Aufschub duldet.«

Das Rendezvous mit Cleo in ihrer Wohnung um Viertel nach sechs! Er kommt gerade noch zurecht.

»Also«, sagt Monika seufzend, »bis heute abend. Komm' nicht gar so spät.«

»Um halb zehn, wie immer ...«

Er entfernt sich; sie sieht ihm zärtlich nach. Als er verschwunden ist, kommt Monika sich plötzlich verlassen vor. Was tut sie hier auf diesem Jahrmarkt aller Eitelkeiten und Laster?

Der Luxus und die Dummheit, die sich hier unter den ministeriellen Wandbehängen breitmachen – während man laut die Einnahmen zusammenrechnet und eine jede die ihrigen mit schallender Stimme ausposaunt – erregen ihr körperliche Übelkeit. Das vergoldete Etikett: »Zum Besten der französischen Kriegsverstümmelten« kann in ihren Gedanken und Empfindungen nicht das entsetzliche Bild des großen Hospitals in Boisfleury zudecken ...

So vertraut sie ehemals mit dem Leiden und den Hospitälern war, dieser Anblick, diese menschlichen Scherben, die sich an Krücken hinschleppen oder einherhüpfen, diese Rümpfe, die sich auf kleinen Wägelchen vorwärtsbewegen, diese bis zur Unkenntlichkeit entstellten Gesichter, all diese menschlichen Trümmer, die einmal Intelligenz, Hoffnung, Liebe waren, und die nur noch formlose Masse, zerhackte Gesichter, weiße Augen und verzerrte Münder sind – eine unerträgliche Erinnerung! Sie hängt ihr mit unsäglichem Entsetzen nach. Ein Verbrechen war der Krieg, ein Eitergeschwür, das alles Gold der Welt und alles Mitleid der Erde niemals mehr von der blutigen Stirn der Menschheit würde tilgen können! ...

Das schrille Lachen Ginette Morins ertönt von neuem. Gleichzeitig bemerkt Monika ihre Mutter. Sie eilt ihr rasch entgegen.

Frau Lerbier kommt, in ihren Pelz gehüllt, mit strahlendem Lächeln lässig näher.

»Laß uns rasch gehen!«

»Was hast du?«

»Übel ist mir!«

Frau Lerbier meint bedauernd:

»Kein Wunder, bei dieser Hitze ... Aber so lange wirst du doch noch warten können, bis ich rasch einmal durchgegangen bin?«

Es ist sehr heiß, sie schiebt ihren Zobelkragen beiseite. Man sieht das Perlenkollier auf dem fetten Hals.

III.

»Wie rücksichtslos!« meinte Frau Lerbier, als sie die breite Freitreppe des Ministeriums herunterstieg. »Dein Vater hat das Auto dabehalten. Wenn Lucien uns schon nicht nach Hause bringen konnte, hätte er wirklich daran denken dürfen, dir seinen Wagen zurückzuschicken.«

»Ach, wir werden schon eine Autodroschke finden!«

»Diese Karren kann ich nicht ausstehen! Erstens sind sie schmutzig, und zweitens ist man alle paar Minuten in Lebensgefahr ...«

»Vielleicht zu Fuß?«

Sie lachte. Ihre Mutter sah sie mißvergnügt an.

»Wenn du also keinen Taxameter magst, Mama, drüben auf der andern Seite der Brücke ist die Tram ...«

»Wie geistreich!«

Monika kannte doch ihren Abscheu gegen alle demokratischen Transportmittel: diese Fülle und die Langsamkeit ... es stank darin und es dauerte endlos! Sie zuckte die Achseln:

»Du mußt doch zugeben, daß eine gute Limousine ...«

»Selbstverständlich! Hunderttausend Francs Rente sind besser als fünfzigtausend, fünfzigtausend besser als fünfundzwanzigtausend und so weiter ... Aber ein Auto ... Ich würde Lucien ebensogern heiraten, wenn er keines hätte.«

Frau Lerbier höhnte:

»Ein Herz und eine Hütte! Du bist idealistisch und noch jung. Ich möchte dich mal hören, wenn du erst eine heiratsfähige Tochter hast ...«

Sie seufzte:

»Ruf den da ... Ruf ihn doch! ... He! Chauffeur ...«

Verächtlich fuhr der Mann vorbei, ohne zu antworten.

»So ein Rüpel! ... Bolschewist!«

Sie rief ihre Tochter als Zeugen an:

»Da siehst du, wohin uns dein Sozialismus führt!«

Verzweifelt sah sie die Straße entlang, die ein scharfer Wind fegte, als auf einen Ruf des Türhüters ein elegantes Coupé gerade neben ihnen am Bürgersteig vorfuhr. Gleichzeitig rief Michelle Jacquet, die hinter ihnen aus der Tür trat, sie an:

»Gnädige Frau! Gnädige Frau! Soll ich Sie nach Hause bringen?«

»Wie?« staunte Frau Lerbier. »Sie sind allein?«

»Frau Bardinot, der meine biedere Mutter mich anvertraut hatte, hat sich von Leo entführen lassen.«

Frau Lerbier platzte heraus:

»Natürlich!«

»Oh!« bemerkte Michelle, während sie sich auf den Rücksitz setzte, »ich glaube, das dauert nicht mehr lange; Leo macht Ginette schöne Augen ... Leicht möglich, daß man ihm zur Strafe einen Nachfolger gibt ... Was, Monika?«

»Ich habe nichts bemerkt!«

»Die hat nur Augen für ihren Lucien. Mich hindert mein Verlobter nicht daran, die Augen offenzuhalten! Das Marquisat von Entraygues blendet nur Mutter Jacquet! Für meine Mitgift hätte sie schließlich auch einen Herzog haben können! ...«

Frau Lerbier girrte schockiert:

»Aber Michelle! Wenn Ihre vortreffliche Mutter hören könnte, wie Sie von ihr und ihrem Schwiegersohn sprechen ...«

»Dann würden ihr die Ohren abfallen!«

»Die jungen Mädchen von heute haben doch vor gar nichts mehr Respekt! Übrigens, warum haben wir eigentlich nicht das Vergnügen gehabt, Ihren Bräutigam zu sehen?«

»Mama hat doch heute ihren Donnerstag!«

Von dieser Feierlichkeit pflegte sich Michelle, wenn es irgend anging, zu drücken. Eine Vereinigung alter und junger Herren, die pumpen oder sich produzieren wollten ... Man traf dort auch Blaustrümpfe verschiedenster Schattierung – Frau Jacquet, Verfasserin eines kleinen Bändchens Sinnsprüche, gehörte der George-Sand-Gesellschaft an.

Frau Lerbier wiederholte reuevoll:

»Ach ja, ihr Donnerstag.«

So wenig sie Frau Bardinot mochte, trotzdem sie ihr schmeichelte – so sehr verehrte sie die schwerreiche Frau Jacquet. Diese war eine alte Tänzerin, die sich schließlich durch ihre berühmten Perlenkolliers und ihre Villa in der Avenue du Bois einen Botschafter als Gatten aus den Puffs aufgefischt hatte. Während des Krieges war er verblödet gestorben, und majestätisch trug sie immer noch Halbtrauer um ihn, als den offiziellen Vater Michelles, die sie ihm mit allem übrigen in die Ehe gebracht hatte. Durch ihren hochanständigen Salon, in dem sowohl der Nuntius als auch der Senatspräsident verkehrte, war Frau Jacquet eine Macht geworden. Sie schuf Akademiker und löste Ministerien auf.

Während die ganz in ihre Träumereien versunkene Monika die Klatschereien, mit denen Michelle ihre Freundinnen schlecht machte, nur einsilbig beantwortete, ließ Frau Lerbier sich behaglich wiegen. Ein ausgezeichneter Wagen, nach dem anstrengenden Nachmittag ... Ausstellung englischer Porträts –

dies Gedränge! man konnte überhaupt nichts sehen! ... Dann der neue Tanztee in der rue Daunou ... kein Tisch frei! ... Und schließlich hatte die Stunde von fünf bis sechs auf Rogers Diwan sie gänzlich erledigt ...

Ein Schauer lief ihr von den Haarwurzeln den Rücken abwärts. Geheimnisvoll lächelte sie dem schmalen Spiegel zu, der ihr über dem Necessaire von Gold und Kristall ihr volles Gesicht zeigte. Die Falten waren dank der geschickt aufgetragenen Schminke und der scharfen Massage nicht sichtbarer als die Spuren der Küsse, die vorhin ...

Frau Lerbier, die sich ausschließlich mit ihrer eigenen Person beschäftigte, hatte mit ihren fünfzig Jahren nur den einen Lebenszweck: auszusehen wie dreißig. Sie war eine nachlässige Hausfrau und ließ ihr Hauswesen unbekümmert gehen, wie es wollte, wenn nur jeden Monat das nötige Geld da war. Was ihr Mann dachte oder tat? Das kümmerte sie so wenig wie das Innenleben ihrer Tochter. Trotz – oder wegen – ihres lächelnden Egoismus hieß sie aber allgemein die schöne, die gute Frau Lerbier. Sogar die bösen Mäuler verschonten sie, dank ihrer guten Haltung, ihrer Geschicklichkeit, sich den Anschein zu geben, nur für andere zu leben.

»Auf Wiedersehen, mein Hühnchen, bis morgen!« sagte Michelle und küßte Monika. »Wir treffen uns doch im Theater? Auf Wiedersehen, gnädige Frau.«

»Meine besten Grüße an Ihre Mutter.«

»Sie können ganz ruhig sein. Sie wird strahlen, wenn sie hört, daß wir zusammen nach Hause gefahren sind. Sie ist ganz vernarrt in Sie.«

Frau Lerbier war noch stolz auf dieses Lob, als sie an ihrem livrierten Portier vorüberschritt, der sehr tief grüßte. Diese Zeugnisse für die gesellschaftliche Hochachtung, deren sie auf der höchsten wie auf der niedrigsten Stufe genoß, waren ihr so notwendig wie die Luft zum Atmen. Sie hatte keine Ahnung, daß es auch eine andere Atmosphäre geben könnte, als die jener Vorurteile, in der und für die sie lebte ...

Der Aufzug hielt ratternd. Gleichzeitig öffnete sich die Wohnungstür. Es war Tante Sylvia, die eben vorsichtig zu Fuß die Treppe heraufgestiegen war und ihr Kommen gehört hatte.

»Siehst du«, scherzte Frau Lerbier, als sie ihrer Schwester ansichtig wurde, »wir leben noch!«

Die alte Jungfer hatte von ihrer ländlichen Einsamkeit her vor zweierlei Angst: vor diesen hängenden Käfigen mit ihren vielen Druckknöpfen und ihrem Auf und Ab von Seilen – und davor, mitten zwischen Autos und Omnibussen die Straßen kreuzen zu müssen.

»Euer Paris«, erklärte sie, »ist die reinste Schreckenskammer!«

Monika tätschelte ihr die Hand, umarmte sie und fragte dann:

»Hast du dich wenigstens im Théâtre-Français gut unterhalten?«

Tante Sylvia leistete sich jedesmal, wenn sie zu Besuch kam, eine Klassikervorstellung.

»Das ist das einzige, was du in Hyères entbehrst ... Sonst wäre es der Himmel auf Erden. Gesteh es!«

»Ich gestehe!«

Monika küßte nochmals das alte verrunzelte Gesicht. Sie fühlte sich viel mehr als die Tochter dieser guten Frau, als die ihrer Mutter. Hyères! ... Ja ... die friedliche Vergangenheit stieg in ihrem dankbaren Geist wieder auf. Ihr Schulmädchenzimmer ... die Klasse mit dem Blick ins Blaue ... Und der Garten ... und der große Felsen! Ein Aussichtspunkt, von dem aus sie die Welt zu entdecken geglaubt hatte.

»Schau, mein Häschen«, sagte Tante Sylvia, »wieviel Post du hast ... sieh nur ...«

Monika nahm einen ganzen Packen Briefumschläge von einem Lacktablett und warf einen Blick darauf.

»Nichts! Lauter Kataloge!«

Sie amüsierte sich über die Adressen, auf denen schon »Frau Vigneret« – neben ihrem seltsam verstümmelten Mädchennamen – stand. Offerten aller Art, von der Visitenkarte der Detekteien (schnell, diskret) bis zu den Gratulationen der Gemüsefrauen und den Büstenhalterreklamen ...

»Findest du diese Art von Reklame nicht unanständig, Tante? Ich finde, man sollte junge Eheleute in Ruhe lassen. Diese Zeremonie geht doch schließlich nur sie allein an. – Komm! Wir schwatzen noch ein bißchen, während ich mich umziehe. Es tut mir so wohl, offen mit jemand reden zu können ... Das kommt mir gerade so vor, als wüsche ich mich! ...«

Sie streifte ein Abendkleid über ... eines jener weiten Gewänder, die sich von selbst in weichen Falten dem Körper anschmiegen. »Das habe ich gern!« sagte sie. »Es ist so bequem. Man fühlt sich nackt und dabei ist es so keusch wie ein griechisches Gewand. Erinnerst du dich noch an die archaische Diana aus dem Marseiller Museum?«

»Mit der Stola, die ihr bis auf die Füße fällt? Ja.«

In einem plötzlichen Bedürfnis nach Ausgelassenheit faßte Monika ihre verblüffte Tante um die Taille, begann mit ihr zu tanzen und sang dazu.

Dann brach sie in Lachen aus und küßte die gute Alte, die sie mit liebevollem Blick gewähren ließ, immer wieder auf die Nasenspitze und das Kinn ...

»Uff!« sagte Tante Sylvia und setzte sich wieder.

Nun richtete Monika mit erhobenen Armen ihre Frisur, wobei die langen Ärmel ganz zurückglitten und die goldenen Achselhöhlen sehen ließen. Mit ihrer jungen, geschwellten Brust schien sie eine Statuette der Victoria am Schnabel ihres Schicksalschiffes.

»Hast du gesehen, daß ein Brief unter den Drucksachen war?« fragte Tante Sylvia.

Sie drehte ihn in der Hand ...

»Er sieht eigentümlich aus ...«

»Nein! Zeig mal! ...«

Der fettige grüne Geschäftsumschlag, die offenbar verstellte Handschrift ... Das sah nach einem anonymen Brief aus ... Monika öffnete ihn mit angewidertem Gesicht:

»Na?« rief Tante Sylvia beim Ausdruck des Staunens und dann der erregten Röte in Monikas Zügen.

»Da! Lies selbst!«

»Ich habe meine Brille nicht zur Hand. Lies vor, ich höre.«

Mit verächtlichem Ton, durch den aber nach und nach unwillkürliche Besorgnis klang, las Monika:

»Fräulein!

Es ist traurig zu denken, daß man ein junges Mädchen wie Sie derartig betrügen will. Der Mann, den Sie heiraten, liebt Sie nicht, er macht nur ein gutes Geschäft ... Sie sind nicht die erste. Er hat schon andere auf dem Gewissen! Wenn Sie mir nicht glauben wollen, erkundigen Sie sich bei Frau Lureau, rue Vaugirard 192. Das ist die Mutter von einem Mädchen, das er verführt und dann verlassen hat, nachdem sie ihm ein Töchterchen geboren hatte ... Jetzt hat er auch noch eine Mätresse, Cleo heißt sie. Er besucht sie alle Tage. Sie weiß von nichts und sie lieben sich sehr. Ich hielt es für meine Pflicht, aufzuklären.

Eine Frau, die Sie bedauert ...«

Mit einer heftigen Bewegung zerriß sie die Denunziation in kleine Fetzen.

»Ins Feuer damit! Mehr ist das nicht wert!«

»Es gibt doch zu gemeine Menschen!« flüsterte Tante Sylvia. »Was die menschliche Bosheit nicht alles ausheckt!«

Trotzdem machte sie die Genauigkeit der ersten Angaben – Name, Adresse – bedenklich. Vielleicht war es doch der Mühe wert, der Geschichte nachzugehen? ... Sie nahm sich vor, das zu tun, ohne Monika vorher zu beunruhigen.

Aber diese erriet ihren Plan und wurde böse:

»Nein! Nein! ... Wir dürfen Lucien nicht durch einen solchen Verdacht zu nahe treten! Er hat mir gesagt, er hätte in seinem Junggesellenleben nichts Ernsthaftes gehabt ... Wenn ich ihm auch nur einen Augenblick lang eine derartige Handlungsweise zutrauen wollte, müßte ich mich vor mir selber schämen! ... Und was die sogenannte Cleo betrifft ...«

Sie lächelte. Hatte der Vater ihr nicht genau wie Lucien versichert, das sei eine alte, abgetane Geschichte? Eine Laune, die längst vorüber war, ehe ihre Liebe begann? ...

Das Abendessen verlief sehr heiter. In die Scherze der Tante stimmte Monika so übertrieben lustig ein, daß ihre Mutter sie manchmal verstohlen beobachtete. Die Nervosität ihrer Tochter schien ihr heute abend ungewöhnlich groß.

»Monika!« ermahnte sie und wies auf den Rücken des Stubenmädchens, der vor unterdrücktem Lachen bebte. Die Schüssel mit Gänseleber auf der Anrichte klirrte.

Aber Monika war losgelassen:

»Hör mal, Papa, weißt du schon, wie Pony den Leo getauft hat? Den Überlouis!«

Herr Lerbier hob seinen kleinen Kasuarkopf:

»Ach nee!«

»Michelle hat es selbst gehört!«

Tante Sylvia erkundigte sich:

»Wer ist denn das ›Pony‹?«

»Frau Bardinot.«

»Und warum Pony?«

»Abgeleitet von Toni ... Weil es sich so leicht besteigen läßt.«

Diesmal hielt es Frau Lerbier der Dienstboten wegen für angezeigt, böse zu werden.

»Einfach entsetzlich, wie schlecht erzogen du bist!«

»Steck's ein, Tante! Hättest du mir nur nicht angewöhnt, die Wahrheit zu sagen.«

»Entschuldige, aber deine Mutter hat ganz recht. Auch die Wahrheit kann man mit Manier sagen.«

Frau Lerbier setzte noch einen Trumpf auf:

»Ganz besonders die Wahrheit. Und überhaupt, die Wahrheit – was ist das eigentlich?«

»Das, was ich dafür halte«, schnitt Monika ab.

»Sie hat also ein Monopol darauf! ... Was sagst du dazu, Frau Schulmeisterin?«

Tante Sylvia stimmte ihrer Schwester bei.

»Das kommt nämlich daher«, gab Monika zu, weniger zur Entschuldigung als zur Erklärung, »daß dies Milieu mich anekelt! Glücklicherweise gleicht Lucien diesen Hampelmännern ebensowenig wie ich diesen Puppen.«

Sie suchte mit ihren Blicken die Zustimmung der Tante.

»Du solltest aber doch wissen«, sagte Frau Lerbier, die das letzte Wort behalten wollte, »daß du mit deiner Art, nur nach deinem Kopf zu reden und zu handeln, wie eine Verrückte wirkst. Du wärst wirklich besser ein Junge geworden! Sieh dir doch deine Freundinnen an. Ginette oder Michelle. Das sind junge Mädchen, wie es sich gehört! besonders Michelle!«

Monika stellte ihr Glas wieder hin. Sie hätte sich beinahe verschluckt. Sie benutzte das Hinausgehen des Stubenmädchens:

»Bei denen werden ihre Ehemänner nicht die Einweihung feiern!«

Frau Lerbier gluckste schockiert. Sie hätte gewünscht, daß Monika, ohne gerade ein weißes Gänschen zu sein, doch bis zur Hochzeit eine dezente Unwissenheit bewahrt hätte, die die Mutter am Vorabend des großen Tages diskret aufklärt ... Aber unter dem Vorwand einer wissenschaftlichen Erziehung scheute diese moderne Offenheit vor nichts zurück, nicht einmal davor, nötigenfalls die geheimsten Organe bei ihren rechten Namen zu nennen ... Nein! ... Tante Sylvia mochte darüber denken wie sie wollte, aber gewisse Kapitel der Naturgeschichte hatten sich für die jungen Mädchen aufs Pflanzenreich zu beschränken. Der anatomischen Genauigkeit zog Frau Lerbier, »trotz der sogenannten Gefahren«, das geheimnisvolle Dunkel, die Scham – jawohl, die Scham – vor! Als sie dies große Wort losgelassen hatte, meinte sie, damit sei alles gesagt.

»Du machst mir sehr viel Kummer!« flüsterte sie.

»Damit mußt du dich abfinden, Mama. Seit dem Kriege sind wir alle mehr oder weniger Junggesellinnen geworden.«

In derartige Dinge pflegte sich Herr Lerbier nicht einzumischen. Er hatte das sexuelle und gefühlsmäßige Familienproblem in der Weise gelöst, daß er seine eigenen Wege ging. Und außerdem hatte der Erfinder augenblicklich nur den einen Gedanken: die drohenden Klippen des Bankrotts zu umschiffen und deshalb die Heirat ohne Zögern abzuschließen.

Vorher aber mußte er seiner Tochter wohl das Abkommen beibringen, das auf ihre Kosten getroffen worden war. Wie würde sie das aufnehmen? Sie rechnete auf die versprochene Mitgift, um zu den Haushaltskosten beizusteuern, oder doch wenigstens für ihre eigenen Bedürfnisse aufzukommen ... Bei dem Gedanken senkte Herr Lerbier den Kopf. Aber als man in den Salon hinüberging, begann er ihn wieder höher zu tragen. Seine Frau erzählte von der Freigebigkeit John Whites ... Er verlangte alle Einzelheiten zu wissen.

»Sieh einer an«, meinte er. »Ich werde dem Mäzen mal schreiben, mich bedanken und ihn einladen, die Fabrik zu besichtigen! Dann könnte man ihn eigentlich auch gleich zum Frühstück bitten?«

Eine goldene Perspektive eröffnete sich ihm: könnte er nicht vielleicht mehr aus Vigneret herausholen, wenn er White gegen ihn ausspielte, und umgekehrt? Ganz abgesehen davon, daß, wenn er sich dann noch mit Ransom und Piombino zusammentat ... Er rieb sich die Hände. Darüber mußte man jedenfalls noch nachdenken! Er vergaß ganz, daß er schon eine Hauptkarte ausgespielt hatte, daß Monikas Liebe bereits im Spiel war. Aber hätte er auch daran gedacht, so hätte ihn das nicht weiter bekümmert. In geschäftlichen Dingen schlug seine Gutmütigkeit in Grausamkeit um.

»Dienstag, was meinst du dazu, meine Liebe? Man könnte eigentlich auch Piombino und Ransom einladen und den Landwirtschaftsminister ...«

»Und Lucien?« rief Monika. »Was machst du mit dem? Wenn es sich um deine Erfindung handelt ...«

»Natürlich, Lucien auch!«

Sie benutzte die Gelegenheit, während er sich eine Zigarre anzündete und die Damen sich zu ihrem Kartenspiel setzten, um, eigentlich gegen ihren Willen, endlich von der Sorge, die sie quälte, mit ihm zu reden:

»Hör mal, Papa! Ich habe heute abend einen komischen Brief über Lucien bekommen ... Einen anonymen Brief.«

Frau Lerbier wandte sich um:

»Das ist ja klassisch! Und was stand denn drin?«

Monika berichtete, ohne ihren Vater aus den Augen zu lassen. Beim Sprechen schnürte sich ihr die Kehle zusammen. Herr Lerbier erhob wortlos die Arme gen Himmel.

»Aber Papa, wenn die Beschuldigung nun wahr ist, wenn tatsächlich in der rue Vaugirard ein Fräulein Lureau wohnt?«

Er erklärte mit einer Überzeugung, die nur zur Hälfte ehrlich war:

»Das müßte ich doch wissen! Man gibt doch niemandem seine Tochter, über den man sich vorher nicht gründlich erkundigt hat ...«

Sie atmete auf.

»Das wußte ich ja! Das ist dasselbe wie mit dieser Cleo, nicht wahr?«

Herr Lerbier wagte sich nur vorsichtig vorwärts, denn er fühlte sich auf unsicherem Boden. Er bestätigte:

»Du kannst dir doch wohl denken, daß ein Mann von fünfunddreißig Jahren nicht gelebt hat wie ein Mönch! ... Ich will gar nicht behaupten, daß dein Bräutigam nicht wie jedermann ein paar kleine Abenteuer gehabt hat ... Nichts von Belang! Aber das ist jetzt alles aus – begraben – zusammen mit seinem Junggesellenleben ...«

»Mich quält nur noch eins. Der Brief behauptet, Lucien mache durch seine Heirat mit mir ein gutes Geschäft ... Ich verstehe nicht, wieso.«

Herr Lerbier kratzte sich den Kopf. Jetzt kam der schwierige Moment ...

»Ein gutes Geschäft? ... Mein Gott ... nein ... Ich kann dir versichern, daß er sich gerade in diesem Punkt sehr vornehm benommen hat. Ich möchte fast sagen, völlig uneigennützig. Hör mal, mein Liebling, ich muß dir was gestehen. Ich wollte dir das übrigens sowieso dieser Tage sagen, weil wir uns darüber vor der Unterzeichnung deines Ehevertrages einig sein müssen. Du gibst mir jetzt die Gelegenheit ... Die Sache liegt so: du weißt, daß Lucien zuerst mein Teilhaber und dann erst dein Ehemann wird. Ferner kennst du den Wert meiner Erfindung ... Ich will gar nicht davon sprechen, daß ich mein ganzes Leben diesen Untersuchungen geweiht habe, nicht von all den

Mühen, die diese Erfindung gekostet hat ... Mühen, und leider auch Opfer! ... Um mein Ziel zu erreichen, mußte ich sehr viel Geld in meine Versuche stecken, mehr als die Hälfte unseres ganzen Vermögens. Und wenn ich jetzt gezwungen wäre, das Geld für deine Mitgift flüssig zu machen, was ich hoffte, tun zu können ... dann käme ich arg in Verlegenheit ... sogar sehr arg ...«

»Aber Vater! Warum hast du mir das nicht gesagt?«

»Es fiel mir zu schwer. Da hat nun dein Bräutigam, dem meine Verlegenheit bekannt war, mir ganz von sich aus angeboten, daß er seinerseits trotz der schweren industriellen Krise, die wir jetzt alle durchmachen, auf die Auszahlung dieser fünfhunderttausend Francs verzichten wolle, ... vorausgesetzt natürlich, daß du einverstanden bist ...«

»Aber selbstverständlich, Vater!«

»... und mir die Verfügung darüber überläßt.«

Sie küßte ihn.

»Das ist nicht mehr wie recht! ... Warum hat er mir nichts davon gesagt?«

»Es war ihm lieber, daß ich das täte. Du begreifst: damit wäre ich gerettet! Wir wären dann imstande, die andern Vorschläge, die am Horizont stehen: White, Ransom, Piombino ... in aller Ruhe an uns herankommen zu lassen. Wohlverstanden, du gewährst mir damit nur ein Darlehen! Und nicht umsonst! Da sei nur ganz sicher! Die Zukunftsaussichten sind glänzend ... glänzend! ... Siehst du, Kleine, indem er einwilligt, dich zu nehmen, wie du gehst und stehst, das heißt, ohne einen Heller, beträgt sich Lucien so, wie ich sicher war, daß du es tun würdest ... Er handelt mir gegenüber wie ein Sohn. Und an dir ... Bist du dir jetzt klar darüber? Keine einzige Frau kann sich eher als du rühmen, nur aus Liebe geheiratet worden zu sein!«

Nach der ersten Gefühlsaufwallung überlegte Monika. War sie enttäuscht darüber, daß ihre finanzielle Unabhängigkeit durch Luciens Vorschlag in Rauch aufging? War sie betroffen, bedauerte sie in ihrem angeborenen Stolz, daß er sie heiratete, ohne daß sie etwas anderes mit in die Ehe brachte, als ihren guten Willen und ihren heißen Arbeitseifer? Besonders rührte sie sein Zartgefühl ... und seine diskrete Handlungsweise ...

»Das ist doch nett von ihm, was Mama?« sagte sie.

Tante Sylvia, die aufmerksam zugehört hatte, fragte:

»Darf ich auch mal ein Wörtchen sagen? Ich bin zwar sicher, daß ihr alle über mich herfallen werdet! Aber das macht nichts! Deshalb werde ich doch meine Meinung sagen. Sollte Herr Vigneret nicht eine Million in eure neu zu gründende Aktiengesellschaft einzahlen?«

Herr Lerbier runzelte die Stirn.

»Ja. Warum?«

»Wenn er nun auf die fünfhunderttausend Francs verzichtet, die ihm nicht gehören (da sich Monika ja in Gütertrennung verheiratet), braucht er persönlich um soviel weniger einzuzahlen?«

»Selbstverständlich!«

»Das wollte ich bloß wissen ...«

»Was willst du damit sagen?« rief Frau Lerbier.

»Nichts. Gar nichts ... Ich konstatiere bloß, daß das Geschäft in dieser Krisenzeit für alle Teile gut ist!«

»Wieso denn?« fragte Monika.

»Für deinen Vater, dem das sehr gelegen kommt ... für deinen Verlobten, der die Teilhaberschaft um den halben Betrag erwirbt und obendrein auf deine Kosten den Großmütigen spielt ... und endlich auch für dich, da du dich willig scheren läßt und ja und amen dazu sagst ...«

Monika mußte lachen.

»Tante hat gar nicht so unrecht! Denn eigentlich habt ihr euch bei eurem ganzen Geschäft alle beide so wenig um mich bekümmert, als wäre ich eine Null! Das ist doch kränkend! Ich bin erwachsen!«

Aber sie war so glücklich darüber, den Menschen, die sie liebte, ein Opfer bringen zu können – dem einen ein Geldopfer, dem andern das Opfer der Eigenliebe –, daß alle egoistischen Bedenken verstummten. Die Freude, geben zu können, berauschte sie ebensosehr wie die, zu empfangen. Sie wünschte,

Lucien möchte recht bald kommen, damit sie ihm neckend danken könne. Er ließ lange auf sich warten!

Die Uhr schlug zehn.

»Er verspätet sich!«

Im gleichen Moment fuhr sie zusammen:

»Da ist er!«

Ehe jemand etwas gehört hatte, fühlte sie die unwiderstehliche Anziehungskraft seiner Gegenwart. Fühlte innerlich sein Kommen ... Endlich, die Klingel der Entreetür ...

»Hab ich's nicht gesagt?«

Sie öffnete die Tür des Salons und faßte ihren Verlobten bei der Hand:

»Herein, mein Herr! Von Ihnen hört man ja nette Dinge ...«

Etwas beunruhigt sah er sich um.

»Keine Ausreden! Erstens einmal kommen Sie zu spät. Und zweitens gestattet sich mein Herr Gemahl, über mich zu verfügen wie eine Ware! ... Komme ich schon gar nicht mehr in Betracht, mein Herr? ... Und wenn ich nun meine Mitgift haben will?«

Unter den scherzenden Vorwürfen fühlte er das Glück der Unterwerfung. Sofort strahlte er wieder. Alles ging glatt! ... Blieb nur diese verdammte Cleo ... Das war eine ganz andere Nummer! ... Er verbarg seine Unruhe unter Zärtlichkeitsäußerungen.

Monika gab sich rückhaltlos der Wonne hin, zu lieben und zu bewundern. Lucien besaß in ihren Augen jegliche Schönheit und jegliche Tugend. Sie kleidete ihn in die Regenbogenfarben ihrer Träume. Ihre vertrauende, impulsive Natur ging gerne über die alltäglichen Maße hinaus, wobei sie sich allerdings ebenso heftig wieder in Abwehrstellung zurückreißen konnte, wie sie sich hingegeben hatte ...

Während Herr Lerbier sich zwischen seine Frau und Tante Sylvia setzte und Interesse an ihrem Kartenspiel heuchelte, zogen sich Lucien und Monika wie gewöhnlich in den kleinen Salon zurück, in dem sie jeden Abend allein waren.

Monika ergriff Luciens Hände und sah ihm tief in die Augen.

»Ich habe eine große Bitte an dich.«

»Im voraus gewährt!«

»Lache bitte nicht, es ist mir ernst.«

»Also los!«

»Mich niemals, niemals zu belügen!«

Er witterte die Gefahr und ergriff die Offensive:

»Immer wieder dieses Steckenpferd! Weißt du, daß das allmählich beleidigend wird?«

»Verzeih mir, Lucien. Ich habe all meinen Glauben und meine ganze Hoffnung in dich gesetzt. Ich würde zu sehr leiden, wenn ich enttäuscht würde ... Für mich, das habe ich dir ja schon gesagt, gibt es nur eins, was zwischen einem Mann und einer Frau, die einander lieben, unverzeihlich ist: die Lüge ... der Betrug! ... Und wenn ich sage ›Betrug‹, so mußt du mich recht verstehen: einen Fehltritt, einen Irrtum, den man gesteht und bereut, den kann man vergeben! ... Die Lüge aber läßt sich nicht verzeihen! Das ... das ist der wahre Betrug. Das ist entwürdigend, gemein ...«

Er stimmte mit einem Kopfnicken zu. Man mußte auf der Hut sein.

»Verzeih, wenn ich heute etwas nervös bin ... Als ich nach Hause kam, fand ich einen anonymen Brief vor, von dem ich dir nur das eine sagen will: ich habe ihn sofort verbrannt und glaube kein Wort von dem, was darin stand.«

Er runzelte die Stirn. Und sagte dann sehr ruhig:

»Es war unrichtig, daß du die Schmutzerei ins Feuer geworfen hast! Man hätte vielleicht interessante Spuren darin entdekken können, die es ermöglicht hätten, den Urheber Lügen zu strafen ...«

Sie schlug sich vor die Stirn:

»Du meinst, es könnte ein Mann sein? Daß ich daran gar nicht gedacht habe!«

Sie machte sich Vorwürfe darüber, daß sie an eine weibliche Rache geglaubt hatte, sah in seiner Haltung ebensosehr wie in der unerwarteten Andeutung einen Beweis seiner Unschuld, an der sie übrigens in ihrer Gläubigkeit nie gezweifelt hatte.

Er fuhr fort:

»Was man dir auch immer geschrieben haben mag, ich brauche dir wohl nicht erst zu schwören, daß es nicht stimmt?«

Sie schloß ihm den Mund:

»Ich habe keinen Augenblick daran geglaubt.«

Er küßte ihre bebenden Finger, einen nach dem andern. Beruhigt versicherte er:

»Das wußte ich. Denn ich hatte dir ja mein Wort gegeben.«

Dann senkte sich seine Stimme:

»Und seit vorgestern, Liebling ...«

Er betrachtete sie mit glänzenden Augen. Sie errötete und neigte ihren Kopf gegen seine Schulter. Die Erinnerung ließ sie erbeben. Dann sah sie verzückt zu ihm empor. Begehren hüllte beide in seine Schleier ...

Ohne Bedenken, ohne einen Gewissensbiß neigte sich der Mann über den Mund, der sich ihm geöffnet bot, und besiegelte den falschen Schwur mit einem langen, tiefen Kuß.

Monika gab sich mit geschlossenen Augen diesem Schwur hin.

IV.

Die des Pariser Trubels ungewohnte Tante Sylvia beobachtete besorgt die gewandte Schnelligkeit des Autos, das sich zwischen den Trams, Lastwagen und Taxametern hindurchwand. Man streifte einen Autobus, was ihr ein »Um Gottes willen!« entlockte. Monika ergriff ihre Hand und drückte sie.

»Hab' keine Angst! Marius fährt sehr sicher!«

Seit der Auseinandersetzung vom vergangenen Abend lächelte sie bei jedem Anlaß. Während Lucien die Nacht bei seiner Geliebten verbracht hatte, schlief sie ihren ruhigen Kinderschlaf. Den ganzen Vormittag hatte sie gesungen. Jetzt freute sie sich schon im voraus auf den Besuch, den sie Professor Vignabos abstatten wollten.

Bequem in den ihr von Lucien geliehenen Wagen zurückgelehnt – ihren Vigneret –, empfand Monika eine gewisse Befriedigung darüber, daß sie jetzt ihrerseits die gute Alte bemuttern konnte, die sie erzogen hatte und die das Alter und das Provinzleben nach und nach in den Hintergrund geschoben hatten ...

»Erinnerst du dich noch an Elisabeth Meere«, fragte Monika.

»An Zabeth? Ich habe sie letzten Monat wiedergesehen. Lady Springfield; zwei reizende Kinder hat sie, und ihr Mann ist hoher Staatsbeamter. Sie ist jetzt Theosophin und Spiritistin.«

Tante Sylvia zuckte die Achseln.

»Wenn man sich Gott nähert, so bedeutet das, daß man von den Menschen abrückt. Zabeth hat sie allerdings nie sehr geliebt!«

Monika lächelte bei dieser Definition von Elisabeth Springfields neuem Mystizismus und bei dem Gedanken an ihren Bruder, der im vollen Gegensatz dazu stand, denn der hübsche Cecil Meere war »Philanthrop« und obendrein Maler aus Liebhaberei.

»Cecil ist gerade ... andersherum!«

Tante Sylvia war entrüstet:

»Da hat man's! Das ist krankhaft, das ist pervers! ... Kommt das nun davon, daß ich alt werde? Oder weil jetzt hier alles andersherum geht? Jedenfalls fürchte ich mich vor eurem Paris und lobe mir meinen stillen Winkel! Gott sei Dank, da ist ja die rue Medicis ... 23 ... 29 ..., wir sind da.«

Monika freute sich fast ebensosehr wie ihre Tante darauf, Professor Vignabos wiederzusehen. Der alte Junggeselle, der berühmte Historiker, der Stolz des Collège de France und die bescheidene Institutsvorsteherin waren alte Freunde, noch von den Zeiten ihrer Studentenjahre im Quartier Latin her. Fräulein Sylvia liebte es, so oft sie konnte, sich in diesem Milieu des gesunden Idealismus und der freien Forschung aufzufrischen.

Vergnügt stiegen beide zum fünften Stockwerk empor, das auf den Luxembourg-Garten hinausging.

Die alte Treppe, die schmale Eingangstür, das Vorzimmer, in dem schon einige Hüte und Mäntel hingen und die Anwesenheit von Schülern ankündigten, alles zeugte von Bescheidenheit.

Monika und ihre Tante lächelten sich verständnisvoll an. Sie liebten diese würdevolle Armut mehr, als den Prunk der Luxuswohnungen.

»Ach, meine gute Sylvia!« rief Herr Vignabos und schob vor Überraschung sein Hauskäppchen ganz schief nach hinten auf seinen sokratischen Schädel. »Wie ich mich freue, Sie wiederzusehen! Und auch Sie, gnädiges Fräulein ... Gestatten Sie, daß ich Sie bekannt mache ... Herr Regis Boisselot, Romanschriftsteller ... Herr Georges Blanchet, Professor der Philosophie, mein Schüler ...«

Mit der ihm eigentümlichen mechanischen Bewegung zupfte er an seinem Bärtchen, als spänne er aus ihm den Faden seiner Rede und fuhr fort, wo er stehengeblieben war, nachdem die Begrüßungsförmlichkeiten erledigt waren.

»Ich bewies gerade, daß die Ehe, so wie sie in unserer bürgerlichen Gesellschaft gang und gäbe ist, einen widernatürlichen Zustand bedeutet. Sie verzeihen doch, meine Damen? Schuld an dem Thema trägt Herr Blanchet, der mich um Rat fragte wegen einer Streitschrift, die er vorbereitet: Über Ehe und Polygamie ... Er weiß, daß ich gerade dabei bin, das Schlußkapitel meiner ›Geschichte der Sitten vor 1914‹ zu schreiben ... Über die Entwicklung des Familiengedankens. Wir diskutierten den Essay ...«

Er deutete auf einen gelben Band, der oben auf einem Stapel von Büchern lag, deren einzelne Titel Monika flüchtig las: »Die Frau und die sexuelle Frage« von Dr. Toulouse, »Über Liebe und Ehe« von Ellen Key usw. ...

»›Über die Ehe‹ von Leon Blum.«

»Das habe ich gelesen«, sagte sie. »Es stehen eine Menge guter und geistvoller, sogar tiefer Dinge darin. Aber ...«

Sie fühlte, wie die drei Männer ihre Blicke auf sie richteten: Herr Vignabos lächelnd, der Romanschriftsteller feindlich, der dritte Besucher endlich höflich und ironisch.

»Bitte, fahren Sie fort!« meinte Vignabos mit gütiger Feinheit und zu Georges Blanchet gewandt:

»Da bekommen Sie ganz unerwartet Material! Benutzen Sie es, junger Freund.«

Sie wurde sich der Lächerlichkeit ihrer Rolle diesen Gelehrten, diesen Psychologen gegenüber bewußt, die sie nicht kannten und sich instinktiv gegen ihr mondänes Geschwätz mit dem männlichen Vorurteil wappneten, das noch durch das Gefühl ihrer Überlegenheit verstärkt wurde. Darum schwieg sie verstockt, trotz der Ermunterung der beiden Professoren. Georges Blanchet bemerkte ihre Verlegenheit und ergriff höflich das Wort:

»Das *Aber* des gnädigen Fräuleins deutet die Empfindungen an, die man ihrem Zögern entnehmen kann, ohne ein großer Schriftgelehrter zu sein. Ich behaupte mit Leon Blum, daß die Menschheit ihrem Wesen nach polygam veranlagt ist. Unter polygam ist im weitesten Wortsinn der Instinkt zu verstehen, der den Mann dazu treibt, sich gleichzeitig oder nacheinander mehreren Frauen zu nähern, und ebenso die Frau mehreren Männern, ehe jeder das Wesen seiner endgültigen Wahl findet.«

Monika fühlte einen heftigen inneren Protest. Mochte jener Mann immerhin für sich sprechen und – mit Ausnahme von Lucien – für die meisten seinesgleichen! ... Aber behaupten zu wollen, daß die Frau ... Sie fühlte sich gedemütigt, für irgendeine Ginette oder Michelle gehalten zu werden! Sie war keusch geblieben bis zu jener Umarmung, die sie zur Frau gemacht hatte, ehe sie noch Gattin war. Georges Blanchet merkte, daß er mißfiel und sagte galant:

»Ich möchte gleich hinzufügen, gnädiges Fräulein, daß die meisten Frauen und alle jungen Mädchen, sofern sie nicht schon verdorben sind, ehe sie noch das heiratsfähige Alter erreicht haben, im Gegenteil das entgegengesetzte Gefühl, die entgegengesetzte Tendenz haben: die Neigung zur Monogamie. Sie würden sich nichts Besseres wünschen als die Frau eines einzigen Mannes zu werden und zu bleiben, vorausgesetzt, daß sie geliebt werden.«

Sie nickte zustimmend.

»Gerade dieser uralte Zwiespalt zwischen dem weiblichen Idealismus und der männlichen Bestialität brachte zugleich mit der sexuellen Anarchie jene Tendenz zur Vielweiberei hervor, um genauer zu sein, zur Vielmännerei, zu der sich die Frau nun ihrerseits entwickelt ... Eine zweifellos bedauerliche, aber zwangsläufige Anarchie. Ihre Schlüsse beweisen das, lieber Meister.«

»Ich fürchte!« seufzte Herr Vignabos. »Solange wenigstens nicht eine neue Erziehung ...«

Boisselot zog eine Rauchwolke aus seiner kurzen Bruyèrepfeife, die er mit Monikas Erlaubnis hatte brennen lassen.

Er höhnte:

»Ein Pflaster auf ein Holzbein! Ausgerechnet die Erziehung! Meinen Sie das im Ernst? ... Davon konnte doch nur vor dem Kriege die Rede sein ... Seither! ...«

Blanchet fuhr fort:

»Das gnädige Fräulein hat recht. Vom Standpunkt der Frau aus ist die Polygamie weniger ein Instinkt als ein Reflex, weniger Ursache als Wirkung. Ein zerstörender Reflex, eine peinliche Wirkung, aber von der Warte der strengen Gerechtigkeit aus dürfen wir uns nicht gestatten, die Frau deswegen zu tadeln. Um so weniger, als man anerkennen muß, daß die Ehe und Liebe, das heißt der sexuelle Instinkt, zwei ganz verschiedene Dinge sind ... Aber ich weiß nicht, ob ich ...«

»Nur weiter!« meinte Monika. »Wenn ich auch manche Gedankengänge nicht liebe, so habe ich doch keine Angst vor deutlichen Worten.«

Er verbeugte sich.

»Liebe und Ehe zum gleichen Begriff vereinigen wollen, hieße Feuer und Wasser vermählen, sturmbewegtes Meer und Hafen für eines halten! Es kann vorkommen, daß Ehe und Liebe einmal zusammentreffen! Aber das ist ein seltener Fall, und er ist meist von kurzer Dauer.«

»Danke bestens! Wo ich in vierzehn Tagen den Mann heiraten werde, den ich liebe!«

»Dann werden gnädiges Fräulein also die Ausnahme bilden, die die Regel bestätigt.«

»Worauf wollen Sie eigentlich hinaus?«

»Auf folgendes: daß es nur gerecht und klug wäre, wenn man

auch den jungen Mädchen gestattete, vor der Ehe ein Junggesellenleben zu führen. Sie werden um so bessere Ehefrauen werden, wenn sie sich die Hörner erst abgestoßen haben.«

Sie lachte laut:

»Zum Glück denken nicht alle Männer wie Sie. Sonst würde ich sicher sitzenbleiben!«

»Und doch wird sich auf diesem Wege die Entwicklung zu einer gerechteren Gesellschaftsordnung vollziehen. Ganz abgesehen davon, daß sich unterwegs beide Teile von der furchtbaren Fessel der Eifersucht freigemacht haben werden ... Wäre es nicht schließlich schon Gewinn genug, wenn man die Liebe von ihrer Manie für den gegenseitigen Alleinbesitz, von ihrem vorgeblichen Recht auf ewigen Besitz befreite? Man wird sich dann verheiraten, um sein Leben glücklich miteinander zu beschließen. Und um Kinder zu zeugen. Das ist besser, als um Dummheiten zu machen.«

Boisselot knurrte:

»Liebe ohne Eifersucht! Warum nicht gleich ein Körper ohne Seele? Das wäre das gleiche, wie Ihre Ehe ohne Liebe ... Eine Kombination von zwei Giftgasen: gemeinsame Interessen, gemeinsames Schuften! Das wird die künftige Gesellschaft nicht gerade verschönern. Sehr lobenswert, daß man beieinander bleibt, wenn man keine Beine mehr hat!«

Monika stimmte heftig zu:

»Herrn Blanchets Ehe ist ein Altersheim für Krüppel!«

»Verzeihung, gnädiges Fräulein«, erwiderte rasch der Professor und wurde rot, »ich für mein Teil bin der Meinung, daß es eine wahre Ehe oder besser ein Zusammenleben nur gibt, wenn man einander liebt und solange man einander liebt. Ich behaupte nur das eine, daß ein solches Zusammenleben mehr Aussicht auf Dauer hat, wenn Mann und Frau es mit vollem Bewußtsein eingehen. Für mich kommt nicht die Formel in Betracht, sondern die Sache. Ein freies Zusammenleben wäre mir gerade so recht wie eine gesetzliche Ehe, wenn unsere Gesetze dort ebenso wie hier die Rechte der Kinder schützten.«

Herr Vignabos erhob seine Stimme:

»Die freie Ehe ist theoretisch tatsächlich das Schönste aller Bündnisse. Aber Blanchet hat recht: die Rücksicht auf die Kinder. Diese schützt wenigstens die gesetzliche Ehe. Die freie Ehe jedoch gibt sie augenblicklich noch preis.«

Boisselot legte mit gesenktem Kopf los:

»Dann ändert doch eure Gesetze, wenn das, was für das Einzelwesen heilsam ist, im Gegensatz zum Heil des Staates steht. Selbstverständlich soviel Kinder als irgend möglich!«

Er zwinkerte:

»Für den nächsten Krieg!«

»Sie wissen ganz genau«, warf Blanchet ein, »daß eine Änderung der Gesetze in Frankreich immer erst erfolgt, nachdem die Sitten sich entsprechend geändert haben.«

»Also können wir nicht eher damit rechnen, als bis wir sämtlich krepiert sind!«

Herr Vignabos zupfte an seinem Bärtchen:

»Und was hat Renan gesagt, mein Junge? Die Lebenden schreiten stets über eine Brücke von Toten in die Zukunft.«

Kurzes Schweigen ... Dann schlug Tante Sylvia als erste den Ball zurück:

»Was sich gegen Herrn Blanchets System einwenden ließe, ist, daß es die Lösung des ungemein schwierigen Problems der Kinderfrage nicht erleichtert, sondern im Gegenteil erschwert (wenigstens solange der Staat seine Gesetze nicht umgestaltet). Mit einer derartigen Freiheit für die jungen Mädchen kämen wir zu einem Zustand, wie er bei den Hunden herrscht.«

»Verzeihung«, entgegnete Herr Vignabos, »es ist ja gerade die heutige Moral oder vielmehr Unmoral, die direkt auf diesen Zustand zutreibt! Wenn in der Frau nicht so viele, seit Jahrhunderten unterdrückte Begierden steckten, hätte die Welt ein besseres sexuelles Gleichgewicht ...«

»Zunächst einmal gäbe es noch mehr uneheliche Kinder und damit noch verwickeltere Zustände! Finden Sie denn nicht, daß sowieso schon zuviel ›abgetrieben‹ wird? Uneheliche Kinder und Kinder aus Ehebrüchen gibt es jedenfalls reichlich genug.«

Georges Blanchet lächelte:

»Das ist richtig. Aber sie dürfen versichert sein, daß die ... wie wollen wir die Emanzipierte gleich nennen? ... die ... Junggesellin von morgen ...«

»Aber nein!« erklärte Monika. »Ein Stückchen von einer Junggesellin bin ich auch. Aber ich schwöre Ihnen, ich habe niemals derartige Anwandlungen wie die, von denen Sie sprechen!«

»Gnädiges Fräulein, die Junggesellin von morgen wird der heutigen so wenig gleichen, wie Sie Ihren Schwestern von vor zwanzig Jahren. Bedenken Sie: wie viele Revolutionen aller Art umfaßt der Zeitraum einer Generation! ... Also! Diese Junggesellin wird es ebenso machen wie der Junggeselle. Nur wird sie sich vielleicht noch etwas mehr in acht nehmen. Und da hat sie kaum mehr viel zu erlernen! ... Die Geburtenziffer sinkt! Mit gutem Grund! Bald werden nur noch Idioten Kinder bekommen, wenn sie keine haben wollen. Und die Verführer werden sofort weniger unvorsichtig und weniger flegelhaft werden.«

»Aber das bedeutet ja das Weltende!« wehrte sich die staunende Tante Sylvia.

»Nein, durchaus nicht. Nur das Ende einer gewissen Welt. Das Ende der Verbrechen aus Liebe, das Ende der Heuchelei und der Vorurteile. Die Rückkehr zur Natur, deren Ordnung unsere heutige Ehe verkennt und entstellt.«

Während der alte Meister seine Mütze wieder in die Stirn schob und sich anschickte zu antworten, betrachtete Monika die drei Männer, die so ganz anders waren als diejenigen, die sie in ihrer täglichen Umgebung zu sehen pflegte.

Der sympathischste der drei war zweifellos Herr Vignabos, trotz seinem ein wenig gebeugten Rücken, den mageren Beinchen in zu kurzen Korkzieherhosen und einem Gesicht wie eine verrunzelte alte Kastanie! Aus seinen Augen leuchtete soviel heller Verstand und klare Vernunft, und um die Mundwinkel schwebte soviel gütige Klugheit, daß sein ganzes Wesen davon durchstrahlt schien.

Und die beiden andern! Von diesem Boisselot, fiel ihr ein, hatte sie einen merkwürdig herben und doch ergreifenden Roman gelesen: »Ehrliche Herzen«. Er hatte zwar über Liebe und Eifersucht in der Ehe verschiedene kluge Dinge gesagt (wenigstens schienen sie ihr klug, da sie mit ihren eigenen Empfindungen übereinstimmten), aber sie würde sich niemals mit seinem völligen Mangel an Eleganz befreunden können. Muskulös, langbeinig, mit derben Händen und seltsamen Augen, mit olivenfarbener Haut und einem brandroten Bart – wirkte Boisselot wie ein Raubtier, das an einem gefühlvollen Herzen leidet. Ein merkwürdiger Mensch, aber in gewisser Hinsicht sympathisch.

Und der zweite, der Schönredner! Schlank, klein, distinguiert, mit dem Gesicht eines Bischofs. Monika gefiel seine professorale Art und die skeptische Heiterkeit, die er zur Schau trug, gar nicht. Ein abscheulicher, langweiliger Kauz, dieser Blanchet! Edel? In der Theorie vielleicht. Aber der abgründigste Egoismus schaute ihm ja aus allen Taschen. Trotz der Ideen, mit denen er jonglierte und die, ungeachtet ihres Widersprechens, oft mit den ihrigen übereinstimmten, empfand sie seine Ansichten über die Ehe im allgemeinen und über die ihre im besonderen als eine persönliche Beleidigung und eine Ungehörigkeit. Ja, sie würde eine Ausnahme bilden, mochte dieser Schönling denken, was er wollte! Aus seinen Konzessionen ging klar hervor, daß er sie absolut nicht begriffen hatte. Nicht ahnte, mit welch ernstem, unverrückbarem Willen sie sich ihr Glück aufbauen und erhalten würde! ...

»Na, was sagst du?« fragte Tante Sylvia auf der Treppe.

»Herr Vignabos ist ja reizend. Aber die andern ...«

»Du bist schwer zu befriedigen«, tadelte sie und vergaß dabei ganz, daß ihr objektives Alter nicht mit dem gleichen Blick sah wie die Jugend. »Georges Blanchet ist sehr nett. Regis Boisselot ist mehr ein Original. Aber du mußt doch wenigstens zugeben, daß du eine anregende Stunde hinter dir hast!«

V.

Der Vorhang fiel nach dem ersten Akt von »Menelaus«.

»Amüsant!« erklärte Frau Lerbier, zu ihrer Tochter gewendet.

»Ach, was!«

»Du bist wirklich ein entsetzlicher Widerspruchsgeist!«

Sie schob das Achselband ihrer Robe hoch, das hinuntergerutscht war und die volle Rundung der Schulter enthüllte.

»Viel Eleganz im Zuschauerraum«, meinte Herr Lerbier durch sein Opernglas sehend. »Man merkt, daß Heiligabend ist.«

Das erst vor kurzem eingeweihte Cosmo-Theater mit seinem ansteigenden Parkett und den offenen Balkonlogen, das hauptsächlich der Aufführung von internationalen Operetten diente, erstrahlte im vollsten Glanz. Weihnachtsgalavorstellung und zugleich Premiere mit Alex Marly als Menelaus. Die Herren im Frack, die Damen in tiefausgeschnittenen Toiletten. Und auf der blühenden Haut der Jugend wie auf dem überreifen Fleisch der Älteren der Regen der Perlen und der Tau der Diamanten. Die reizlosesten Körper wie die bestgebauten präsentierten sich von der Achsel bis zur Hüftlinie im tiefen Ausschnitt duftiger Kleider. Man hätte glauben können, auf einem Sklavenmarkt böten sich all diese Reize den erfahrenen Blicken der Liebhaber und Händler dar. Sie prüften mit abschätzenden Blicken die Rundungen der Körper, die ihrer Nacktheit frohen Arme, die Brüste, die sich aus ihrem Versteck darboten. Die festlichen Flaggen der Frisuren vom Blauschwarz bis zum Weißblond, die Unterstreichungen mittels Schminke verliehen der Schau der Gesichter, die man »auf Schön« trug, das Ansehen bemalter Masken. Und all das bewegte sich, blitzte, plapperte, und in der schwülen Hitze entströmte ihm zugleich mit dem starken Duft der verschiedenen Parfums ein durchdringender Menschengeruch.

Man tauschte verstohlene Winke, leichte Verbeugungen. Frau

Lerbier machte auf Piombino aufmerksam, der im Parkett stand – ganz Mähne –, auf die Generalin Merlin und ihren Gatten, der ohne seine Uniform wie ein kleiner Beamter aussah, auf Frau Hutier mit dem etwas zu anonymen ehemaligen Minister. Auf Loth, Vater und Tochter, deren Name Anlaß zu – zweifellos verleumderischen – Anspielungen gab ... Cecil Meere war ganz in seine elegante Neurasthenie versunken, geruhte aber aus ihr aufzutauchen, um Monika mit abwesendem Blick zu grüßen.

»Sieh mal!« sagte Frau Lerbier, »da, die verdeckte Loge neben der Säule ... Frau Bardinot und Frau Jacquet ... Michelle nickt dir zu ... wer ist denn nur bei ihnen?«

Der Mann wandte sich um. Monika lächelte:

»Max de Laume.«

»Antinous? ... Was tut denn der da? Macht er etwa Michelle den Hof? ... Nein, die heiratet doch d'Entraygues ... Vielleicht ihrer Mutter, wegen des George-Sand-Preises? ... Nein, den bekommt er ja sowieso ... Dann also Pony! Ei! Ei! ... Dort sehe ich Ransom ... da in der Loge Abraham von Rotschilds. Aber wo ist Leo? ... Hat sie wirklich vor, den Ritter zu wechseln? ...«

Sie lächelte über ihre eigene Bosheit. Sie liebte »die große Jüdin« nicht, wenn sie ihr auch den Hof machte ... Sah freilich gut aus mit ihren Gazellenaugen und ihrer schmiegsamen Art ... Die Gewohnheit, sich zu ducken! ... Frau Lerbier fand die Plattheit und Geschicklichkeit widerwärtig, die *»die«* Bardinot beständig anwandte, um ihren Mann mit allen Mitteln vorwärtszubringen. Der kleine Finanzbeamte war mit geradezu unanständiger Geschwindigkeit von einem Überzähligen zum Kabinettsbeamten und vom Kabinettsbeamten zu einem Subdirektorat aufgestiegen. Von da ohne Aufenthalt zum Privatsekretär des Ministers, dann zum Personalchef, dann zum Generalinspektor. Jetzt hieß es, er werde die Staatskarriere verlassen, um in eine große Bank einzutreten, deren Präsidium demnächst frei werde, und das er mit Ransoms Unterstützung ...

»Es ist geradezu erstaunlich«, höhnte Frau Lerbier, wenn man unter Freundinnen von »dem lieben Pony« sprach, »wie weit sie ihren Mann vorwärtsgebracht hat, nur indem sie sich hinlegt! Oder auch: Sie hat eine Art, die Hand auszustrecken, der die Männer nicht widerstehen können ...«

Bardinot hatte eben Karriere gemacht. Ein Ergebnis, das natürlich die übelste Nachrede hervorrief.

Frau Lerbier erinnerte sich an einen Ausspruch, den man von Pony kolportiert hatte, als sie zum ersten Male von Antinous hörte: Was kann er?

»Jetzt wird sie wohl Bescheid wissen.«

»Bist du aber klatschsüchtig, Mama!« sagte Monika. »Na, ich werde mal Michelle besuchen.«

»Erinnere sie daran, daß ich sie morgen mit Helene Suze erwarte, um im Claridge Tee zu trinken.«

Monika ging raschen Schrittes durch die Gänge, unbekümmert um die Blicke, die sie entkleideten. Sie hatte einen Widerwillen gegen diese »echt pariserischen« Gesellschaften, deren glänzende Oberfläche ihr nicht die Kloake verdeckte ... Körper zu verkaufen ... Gewissen zu kaufen! ... Zum Glück gab es – wie Georges Blanchet heute nachmittag gesagt hatte – noch Ausnahmen! Sie, einen Lucien, einen Vignabos, eine Tante Sylvia ... man konnte sie zählen!

Monika lachte bei dem Gedanken an das Gesicht, das die Tante über dies doppelte Schauspiel auf der Bühne und im Zuschauerraum gezogen hätte, wenn sie ihrer Schwester nachgegeben hätte, die sie absolut zu Menelaus hatte mitschleppen wollen! ... Wie schlau war die gute Tante doch gewesen, den Heiligen Abend und den ersten Feiertag ruhig draußen in Vaucresson bei Frau Ambrat zu verbringen ...

Auch eine Freundin in der Art Vignabos! Eine aktive Frauenrechtlerin. Frau Ambrat, Lehrerin an einem Versailler Lyzeum, fand nebenbei noch Zeit, das von ihr gegründete Hilfswerk für verlassene Kinder zu leiten, und außerdem ihrem Gatten, dem Ingenieur, eine ausgezeichnete Gefährtin zu sein ... Monika malte sich aus, wie sie wohl alle drei unter der Lampe saßen, auf die Mitternacht warteten und die gefüllte Gans und die Blutwürste mit einem Glas Vouvray begossen (Herr Ambrat war aus Tourange). Sie beneidete sie um ihr Leben voll geistiger

Arbeit und schlichter Freuden. Sie hätte ... da sie Lucien heute doch nicht mehr sehen würde – Tante Sylvia begleiten und mit ihr den Tag beschließen sollen, der so schön gewesen war.

Sie rekapitulierte: der Besuch in der rue Medicis; der Fehmantel und das Mardercape, das sie beim Pelzhändler bestellt hatte; das Zusammentreffen mit Lucien am Boulevard Suchet, um die von Pierre Souzaies empfohlenen Möbel zu besichtigen (gar nicht übel, der Schreibtisch und der Bücherschrank!) ... und dann, unter den liebevollen Blicken der guten Alten, der Tee im Ritz.

Beim Abschied hatte ihr Lucien so nett sein Bedauern darüber ausgesprochen, daß er sie nicht ins Theater begleiten könne und ohne sie zu Abend essen müsse ... Aber es war leider vollkommen ausgeschlossen, die Belgier hatten ihm noch am Morgen telefoniert. Darauf hatte sie ihm versprochen, wenn er nicht doch noch vor Schluß der Vorstellung käme, nach dem Theater sofort nach Hause zu gehen. Wenn ihre Eltern noch mit Frau Bardinot und, wie sie glaubte, Ransom und Piombino zusammen weiterfeiern wollten, dann sollten sie das ganz einfach ohne sie tun.

»Darf man eintreten?«

»Komm rasch!« rief Michelle, als sie sie erkannte.

Michelle, klein, rundlich und so blond, daß man ihr Haar hätte für gebleicht halten können, war garade dabei, im Hintergrund der Loge Max de Laume eine gepfefferte Geschichte zu erzählen, wenigstens ihren leuchtenden Augen nach zu urteilen.

»Warte«, meinte Monika, »ich muß erst die Ahnfrau begrüßen.«

Frau Jacquet legte ihr zu Ehren das Opernglas nieder, durch das sie das Publikum Revue passieren ließ, wie eine Herrscherin ihre Truppen, und neigte graziös ihre weiße Perücke. Frau Bardinot entzog sich für einen Augenblick den Redensarten, mit denen die zahnlose Galanterie Ransoms sie ausdauernd beglückte.

»Die schuldige Gegenleistung«, sagte sich Monika, »an den Bankier und seinen goldenen Segen ...« Ransom war neben

Bardinot der einzige Mann, der in Ponys Umgebung ausharrte. Ihre Geliebten wechselte sie alle halben Jahre. Ihre übrigen Launen, die nach Wochen oder nach Tagen zählten, dauerten nur so lange, bis sie alle Vorteile aus ihnen gezogen hatte, die sie bieten konnten.

»Ich frage Sie nicht nach Herrn Bardinot. Ich weiß ja, er hat Sitzung.«

Pony hatte es beim Ministerpräsidenten (dessen Sympathien sie sich durch Piombinos Vermittlung erworben hatte) durchgesetzt, daß ihr Mann als Finanzsachverständiger an der französischen Delegation beim Völkerbund teilnahm ...

»Also«, sagte Monika, die in den Hintergrund der Loge zurückkehrte, »ihr scheint euch ja nicht gerade zu langweilen! Man braucht nur de Laume anzusehen.«

»Stimmt!« gestand er ...

Er wies auf Cecil Meere, der im Parkett seinen braunen Frack und eine ungewöhnlich große Portion Spleen zur Schau stellte:

»Wir könnten uns totlachen über seine Leichenmiene!«

Monika stellte fest:

»So down war er noch nie!«

Sie grinsten. Michelle triumphierte:

»Das kann man wohl sagen!«

Und da Monika fragte, wiederholte sie ihre Erzählung, ohne sich lange bitten zu lassen:

»Also denk' dir, ich war heute nachmittag zum Tee bei Loths Tochter. Wir waren zu fünft oder sechst – außer den üblichen jungen Leuten –, na, eben die ganze Bande, mit Ausnahme von Ginette ... Die war, scheint's, mit Helene Suze zu einem Konzert zu Anika Gobrony eingeladen. Kammermusik ... kann mir's schon denken! ... Wir hatten Cecil hinbestellt und ihm eingeredet, er würde Sascha Volant treffen. Das ist seine neueste Flamme ... Natürlich kam er. Damit er nicht die Geduld verlor, haben wir Gesellschaftsspiele gespielt ... das lieb' ich zu sehr, diese harmlosen Spielchen!«

»Kann man wohl sagen!« warf Max de Laume ein.

»Sie finden auch überall etwas dabei! Was ist es denn Schlimmes, mit verbundenen Augen, die Hände auf den Rücken gebunden, auf dem Mockierstühlchen zu sitzen? Man muß erraten, wer sich einem auf den Schoß setzt und einen küßt. Das ist alles. Irrt man sich, geht's weiter.«

»Und?«

»Wir haben's so eingerichtet, daß Cecil auf dem Stühlchen sitzen mußte. Als wir ihm die Augen verbunden hatten, haben wir den Jungens einen Wink gegeben, sie sollten nicht mittun; das hätte ihm zu viel Spaß gemacht! Und dann haben wir ihn abgeküßt, eine nach der andern, so toll wir nur konnten. Simone hat sich Putzwolle unter die Nase geklebt, um einen Schnurrbart zu markieren. Wenn er zufällig richtig riet, schrien wir: Falsch! Falsch! ... Und dann ging's von neuem los ... auf den Hals, auf den Mund ... Schließlich war er halb verrückt. Da haben wir ihn losgelassen!«

Die Klingel kündigte den Schluß der Pause an.

»Pfui, seid ihr ekelhaft!« sagte Monika. »Auf Wiedersehen!«

Angewidert entfloh sie. Was mußte ein intelligenter Mann, wie Max de Laume, der den Krieg mitgemacht hatte und dessen Beruf es war, die Sitten zu beobachten, von dieser kleinen Pute und von ihr wohl denken? Monika war sicher, daß er sie beide gleich einschätzte und verachtete.

Kaum hatte sie den Rücken gekehrt, als Michelle liebenswürdig loslegte:

»Geh' nur, du Zimperliese! Die Sorte hat's immer am dicksten hinter den Ohren! ... Weil sie sich verheiratet?! ... Was das schon ist! ... Ich verheirate mich doch auch.«

»Gestatten Sie, liebes Kind!« entschuldigte sich Ransom, der, seinen Bauch vor sich herschiebend, zur Tür strebte ... »Bis nachher, im Rignon.«

»Das hängt von Mama ab.«

Sie lächelte unschuldsvoll und streckte hinter dem Dicken die Zunge heraus.

»Natürlich geh' ich hin! ... Ein Glück, daß Sie auch angenommen haben!« sagte sie und warf ihrem Gefährten einen bewundernden Blick zu, während dieser sich vorsichtig die

Stirn abtupfte ... »Wahrhaftig, man erstickt hier fast. Was für ein hübsches Taschentuch! Zeigen Sie her ...«

Sie roch daran:

»Donnerwetter!«

Das Taschentuch enthielt eine kleine Puderquaste, mit der sie sich die Wangen puderte, ehe sie ihm das Tuch wieder hinhielt:

»Da, Sie koketter Kerl!«

Aber mit einer so heftigen Bewegung, daß er ganz verdutzt war, änderte sie ihre Absicht. Rasch steckte sie ihm das vermeintliche Taschentuch in die Tasche und ihre Hand begleitete es bis an die richtige Stelle. Er konnte sich nicht enthalten, diese Hand zu ergreifen.

»Was fällt Ihnen denn ein?« fragte sie in einem so naiven Ton, daß er die List verstehen mußte.

»Nichts!« murmelte er.

Angekurbelt setzte er sich neben sie. Der Vorhang hob sich, und Alex Marly machte der halbnackten Helena eine Szene, die, um ihn umzustimmen, sich noch mehr entblößte. Max de Laume warf einen Blick auf den feisten Rücken von Mutter Jacquet und den lockenderen Ponys. Sollte man's glauben, daß er ihretwegen gekommen war? ... Dann stellte er mit einem Blick auf die rätselhafte Michelle, die rechts neben ihm saß, fest, daß sie die Beine so hoch übereinandergeschlagen hatte, daß sich ihm die Waden und das eine Knie in ihrer Seidenhülle darboten.

Er schob seinen Stuhl zwischen den der Ahnfrau und Ponys, die auf diese Art blockiert waren, und tat, als hörte er mit gespanntester Aufmerksamkeit auf Alex Marly, der umhertanzte und näselte: »Ich bin Laus der Gute, Laus der Gute ...«

Gleichzeitig umfaßte er einen der feinen Knöchel, glitt zu der runden Wade empor, dann zum Knie ... Er hielt unsicher inne, ging dann mit leichtem Druck über das Strumpfband hinaus. Seine Finger streiften nach der aufreizenden Seide eine so weiche Haut, daß er ihre Wärme hätte küssen mögen ...

Als endlich die nun vollkommen nackte (mit Ausnahme eines Schamhöschens und einer Draperie, die ihr eine Brust und den

Leib verhüllte) Helene unter überreiztem Applaus ihren Menelaus zurückerobert hatte, entschloß sich Max de Laume, den Augen seiner Partnerin zu begegnen. Er las in ihnen nichts, als die natürlichste gute Kameradschaft. Als ob nichts geschehen wäre. Er besaß Geschmack genug, sich damit zu begnügen und fragte sich nur bescheiden: »An was oder an wen, zum Teufel, hat sie wohl eben gedacht? ... Vielleicht an Entraygues? ... Wohl bekomm' es ihm! ... Der wird mit dem kleinen, lasterhaften Kätzchen ja noch nette Dinge erleben!«

Und ohne Gewissensbisse neigte er sich über Ponys Nacken, auf dem die leichten seidenen Löckchen unter seinem Hauch bebten. Sie erschauerte: Ist er mehr wert als Leo? ... Sie suchte mit unermüdlicher und immer wieder enttäuschter Hoffnung eine Umarmung, die ihre blasierten Sinne wirklich zu erschüttern vermochte.

»Kommen Sie«, sagte sie nach dem zweiten Akt. »Ich muß den Lerbiers eine Bestellung von Ransom ausrichten. Piombino und er wollen durchaus, daß sie mit uns soupieren ... Sie verzeihen doch, liebe Freundin?«

Frau Jacques fletschte gnädig ihr Gebiß, während Michelle Sascha Volant, den sie im Parkett entdeckt hatte, ihr liebenswürdigstes Lächeln zusandte. Draußen vertraute Frau Bardinot, die unfähig war, ein entdecktes Geheimnis für sich zu behalten, dem schönen Max an:

»Ich glaube, die beiden und John White haben was vor, sie wollen Lerbiers Patent kaufen.«

»Und Vigneret?«

»Der ist selbstverständlich auch dabei! Wie wär's denn mit Ihnen? Haben Sie nicht auch Lust, sich an dem Geschäft zu beteiligen?«

»Halten Sie mich für einen Zuhälter?«

Sie lächelte. Was fand er nur dabei?

»Für gute Freunde fällt immer was ab ...«

Er bäumte sich auf:

»Hören Sie mal, das Brot ess' ich nicht! Ich bin nicht Leo!«

Pony haßte die Peitsche nicht. Diese Grobheit gefiel ihr. Max de Laume verdiente seinen Unterhalt durch sein Talent. Darin war er Leo über! Und wenn sie schon beide das Kriegskreuz trugen, so hatte Max seins doch wenigstens nicht gestohlen ... Vor der Loge der Lerbiers, deren Tür er gerade öffnen wollte, faßte sie ihn bei der Hand:

»Sie gefallen mir!«

Er nahm dies Entgegenkommen auf wie einer, der an dergleichen gewöhnt ist. Seine Neugier nach Michelle, die durch den ersten Erfolg angestachelt war, hinderte ihn nicht daran, empfänglich zu sein für die Avancen von Frau Bardinot, die als Geliebte begehrenswert erschien. D'Entraygues im voraus gründlich zu hörnen, hatte seinen Reiz. Seinen Freund Leo auszustechen, nicht minder. Er erkundigte sich:

»Und Mercoeur?«

»Was denn, Mercoeur?«

»Verschwunden? Was machen Sie mit dem?«

»Ich glaube, er hat mich heute abend mit Helene Suze betrogen ... oder mit Ginette Morin ...«

»Und das läßt Sie ganz kalt?«

Sie sah ihm mit unterwürfiger Zärtlichkeit gerade in die Augen:

»Dummer Kerl! ... Freuen tue ich mich darüber!«

Er antwortete mit einem Augenzwinkern. Das Bündnis war geschlossen.

*

Eine Stunde später hielt das Auto der Lerbiers vor Rignon ... Trotz ihres Versprechens und ihres Widerwillens hatte Monika den Bitten ihrer Eltern nachgeben müssen, und vor allem dem Flehen Michelles. Frau Jacquet hatte deren Teilnahme an dem Abendessen, zu dem Ransom eingeladen hatte, nur unter der Bedingung gestattet, daß auch die Freundin ihrer Tochter dabei wäre ... sie selbst sei zu alt für derartige Vergnügungen ... Frau Lerbier würde ihr auf dem Heimweg die Kleine wiederbringen, wie sie so liebenswürdig angeboten hatte.

Max de Laume und Frau Bardinot waren schon mit Ransom und Piombino angekommen, dessen zwölfzylindriger Voisin gerade unter der Markise davonfuhr, um Platz zu machen.

»Du weißt wohl«, sagte Monika zu Michelle, »daß ich nur deinetwegen mitkomme!«

Sie war ärgerlich über sich selbst, daß sie hier war, trotz des Versprechens, das sie Lucien gegeben hatte. Nie hätte sie ihr Wort gebrochen, hätte sie nicht gefürchtet, ihrem Vater Kummer zu machen, wenn sie auf ihrem Willen beharrte. Sie hörte noch die Bitterkeit in seinem Ton: »Tu's mir zuliebe! Nein? Dann geh' zu Bett, wenn du absolut keinen Familiensinn hast! ...«

Der arme Vater! Waren seine Geldschwierigkeiten wirklich so groß?

*

Michelle hatte den Arm ihrer Freundin ergriffen:

»Laß nur! Wir werden uns schon amüsieren. Ich jedenfalls werde feste tanzen!«

Sie wiegte schon ihren Körper hin und her und summte die Tangomelodie mit, die abgerissen durch die gläserne Drehtür drang. Monika warf im Eintreten einen feindseligen Blick auf die Menge der Kommenden. Die Türen klappten, sie stiegen aus den Autos. Die Männer mit dem Zylinder im Nacken, die seidenen Kragenschoner lose über den offenen Pelzen ... Die Frauen in Chinchilla und Hermelin gehüllt, mit funkelnden Agraffen und blitzenden Turbanen.

Sie wollte sich gerade dem Strom anschließen, als sie Luciens Auto zu erkennen meinte. Aber statt unter die Markise zu fahren, bog der Wagen um die Ecke und hielt zwanzig Meter weiter beim Eingang zu den Separés.

»Geh' voraus«, sagte sie zu Michelle. »Ich muß etwas feststellen.«

Sie dachte: »Vielleicht hat er seinen Wagen einem Freund geliehen, wie er ihn heute nachmittag mir geschickt hat ...«

Versteinert stand sie still. Lucien öffnete die Wagentür, stieg aus und streckte einer jungen Frau die Hand entgegen, die in das gleiche Mardercape gehüllt war, wie sie selbst eines bei dem Pelzhändler bestellt hatte! ... Rasch, wie ein glückliches Liebespaar, das nicht gesehen werden will, verschwanden sie in der Tür.

Sie wollte Gewißheit haben. Von einem Frühstück her, das sie neulich mit Lady Springfield hier eingenommen hatte, erinnerte sie sich, daß vom Restaurant aus eine Treppe in den ersten Stock hinaufführte. Rasch holte sie Michelle wieder ein. Vor ihnen eilten Herr und Frau Lerbier an den katzbuckelnden Kellnern vorbei auf den großen ovalen Tisch zu, an dem die Bankiers schon standen und ihnen winkten. Max de Laume und Pony saßen bereits ruhig flirtend nebeneinander ...

Monika hörte mit halbem Ohr, wie Ransom erklärte: »Hier sitzen wir besser als in einem Privatsalon, hier ist's lustiger.« Und wie ihre Mutter sie fragte: »Was hast du? Warum legst du deinen Mantel nicht ab?«

Sie flüsterte: »Ich komme gleich wieder.«

Rasch lief sie davon und stieg die Treppe hinauf. Sie kam gerade noch zurecht, um vom Treppenabsatz aus Lucien vor einer offenen Tür stehen zu sehen, die ein Kellner ihm bezeichnete. Er nahm seiner bis zur Taille ausgeschnittenen Begleiterin das Cape ab ... Eine bösartig aussehende Brünette mit katzenhaftem Lächeln ... Offenbar Cleo!

Monika klammerte sich an das Treppengeländer. Ihr zitterten die Knie. Ein Trugbild? Nein, Wirklichkeit, die sie versteinerte und mit Entsetzen erfüllte. Der Kellner, der die Salontür hinter der Schreckensvision geschlossen hatte, näherte sich zuvorkommend:

»Gnädige Frau wünschen?«

Sie stotterte: »Der Tisch des Herrn Piombino ...« Und sie dachte: »Also der anonyme Brief ...«

Bei dem bekannten Namen verbeugte sich der Kellner tief:

»Unten, gnädige Frau. Soll ich gnädige Frau führen?«

»Nein, danke!«

Wie eine Wahnsinnige wandte sie ihm den Rücken, und um ihren ganzen Schmerz auszukosten, stieg sie so rasch die Treppe hinunter, die Lucien heraufgekommen war, daß der Kellner ihr nur noch nachrufen konnte:

»Nicht da hinunter, gnädige Frau! Nicht da hinunter!«

Sie war schon auf der Straße und ging an der Reihe der Autos entlang. Die Chauffeure plauderten miteinander. Sie kam vor dem Vignerets vorbei. Marius erkannte sie und nahm, überrascht, mechanisch die Mütze ab:

»Gnädiges Fräulein! ...«

Erst jetzt, als hätte es dieses Beweises noch bedurft, empfand sie plötzlich ihren ganzen Jammer und ihre ganze Empörung. Sie kehrte um, ging nochmals an Marius vorbei. Diesmal war er geschickter und tat, als sähe er sie nicht. Sie stieg die Treppe zu den Salons wieder empor, hatte noch soviel Geistesgegenwart, dem Kellner, der irgend etwas Ungewöhnliches witterte und sie erschreckt anstarrte, zu sagen:

»Ich hatte etwas im Auto liegenlassen!«

Dann stieg sie wie ein Automat ins Restaurant hinunter. Die Tafelrunde empfing sie mit einem begeisterten »Ah!« Piombino wies auf den für sie bestimmten Platz: »Neben mir!« Aber ohne sich niederzusetzen beugte sie sich über ihre Mutter und sagte ihr ins Ohr:

»Mir ist gar nicht wohl. Ich gehe nach Hause.«

Ein deutliches Frösteln überlief sie, und ihr Gesicht sah so verändert aus, daß Frau Lerbier besorgt wurde:

»Was fehlt dir? Soll ich nicht mitkommen?«

»Nein, nein! Bleib' nur!« befahl sie nervös. »Ich schicke das Auto wieder her. Nach dem Abendessen bringst du Michelle nach Hause. Ich leg' mich gleich ins Bett.«

Sie fügte noch hinzu:

»Es ist nichts von Bedeutung, bestimmt nicht! Ein bißchen Fieber! Kümmert euch nicht um mich!«

Und ohne ein weiteres Wort, ohne einen Blick schloß sie ihren Mantel wieder und ging erhobenen Hauptes hinaus.

VI.

Draußen lief sie geradenwegs in die Nacht hinein.

Frost härtete den Asphalt. Hie und da wurde der Sternhimmel sichtbar. Der leuchtende Dunstkreis der Stadt, die hellen Straßenzüge schienen einen Schattenkatafalk hoch und fern in den Himmel hineinzuheben. Eine müßige Menschenmenge bummelte noch die Boulevards entlang, die belebt waren wie am Mittag. Die Theater waren zu Ende, und die Weihnachtsfeiern begannen. Die Menschenwellen prallten aufeinander und kreuzten ihre Strömung ... In dieser Wüste ging sie ohne zu hören und zu sehen mit mechanischen Schritten vollkommen einsam dahin. Der innere Aufruhr, der sie bestürmte, war so stark, daß nichts anderes für sie existierte. Sie war der umgestürzte Mittelpunkt der Welt.

Hin und wieder versuchte sie nachzudenken, sich zu fassen. Aber sofort stieg unerbittlich die Vision wieder vor ihr auf: und sie empfand nur einen blinden Schmerz und ein taubes Nichtbegreifenkönnen. Alles in ihr war ins Schwanken geraten und brach zusammen. Ihr zerschmetterter Liebestraum hatte auch ihren Glauben unter seinen Trümmern begraben. Ihr Stolz litt noch nicht, so sehr beherrschte sie zunächst ihr Entsetzen. Ihr Inneres war eine einzige Wunde. Sie hätte gern laut geschluchzt und geschrien.

Dann, als ihr Bewußtsein langsam wieder erwachte, empfand sie zuerst ein übermächtiges Staunen wie ein Kind, das man grundlos geschlagen hat und das sich gegen die unverdiente Züchtigung aufbäumt. War so etwas möglich? Warum? Wie? ... Sie hörte noch den Tonfall der Worte, die Lucien im Ritz zu ihr gesprochen hatte. Er drückte sein Bedauern aus und fluchte auf die Belgier und ihren Anruf vom Morgen. Er lächelte, als er sich von ihr verabschiedete, weil er sich so sicher fühlte durch ihr Versprechen, gleich nach dem Theater nach Hause zu gehen und nicht auswärts zu Abend zu essen!

Und ihre Unschuld klagte und konnte eines nicht begreifen: nachdem er mich genommen hatte! ... warum hat er mich verlassen? Warum? ... Ein unerklärlicher Verrat, eine unverständliche Lüge, die sie erst vernichtet hatte und nun wilde Wut in ihr auslöste. Vielleicht war der Zorn über diese Falschheit und die Empörung über die ihr angetane Kränkung noch tiefer als der Schmerz um ihre gemordete Liebe.

Wohl blutete ihr das Herz. Denn ein Gefühl, in dem sie ihr ganzes Leben zu beschließen glaubte, war plötzlich mit der Wurzel ausgerissen und zertreten worden. Aber in ihrem Hang zum Endgültigen wollte sie eine sofortige und unwiderrufliche Trennung von allem, was noch vor einer Stunde ihr ganzer Daseinszweck gewesen war. Ein Teil ihrer selbst mußte amputiert werden. Eine gestorbene Illusion – ein totes Glied.

Lucien lieben? Sie? Nein! Sie haßte und verachtete ihn. Ein Urteil, das zwar der Enttäuschung entsprang, das aber unwiderruflich war, weil es von einem unbeugsamen Geist gefällt wurde. Denn da sie eben noch Jungfrau gewesen war und noch nicht die ganze körperliche Trunkenheit der Liebe gekostet hatte, kannte Monika das mächtigste Band noch nicht. Den gordischen Knoten der Wollust ... Nur der Geist urteilte und entschied in ihr zu dieser Stunde. Schon lange ging sie so dahin, unempfänglich für geflüsterte Aufforderungen, scherzhafte Zurufe, ja sogar Gebärden. Wenn sie ein wenig ruhiger wurde, wenn sich einen Augenblick lang die doppelte Qual verringerte: die niederträchtige Kränkung, die ihrer Liebe und gleichzeitig ihrem fast männlichen Ehrgefühl angetan worden war, sah sie Lucien wieder vor sich, wie er sich wohl am Tisch – oder hatten sie den vielleicht schon verlassen? – um seine Begleiterin bemühte.

Er hatte sie also nie geliebt! Er hatte sie im Vorübergehen genossen wie eine Dirne ... wie diese Dirne! Die er ihr vorzog! ... Unter dieser Vorstellung litt sie weniger als unter der Demütigung und dem Grimm darüber, nur sein Spielzeug gewesen zu sein. Schlimmer noch! Ein Sprungbrett für seine Geschäfte! ... Wie schmutzig mußte eine solche Seele doch sein! Und wie hatte sie selbst derartig blind sein können!

Morgen würde sie ihn wiedersehen, wieder seine Lügen anhören müssen ... Denn natürlich würde er lügen! Nicht um die Tatsachen abzuleugnen – die waren nun einmal vorhanden –, sondern um sie irgendwie durch eine Entschuldigung umzufärben ... Aber für derartige Taten gab es keine Entschuldigung! Und wenn es in den Augen Luciens und denen anderer Männer doch eine gab für eine solche Gemeinheit, dann existierte überhaupt weder Ehre noch Liebe mehr! Dann konnte man einfach hinleben wie ein Tier. Gewissenlos! Ungestraft ...

Morgen! Und die unvermeidliche Aussprache, die Rechtfertigungen, die er versuchen würde, die neuen Lügen, die er vielleicht eben jetzt, den Kopf am Busen jener Dirne, ausdachte und über die sie sich gemeinsam amüsierten, ehe sie ihre Schweinereien begannen! ... Bei diesem Gedanken brach Monika in so lautes nervöses Lachen aus, daß ein Schutzmann sich ihr neugierig näherte.

Sie erschrak, kreuzte die Straße und ging auf einen Taxameter zu. Als sie eben die Wagentür öffnen wollte, streckte sich eine weißbehandschuhte Hand ebenfalls nach dem Türgriff aus.

»O Verzeihung, meine Gnädige!«

Der elegante Herr mit dem feinen Gesicht, dessen Umriß sie flüchtig bemerkte, betrachtete sie mit heiterer Überraschung ... Ein Hürchen? ... Eine Dame? ... Jedenfalls sehr hübsch! ... Was hatte sie an einem solchen Tage und um diese Stunde hier allein zu suchen?

Sie zögerte noch, ihre Adresse anzugeben und einzusteigen. Er bemerkte ihre Verwirrung, ahnte ein wundervolles Zufallsabenteuer und stieg sogleich mit der größten Selbstverständlichkeit neben ihr in den Wagen.

Sie sagte:

»Sind Sie verrückt? Sie steigen sofort aus, oder ich rufe ...«

Ein fast unmerklicher Nebenklang, dessen Bedeutung der männliche Jagdinstinkt des Unbekannten sofort aufgriff, ließ hinter der Entschiedenheit der Worte die innere Verwirrung ahnen. Er antwortete:

»Aber gnädige Frau! Ich bitte Sie ... Gestatten Sie mir doch wenigstens, Sie vor Ihrer Tür abzusetzen, da wir den gleichen

Weg haben ... Ich wäre trostlos, im gleichen glücklichen Augenblick, da ich Sie gefunden habe, eine Gesellschaft wie die Ihre wieder zu verlieren ...«

Sie hatte sich in die gegenüberliegende Ecke gedrückt. Eigensinnig schwieg sie. Was konnte ihr schließlich geschehen? Nichts, was sie nicht selbst gewollt hätte ... Er redete ... gar nicht dumm ... stellte sich schließlich vor, wurde galant, dann zudringlich ... Sie hörte nicht zu. Die Sätze brandeten vor ihren Füßen wie murmelnde Wellen. Sie schwebte seelenlos auf einem geheimnisvollen Meere dahin. Er ergriff ihre Hand, sie entzog sie ihm nicht. Er wollte sie küssen und bekam eine Ohrfeige.

»Na, aber!« rief er.

Er packte ihre Handgelenke, riß sie gewaltsam an sich und wühlte mit brutalem Kuß in ihren Lippen. Völlig überrascht konnte sie sich nicht wehren. Ein beinahe süßer Ekel durchschauerte sie unter dieser Gewaltsamkeit: ein noch ungewisses Licht ging im Dunkel ihres Körpers auf, das mit der plötzlichen unwiderstehlichen Forderung ihres Stolzes übereinstimmte.

Der Mann, den sie liebte, hatte sie betrogen. Jetzt rächte sie sich an ihm.

Ihre Freiheit rächte sich und vor allem ihre Ehrlichkeit. Wenn sie morgen Lucien wiedersah, wollte sie ihm all das ins Gesicht schleudern. Auch sie hätte dann etwas Unwiderrufliches zwischen sie gelegt. Und er würde nichts, rein gar nichts dagegen einwenden können! Hatte er ihr nicht durch seinen Verrat die Freiheit wiedergegeben?

Das Weitere spielte sich ab wie ein Alptraum im Kino. Die geänderte Adresse für den Chauffeur, die Flasche Sekt in dem betäubenden Lärm eines kleinen Montmartrelokals, das mechanische Eintreten in ein Hotelzimmer ...

Sie empfand weder Scham noch Reue. Was sie tat, war logisch, war berechtigt. Sie empfand ihrem Zufallsgefährten gegenüber weder Zuneigung noch Abneigung ... Er war ein Durchreisender, ein Offizier auf Urlaub ... eine unbekannte Gestalt, die der Zufall angenommen hatte. Sie kam nicht einmal auf den Gedanken, durch das Lesen der Adresse auf seinem

Handkoffer seine Persönlichkeit festzustellen, und ließ sich entkleiden, ohne auf die Fragen zu antworten, mit denen er sie bestürmte.

Aus ihrem verzerrten Gesicht, das nur der zwiespältige Ausdruck völliger Geistesabwesenheit und gespanntesten Willens belebte, schloß er auf irgendein Herzensdrama. Falls es sich nicht um eine plötzliche sinnliche Laune handelte? Aber – ob nun Rache einer Betrogenen oder Perversität einer Neugierigen – was ging ihn das an? Sie war mitgekommen, ohne sich lange bitten zu lassen. Er wäre ja schön dumm gewesen, solch einen Glücksfall nicht auszunutzen.

Er betrachtete, trunken von erschreckter Freude, ihren prachtvollen Körper ... Die langen Beine, die runden Hüften unter dem durchsichtigen Hemd ... die über der nackten Brust gekreuzten Arme ... Dies Teufelsweib vereinigte frauliche Fülle mit der Frische und Zartheit eines jungen Mädchens! Was mochte diese Vorübergehende, deren Gedanken ihm ebenso unbekannt waren wie ihr Name, und die sich widerstandslos zum Bett hinziehen ließ, wohl im täglichen Leben sein?

Mit ausgestreckten Armen lag Monika da und ließ alles mit sich geschehen wie ein Tier, ein lebloses Tier. Sie hatte die Augen geschlossen und die Fäuste so fest geballt, daß ihr die Nägel in die Handflächen drangen. Unter den Liebkosungen, die über sie hinglitten, erbebte sie mitunter in nervösen Reflexen. Dann biß sie die Zähne zusammen, um nichts von sich auszuliefern als ihren Körper. Die bittere Wollust der Rache schwellte sie, und dies Gefühl war so stark, daß es alle Scham in ihr tötete. Nur vor dem Nahen der peinlichen Berührung empfand sie Angst.

Die Küsse des Mannes, die erst sanft und erfahren gewesen waren, wurden heftiger. Und als sie ihm in widerstrebender Scheu die Lippen entzog, verlor er die Beherrschung. Der Instinkt peitschte ihn. Den Kopf in ihr duftendes Haar gewühlt, sah er nicht die schweren Tränen, die über das gemarterte Gesicht strömten. Plötzlich stieß sie ihn mit einem so heftigen Ruck zurück, daß er sie losließ.

Er stand neben dem Bett und wußte nicht recht, wie er sich benehmen sollte. Seine Eitelkeit, seine zugleich befriedigte und enttäuschte Begierde machten einer unwillkürlichen Besorgnis Platz. Monika hatte sich mit energischer Bewegung erhoben. Er konnte diesem verstörten Gesicht gegenüber nur zusammenhanglose Sätze stammeln.

Sie zog sich in mechanischer Hast wieder an. Tragisches Schweigen lastete auf den beiden, das weder seine Versuche zu einer Unterhaltung, noch sein Anerbieten, sie nach Hause zu bringen, verscheuchen konnten. Heftig, wie ein ausbrechendes Gewitter, begann sie konvulsivisch zu schluchzen. Ihre Tränen erschreckten den Mann und rührten ihn. Sie flossen unaufhaltsam unter stoßweisem Schluchzen. Und auch, als sie ein wenig stiller geworden war, floß der Tränenstrom noch immer über das stumme Antlitz.

Er bemühte sich erschrocken um sie, konnte aber nur ein »Lassen Sie mich!« und ein »Adieu!« aus ihr herauslocken. Mit eisiger Miene, mit so energischer Entschlossenheit hatte sie die Tür hinter sich zugezogen, daß er nicht wagte, ihr zu folgen. Ärgerlich stieß er ein »Na, dann nicht!« hervor, zündete sich träumerisch eine Zigarette an und blies philosophisch ihren Rauch von sich ... Eine Erinnerung mehr!

*

Als Monika heimkam, fand sie das Vorzimmer erleuchtet. Ihre Mutter war eben zurückgekehrt, und da die Wohnung leer war, machte sie sich Sorgen. Beim Geräusch der zuschlagenden Tür eilte sie herbei.

»Wie? Jetzt kommst du? Wo hast du gesteckt? ... Ich dachte, du lägest längst im Bett! ... Du hast mir ja einen netten Schrekken eingejagt! ... Eben habe ich Michelle nach Hause gebracht. Dein Vater ist mit den Herren noch im Restaurant geblieben. Sie sprechen von Geschäften ... Aber was hast du denn? ... Du machst mir ja Angst mit deinem irren Blick ...«

Frau Lerbier ergriff Monikas Hände. Sie war ehrlich entsetzt:

»Wo kommst du her? Deine Hände glühen ja!«

Was hatte die Kleine nur seit zwei Stunden getrieben?

»Wirst du mir endlich sagen, wo du warst?«

Monika berichtete in abgehackten Sätzen über ihre Begegnung vor dem Eingang des Rignon ...

»Das ist doch ganz unmöglich! Du mußt dich geirrt haben!«

Sie machte genaue Angaben ... das Auto ... Lucien, der jener Frau das Mardercape abnahm – genau das gleiche, das er ihr selbst zu kaufen geraten hatte! ... der verlegene Gruß von Marius ...

»Jetzt verstehe ich! ... Mein armes Kleines ...«

Sie stellte sich vor, wie Monika verzweifelt durch die Straßen irrte ... Was für ein albernes Abenteuer! Was waren die Männer doch für Dummköpfe! Blöd und ungeschickt!

Sie umfaßte Monika und streichelte sie:

»Leg' deinen Kopf an meine Schulter. Hast du großen Kummer?«

Sie hätte sie gern getröstet und fand keine Worte. Einesteils war sie wütend auf ihren zukünftigen Schwiegersohn, und andererseits hätte sie gerne eine Versöhnung herbeigeführt. Was hatte man davon, wenn man die Sache tragisch nahm? Nichts! Sie versicherte:

»Dein Kummer und deine Überraschung sind nur zu begreiflich ... Aber vielleicht handelt es sich doch nur um ein Mißverständnis ... Das kann man ja nie wissen! Warte seine Erklärungen ab und mach' dir nicht von vornherein eine allzu schlimme Vorstellung ... An deiner Stelle würde ich mir nicht so großen Kummer machen!«

Monika sah sie in ratlosem Erstaunen an. Erst hatte sie Lust, herauszuschreien, was sie nach diesem Erlebnis getan hatte. Ihre Verzweiflung und ihr Ekel waren dem mütterlichen Verständnis entgegengeflogen in dem Verlangen, Gehör zu finden ... bemitleidet zu werden ...

Aber diesem banalen Bedauern gegenüber, das sie in den geliebten Augen las, bei dem fast entschuldigenden Ton der Stimme, von der sie Empörung als Unterstützung erwartet hatte, schnürte sich ihr das Herz ebenso heftig zusammen wie in dem Augenblick, als sie das Hotelzimmer verlassen hatte ...

Das Gefühl von Verlassenheit und völliger Hilflosigkeit, das sie bisher niedergedrückt hatte, verstärkte sich jetzt durch einen neuen Schmerz. Sie fühlte sich diesem Wesen, das ihr zärtlich zulächelte und das ihre Mutter war, so unglaublich fern, und eben noch hatte sie ihre Vertraute und Trösterin in ihr gesehen ...

»Natürlich«, fuhr Frau Lerbier fort, erstaunt über das Schweigen ihrer Tochter, »was Lucien getan hat, ist sehr schlimm ... Vor allem ist es unsinnig! Unmittelbar vor der Hochzeit seiner Braut zusammen mit seiner Geliebten unter die Augen kommen! Das ist unpassend ... geschmacklos ... alles, was du willst ... Aber sich deswegen krank zu machen, wie du das tust? Sei doch ein bißchen vernünftig! ... Der Junge liebt dich doch zweifellos. Dies Souper bedeutet sicher einen Bruch mit seiner Vergangenheit. Einen endgültigen Bruch! Wenn ihr erst verheiratet seid, wird er dir treu sein wie Gold. Selbstverständlich mußt du ihn zu nehmen wissen ...«

Monika schüttelte den Kopf:

»Nein. Es ist aus.«

»Na! Na! Na! Vor der Hochzeit kann man nach Belieben exaltiert sein. Nachher muß jeder etwas guten Willen haben. Verheiratet sein, ohne daß man aneinander leidet, das ist nicht leicht. Das wäre sogar das höchste, was im Leben erreicht werden kann. Man kommt nur durch gegenseitige Zugeständnisse dahin ...«

Monika fühlte jeden dieser Sätze wie glühendes Eisen in ihren Schmerz und ihre Empörung eindringen. War ein Graben zwischen ihren Seelen? ... Nein ... ein Abgrund. Unter dem Strauchwerk der Alltagsliebe erkannte sie die tiefe Kluft ... Und gleichzeitig verkroch sie sich in ihr Schweigen wie in eine Zuflucht. Sie hielt die Stirne hin:

»Morgen reden wir weiter darüber. Ich kann nicht mehr.«

»Versuche zu schlafen!«

Als sie allein war, stürzte sie zur Badewanne und tauchte

lange in so heißem Wasser unter, daß sie allmählich schlapp wurde. Der plötzliche Hieb der kalten Brause entspannte ihre Nerven vollends. Wenn sie sich auch körperlich zerrissen fühlte, so spürte sie doch über ihre Tat selbst keinerlei Reue. Ihr erstes Empfinden einer Beschmutzung hatte sich bei der wohltätigen Berührung mit dem reinigenden Wasser verloren. Neben einem unbestimmten Entsetzen über die Brutalität des Mannes empfand sie einen Haß gegen alles, Menschen, Sitten und Gesetze, die sie so grausam marterten. Lucien, ihre Liebe, ihre so völlig veränderte Zukunft sanken zu Nebensächlichkeiten herab. Eine Art moralischer Zerschlagenheit warf sie nieder. Endlich schlief sie ein.

Beim Erwachen wirbelte von neuem alles in ihrem Hirn durcheinander. Wenn sie doch, um laut denken zu können, ihre gute Tante mit ihrem Mitleid und ihrer wohltuenden Zärtlichkeit da gehabt hätte! Sie hätte sich dann wenigstens einen Teil von all dem, was sie bedrückte, vom Herzen reden können, denn sie war entschlossen, ihrer Mutter nichts von dem weiteren Verlauf des Abends zu erzählen, ehe sie sich mit Lucien ausgesprochen hätte ...

»Er ist ganz niedergeschmettert, er kommt gleich her«, war das erste Wort Frau Lerbiers, als sie in Monikas Zimmer trat und sie küßte.

Sobald es Tag geworden war, hatte sie an Vigneret telefoniert, um ihm die Folgen seiner Heldentat mitzuteilen. Auch ihren Mann hatte sie in seiner Fabrik benachrichtigt, wohin Herr Lerbier – der dort ein Zimmer hatte – gleich nach dem Souper gefahren war. Er hatte erschreckt aufgeschrien! Vor allem solle Monika nicht vorschnell alles verderben! Sie solle warten, bis er mit ihr gesprochen hätte!

Frau Lerbier war sehr um die materielle Zukunft ihrer Tochter besorgt und dachte mehr an diese als an ihren Kummer.

»Warum quälst du dich so, Liebling? Es war schlecht von ihm, freilich! Aber diese Frau hat offenbar einen hundsgemeinen Charakter! Sie verlangte eine ungeheure Summe, wenn sie sich ruhig verhalten solle. Die reine Erpressung! Daher dies

Souper! Das hat mir wenigstens Lucien in kurzen Worten am Telefon gesagt. Er mußte verhandeln, sie überreden ...«

Monika schüttelte den Kopf.

»Nein. Er hätte den Mut haben müssen, mir alles offen zu gestehen, ehe ...«

Sie stockte. Wozu sollte sie ihrer Mutter den Grund ihrer Empörung völlig enthüllen? Sie würde ja doch nie verstehen, welch ergreifenden Beweggründen sie nachgegeben hatte, als sie sich Lucien hingab, ehe der amtliche Stempel ... Eine Unvorsichtigkeit, ja, von der aber nur sie zu wissen brauchte, da nur sie allein den Schaden trug.

»Vor allen Dingen mußt du nicht glauben, ich wäre vielleicht eifersüchtig. Ich bin nicht eifersüchtig, denn ich liebe ihn nicht mehr.«

»Dann hast du ihn auch nie geliebt!«

Frau Lerbier sah ihre Tochter mit lehrhafter Überlegenheit an und hoffte im stillen, daß unter diesen Umständen noch nicht alles verloren sei. Sobald die Liebe schlechthin nicht im Spiel war, löste man schon aus Eitelkeit keine offizielle Verlobung!

»Man kann nicht wirklich geliebt haben, wenn man glaubt, beim ersten kleinen Betrug könne ein wahrhaftes Gefühl erlöschen wie ein Streichholz.«

»Du irrst, Mama. Das ist gerade mein Schmerz, daß ich Lucien so vertrauend, so innig liebte, wie du es dir nicht einmal vorstellen kannst ...«

»Wenn das der Fall ist, hoffe ich, nachdem das Mißverständnis aufgeklärt ist ...«

»Nein, Mama. Es ist aus. Es läßt sich nicht wiedergutmachen.«

»Warum denn? Weil dein Verlobter dich belogen hat? Aber wenn er es doch nur getan hat, um dir unnützen Kummer zu ersparen? ... Einen Kummer, den du ohne diesen unseligen Zufall nicht erlitten hättest? Du machst ihm einen Vorwurf wegen etwas, das vielleicht zarte Aufmerksamkeit war ... eine Schonung, die beweist, wieviel mehr Rücksicht er auf deine Ruhe nimmt als auf seine eigene ...«

»Du verstehst mich nicht!« seufzte Monika traurig und bitter. »Für dich sind Luciens Lügen gar nichts! Doch, eine gute, wenn nicht gar eine edle Tat! ... Für mich bedeuten sie ein unverzeihliches Vergehen ... Schlimmeres als Diebstahl. Einen Mord! ... Der Mord an meiner Liebe, an allem, was in mir rein, gut und stark war! Du wunderst dich über mich! Ja? ... Weil zwischen der Art, in der du die Dinge siehst und der, in der ich sie betrachte, sich eine chinesische Mauer auftürmt! Wir lebten Seite an Seite ... und ich erwache plötzlich und bin tausend Meilen von dir entfernt ... Das mußt du wissen, denn es geht hier um mein Leben und nicht um deines! ...«

»Du leidest ... und übertreibst infolgedessen ...«

»Ich habe dir noch nicht einmal alles gesagt, was ich denke!«

»Auf jeden Fall übertreibst du die Bedeutung von Luciens Mißgriff. Glaube mir, wenn alle Frauen mit einer solchen Unduldsamkeit, wie du sie hier zur Schau stellst, in die Ehe treten wollten, würde es wohl bald keine Aufgebote mehr geben! Und nicht Gerichte genug, um die Scheidungen auszusprechen. Glaub' mir, Kleines, da hielte keine Ehe stand. Sei doch vernünftig und laß mit dir reden ... Ja, die Romantik, die Lustspiele von Musset ›Wovon die jungen Mädchen träumen‹! ... Du meinst, du wärest erwacht? Gut, dann mache auch die Augen auf, sieh dich um, sei modern!«

»Ginette und Michelle träumen von andern Dingen als ich.«

»Alle jungen Mädchen träumen von der Ehe. Eine Verbindung, die nicht unbedingt etwas mit Liebe zu schaffen haben muß. Die Ehe ist ... was sie eben ist ... Willst du mit einem Male die Welt umgestalten?«

»Gewiß nicht! Ebensowenig wie du verlangen kannst, daß ich in der Ehe etwas anderes zu sehen vermag als das Bedürfnis nach absoluter Einswerdung, eine Gemeinsamkeit des ganzen Seins ohne irgendwelche Schranken! Die Ehe ohne Liebe ist in meinen Augen nur eine Art Prostitution. Ich liebe Lucien nicht mehr und werde mich nie verheiraten.«

Frau Lerbier machte große Augen.

»Da hört doch alles auf!«

»Sobald sich Berechnung einmischt, ist die Ehe nur noch eine Interessengemeinschaft, ein gegenseitiger Kauf- und Verkaufsvertrag! Prostitution, hörst du, Prostitution!«

Sie dachte plötzlich an den Unbekannten, sah das Hotelzimmer wieder vor sich, die Stunde des Wahnwitzes, und errötete bis zum Hals. Aber eine stolze Sicherheit ließ sie jegliche Verwandtschaft zwischen ihrer Tat und den Dingen von sich weisen, die sie soeben wie einen Schandfleck gebrandmarkt hatte. Fieberhaft fuhr sie fort:

»Weder der Segen des Papstes noch des Nuntius kann es verhindern, daß der Marquis d'Entraygues, wenn er Michelles Millionen heiratete, das wird, was Pony von Mercoeur gesagt hat und was wir von Bardinot denken ... Und Ginette erscheint mir trotz all ihrer Geschicklichkeit nicht besser in ihrer Jagd nach dem Mann, als die niedrigste Dirne, die sich einen aus dem Rinnstein zu fischen trachtet!«

Frau Lerbier hörte mit verhaltenem Atem diesem Donnergrollen zu. Sie faßte sich und sagte zungenfertig:

»Das ist ja überhaupt nicht auszudenken! Du siehst deiner Tante wahrhaftig ähnlich! Ganz deutlich erkenn' ich all den Unsinn wieder, den sie dir in den Kopf gesetzt hat ...«

»Hättest du mich selbst erzogen ...«

»Ich habe immer bedauert, daß ich das nicht konnte! Deine Gesundheit ...«

»Oder vielmehr deine Bequemlichkeit ...«

»Das habe ich nun davon! ... Eine Tochter, die mit ihren revolutionären Ideen reif ist fürs Narrenhaus! Bist du dir darüber klar, daß du alle gesellschaftlichen Konventionen mit Füßen trittst? Mit deiner Wahrheit – eine andere als die deine willst du ja nicht anerkennen – wird nicht nur die Ehe, sondern das ganze Leben zur Unmöglichkeit ... Also hör' mal! Nimm doch die Dinge, wie sie wirklich sind. Ein bißchen Duldsamkeit ... Ein bißchen Überlegenheit ...«

Monika betrachtete ihre Mutter. Der Boden der Gewohnheit wich unter ihr wie Schlammgrund. Sie suchte festen Fuß zu fassen und versank immer tiefer. Sie wollte sich an den Schein halten, sich an das Bild klammern, das sie sich in der Ferne und noch seit ihrer Rückkehr aus Hyères, trotz gelegentlicher Unstimmigkeiten, von der gemacht hatte, die sie geboren und trotz ihrer Trennung in ihrer Art verwöhnt hatte. Sie schrie wie mit einem Hilferuf:

»Aber du, Mama, du hast Papa doch geliebt! Ihr wart doch arm, als ihr heiratetet, ehe die Erfindungen aus der Fabrik das gemacht hatten, was sie jetzt ist? Du kannst doch nicht anders empfinden als ich? Du verachtest doch Pony! Und trotz ihres Geldes und ihres Salons bewunderst du doch Frau Jacquet nicht im Ernst? Du achtest doch Helene Suze nicht etwa, die sich dem alten schmutzigen Gauner, ihrem ehemaligen Mann, nur deswegen hingegeben hat, um bei der Scheidung den Titel Fräulein gegen den einer Frau einzutauschen? Die fallen mir gerade ein. Aber solche gibt's doch zu Hunderten? Du hast es doch anders gemacht als sie und kannst ihnen unmöglich recht geben!«

Frau Lerbier wich aus:

»Du fällst immer gleich von einem Extrem ins andere! Natürlich halte ich unsere Freundinnen nicht für Heilige! Aber was soll man machen? Wenn man einmal in der Gesellschaft lebt ... und wir leben nicht nur in ihr, sondern auch von ihr – muß man sich wohl oder übel mit ihr abfinden. Nicht mit ihren Lastern selbstverständlich, das nicht, aber mit gewissen Bräuchen, gewissen Notwendigkeiten. Das ist nun mal nicht anders ... Daran werden wir nichts ändern. Wenn du meine Erfahrung besäßest, würdest du einsehen, daß es Taten geben kann, die dir heute unverständlich, ja sogar empörend vorkommen, und die doch mildernde Umstände, Entschuldigungen, Zwangsmäßigkeit haben. Also, sei vernünftig! Zwischen dir und Lucien kann noch alles wieder in Ordnung kommen.«

»Auf diese Hoffnung mußt du schon verzichten! Denn eines werde ich niemals zugeben: Lüge zwischen zwei Menschen, die sich lieben. Ich habe Lucien nie belogen. Ich hatte das Recht auf Gegenseitigkeit.«

Frau Lerbier lächelte überlegen:

»Das Recht! Das Recht der Frauen! Das alte Lied ... Tante

Sylvia, Frau Ambrat! ... Aber liebes Kind, es gibt Fälle, in denen die Lüge sogar zur Pflicht werden kann. Sieh mich doch nicht so an! Du machst wieder Augen wie gestern abend, du erschreckst mich ja!«

»Die Lüge eine Pflicht?!«

»Beruhige dich doch!«

»Nein, und abermals nein! Unsere Pflicht ist, Mama, die Wahrheit zu sagen. Und da ich sie Lucien gleich sagen werde, so kannst du sie ebensogut auch wissen! ... Und sofort! ... Es kann nichts mehr gut werden, weil ich gestern abend, nachdem ich von dir fortgegangen bin, bei jemandem geschlafen habe ... geschlafen, hörst du?«

Nun hatte der Blitz eingeschlagen. Frau Lerbier starrte niedergeschmettert und zitternd ihre Tochter an. Dann rief sie plötzlich drohend und außer sich:

»Das hast du getan?! ... Das hast du getan?! ...«

»Ja, und ich würde es wieder tun, wenn es sein müßte!«

»Albernes Geschöpf! ... Das ist doch zu dumm! ... Und mit wem, wenn man fragen darf?«

»Man darf nicht fragen.«

»Und warum nicht?«

»Weil ich es selbst nicht weiß.«

»Du weißt es nicht? Machst du dich etwa über mich lustig? Antworte ... Einer unserer Freunde? ... Nein? ... Also irgendein Vorübergehender, der erste beste?«

»Ja.«

»Das ist ja nicht wahr! Oder du bist verrückt!«

»Es ist wahr, und ich bin nicht verrückt!«

Frau Lerbier brach vernichtet zusammen. Das war die Katastrophe! Sie wurde dunkelrot. Mehr noch aus Wut als aus Empörung. Der Zorn verschlug ihr die Rede und sie stotterte:

»Un ... Unselige! Und wenn du nun ein Kind bekommst?«

Monika wurde blaß. Ein Kind ... Wer war sein Vater? Sie wünschte, wenn es wirklich so sein sollte, daß es nicht der Schuft sein möge, an den sie geglaubt hatte ... Ein Kind ... sie dachte laut:

»Nun, dann werde ich es eben aufziehen!«

»Dein Leichtsinn übersteigt wirklich alle Grenzen! Du bist ja einfach idiotisch … einfach …«

Sie schwieg plötzlich. Ein Ausweg aus der Sackgasse schien sich aufzutun. Sie sah einen Lichtstrahl … eine Wendung … Es war ja schließlich nichts nachzuweisen! Noch kein Anzeichen zu befürchten für die nächste Zeit … Wenn Monika zu bewegen war, ihren Wahnsinn nicht in die Welt zu schreien, dann wäre es, als sei nichts geschehen. Und außerdem würde Gewalt bei einer Natur wie der ihrigen zu nichts führen. Sie versuchte es also mit Sanftmut und sagte überredend:

»Ich will mich nicht mit unnützen Vorwürfen aufhalten, denn du würdest mir ja doch nur antworten, dein Gewissen sei deine Angelegenheit! … Das Unglück ist einmal geschehen. Wir müssen also sehen, wie wir es wiedergutmachen. Du meinst, du hättest recht getan? Gut. Du urteilst nach deiner Moral? Schön. Soll dir jetzt deine alte Mama, die dich lieb hat, trotz all dem Kummer, den du ihr machst, einen guten Rat geben? Behalte deinen Streich für dich. Als ich dir sagte, daß die Lüge mitunter zur Pflicht werden kann, hatte ich nicht geglaubt, daß du mir so rasch und so völlig recht geben würdest! Wenn du sprichst, wie du dir das vorgenommen hast, dann bist du degradiert, geächtet, und wir mit dir … Ganz abgesehen von der Lächerlichkeit! Schweigst du dagegen, so ist das Unglück so gut wie nicht geschehen, und alles kann noch gut werden!«

»Aber Mama! …«

»Was denn? Gewissensbisse Lucien gegenüber? Da er dich doch zuerst betrogen hat? … Du hast dich eben gerächt … Ist dir das keine Befriedigung? Sag' dir vor allen Dingen eins, Kleine: in der Gesellschaft und infolgedessen im Leben kommt es nicht so sehr darauf an, was man tut, als darauf, was man sagt, und besonders, was die Leute sagen!«

»Mama! … Mama! …«

»Wie man sich bettet, so liegt man! … Du hast eine Dummheit gemacht. Das ist deine Sache … Aber an dem Tage, an dem ich nicht mehr die einzige bin, die davon weiß, wird dein guter

Ruf und der unsere den Lästermäulern zum Fraß hingeworfen. Willst du das? Doch gewiß nicht! ... Übrigens kannst du dein zartes Gewissen beruhigen! Wenn man einander sogar in der Ehe von jedem Messerstich Kenntnis geben wollte, den man sich gegenseitig versetzt, dann wären alle Ehen ein einziger wüster Kampf ... Alle! Zum Kuckuck, du hast doch deine Augen nicht in der Tasche? Glaubst du vielleicht, dein Vater und ich würden so harmonisch miteinander leben, wenn wir jedes Mißverständnis gleich über alle Dächer schreien wollten? Ich bin auch betrogen worden, ich bin sogar in einem Ausmaß betrogen worden, daß du wahrscheinlich die einzige bist, die nichts davon weiß, daß dein Vater die kleine Rinette von den Capucines zur Geliebten hat! Ich habe mich getröstet, so gut ich konnte ... Aber jedenfalls hat nie jemand von meinen Enttäuschungen und meinem Kummer gehört ...«

»Du, Mama? *Du?* ...«

Frau Lerbier fürchtete plötzlich, zu viel gesagt zu haben. Sie wandte die Augen ab unter der Frage, mit der sie der verstörte Blick Monikas durchbohrte, und fuhr fort:

»Aber das sind nur ganz allgemeine Betrachtungen! Ich komme wieder zu dir ... Mehr als je mußt du jetzt schweigen. Und Lucien sofort heiraten!«

»Und ihm vielleicht das Kind eines andern mit in die Ehe bringen, nicht wahr?«

»Es handelt sich doch nur um eine Möglichkeit!«

»Und wenn sie sich bewahrheitet?«

»Dann erfährt er doch nichts davon! Also ...«

»Sei still! Das ist eine Gemeinheit! ...«

»Jetzt willst du mir auch noch befehlen? Und dir ein Urteil über mich erlauben? ... Du? ... Sieh mich an: entweder du schweigst und heiratest Lucien ...«

»Niemals!«

»Oder ich sage alles deinem Vater. Und der wirft dich hinaus!«

»Einverstanden!«

»Monika, hör mal, du ...«

Sie vollendete nicht. Ihr Kind stand vor ihr wie eine Fremde. Das schmerzliche Gesicht blaß und starr. Die halbgeschlossenen Augen verrieten ihre entsetzliche Verwirrung. Frau Lerbier wollte sie in die Arme schließen, sie an ihr armes verdorbenes, aber doch mütterliches Herz ziehen.

»Monika!« wiederholte sie.

»Laß mich!«

Frau Lerbier fühlte sich zurückgestoßen und ratlos und beschloß, sich in Würde zu hüllen.

»Du wirst dir die Sache überlegen!« sagte sie.

Und ohne weiteres Drängen trat sie einen ehrenvollen Rückzug an. Monika hatte den Kopf in die Hände gelegt und sah sie nicht hinausgehen. Wieder war etwas in ihr zusammengebrochen.

Ihre kindliche Liebe und Achtung lagen unter den Trümmern.

VII.

»Herr Lerbier läßt dem gnädigen Fräulein sagen, daß er im Salon ist und sie dort erwartet.«

»Ich komme.«

Als sie wieder allein war, warf Monika einen Blick in den Spiegel:

»Ich sehe schauderhaft aus!«

Sie puderte sich, sah sich nochmals an und seufzte. Eine andere Monika, ganz verschieden von der gestrigen, stand ihr gegenüber ... Ja, eine neue Monika! Sie dachte an die andere, die noch so nahe war und doch schon so fern, wie an eine Tote.

»Vorwärts!« sagte sie.

Sie hatte auf ihrem Zimmer gegessen, um nicht im Speisezimmer die Nähe ihrer Mutter und die Neugier der Dienstboten ertragen zu müssen. Herr Lerbier hatte telefoniert, er könne nicht zu Tisch kommen: wieder Geschäfte ... Er werde aber gleich nach Tisch vorbeikommen ...

Von der Schwelle suchte sie seinen Blick, sah aber nur einen sorgenvollen Rücken. Herr Lerbier ging wartend im Zimmer auf und ab.

»Setz dich!« sagte er und wies auf einen Stuhl ihm gegenüber.

Sie dachte: Das Armesünderbänkchen!

Er selbst setzte sich in einen Sessel und sprach streng und von oben herab:

»Deine Mutter hat mir alles gesagt. Ich will mich ebensowenig wie sie damit aufhalten, dir die Albernheit und Niedertracht deines Benehmens klarzumachen. Ich weiß, daß ich einem eigensinnigen Charakter gegenüberstehe. Also lassen wir das. Um so mehr, als die ›Schuld‹ Luciens verglichen mit der deinen zu einem Nichts zusammenschrumpft! ...«

»Wenn du mich schon verurteilt hast, Vater, warum hältst du dann noch eine Anklagerede?«

Er bemerkte trocken:

»Ich halte keine Anklagerede. Und was deine Verurteilung betrifft, so laß dir gesagt sein – denn ich bin tatsächlich dein Richter, gegen dessen Spruch es keinen Appell gibt –, daß sie noch nicht ausgesprochen ist. Die Zukunft hängt allein von dir ab ... von deiner Klugheit und von deinem Herzen. An die appelliere ich, an alles, was noch Gesundes und Normales in dir vorhanden ist ... du bist heftig, aber bösartig bist du nicht. Das hast du mir gestern erst bewiesen, als es sich um deine Mitgift handelte ...«

»Das Geld gehörte dir, Vater, und niemand konnte dich zwingen, es mir zu geben.«

»Das ist richtig! Aber ich habe dich doch sehr lieb! Und außerdem muß ich ehrlich gestehen: dir keine Mitgift zu geben, war für mich bei meiner gesellschaftlichen Stellung ausgeschlossen! Für einen Großindustriellen ist die Verheiratung einer Tochter im vollen Wortsinn eine Kapitalanlage. Sie muß der Höhe seiner Bilanz entsprechen und seinen Kredit stärken. Die Mitgift ist in unseren Kreisen nicht nur ein Brauch, der zum Gesetz geworden ist, sondern ein Kriterium für die allgemeine

Meinung. Das Maß für ein Vermögen. Indem Lucien und du euch, wie ihr es gestern getan habt, einverstanden erklärt, nur eine fiktive Mitgift zu erhalten, hast du mich mehr verpflichtet, als du ahnst ... Und ich danke dir nochmals dafür.«

Sie zuckte nicht mit der Wimper. Dem Aufschwung einer Liebe, die gern ein Opfer bringt, war der Ekel darüber gefolgt, in diesem Handelsgeschäft nur die willenlose Ware gewesen zu sein, die man abschätzt. Man gab sie einander weiter, nicht um ihres eigenen Wertes willen, sondern einfach als wertvolles Handelsobjekt.

»Ich habe vorhin mit Lucien zusammen gegessen. Ich wollte wissen, was eigentlich los ist ... was hinter dieser Geschichte steckt ... Na schön! Ich will nicht wieder davon anfangen, aber eins wisse: diese Frau ...«

»Das hat mir Mama schon gesagt: Erpressung, sonst Skandal etcetera ... Laß gut sein, es ist unnütz!«

»Aber er kommt gleich hierher! ... Deine Mutter hat mir deinen sauberen Streich eben erst erzählt ... Und ich wußte nicht mehr, wo ich ihn in der geschäftigen Welt telefonisch erreichen könnte ...«

»Ich erwarte ihn.«

»O nein! Entweder du bist vernünftig, dann ist nichts dagegen einzuwenden, daß ihr euch sprecht. Oder du bist eigensinnig, dann wirst du ihn nicht sprechen. Dann werde ich selbst die Angelegenheit in Ordnung bringen, so gut es eben gehen will. Entscheide dich ...«

»Ich werde ihn sprechen.«

Das Gesicht Herrn Lerbiers hellte sich auf:

»Das wußte ich ja! Im Grunde habe ich ja nie an dir gezweifelt! Wenn der Stolz keine nutzbringende Tugend ist, wird er zum Verhängnis ... Du hast dir die Sache überlegt und hast wohl daran getan ... Jenseits von aller Misere und Kleinlichkeit gibt es doch noch etwas, das Wert hat: die Liebe, die Zärtlichkeit! ... Und die Familie!«

Er hielt inne, weil seine Sätze auf ein verlegenes Schweigen stießen und auch weil seine Beredsamkeit ihn selber rührte: er glaubte ehrlich, sie in den Dienst von Monikas Interesse zu stellen, während er nur seine eigenen Interessen verteidigte ...

Schließlich wiederholte sie:

»Die Familie? ... Nein, Papa, die Hoffnung gib auf, daß Lucien Vigneret jemals ...«

»Hüte dich, wenn du nicht willst, daß ich dich verstoße ...«

»Du brauchst mich nicht erst aus dem Haus zu weisen!«

»Weil du freiwillig gehen willst?«

Ihre Blicke kreuzten sich, herausfordernd wie die zweier Feinde.

»Ja!«

Herr Lerbier rief:

»Das ist ja Wahnsinn! Heller Wahnsinn!«

Die Angst um das Mißlingen des Geschäfts nagte in seinen Eingeweiden, er sah Vigneret und seine Teilhaberschaft verloren, vielleicht mußte die Fabrik gar ihre Zahlungen einstellen, und die Meute der Aufkäufer zu Ramschpreisen würde sich auf sein Patent stürzen ... Da seufzte er so aus tiefstem Herzen, daß es rührend wirkte:

»Höre! Du weißt, wie wahnsinnig ich gearbeitet habe, wie ich mein ganzes Leben an diese Erfindung gesetzt habe, die jetzt endlich vollendet ist! Eine Erfindung, die nicht nur uns reich machen wird, sondern die auch für unser Land den Reichtum bedeuten kann, bedeuten wird, hörst du wohl? ... Die Erde Frankreichs wird dank meinem Stickstoffdünger den zehnfachen Ertrag liefern als gegenwärtig. Nur zwei gute Ernten, und schon ist die Währung stabilisiert, die Kriegsschäden getilgt ... Das bedeutet für unser ganzes Volk einen fabelhaften Aufschwung ... Nur ich bin, das habe ich dir ja schon vorgestern gesagt, mit meinen Mitteln zu Ende. Wenn ich morgen nicht neu finanziert werde, scheitere ich noch im Hafen! ...«

»Oh!« sagte Monika, »es wird schon nicht an Haifischen fehlen, um das Boot in den Hafen zu bugsieren ... White, Ransom, Piombino ...«

»Eben! Diese Haifische hätten mich schon längst aufgefressen, wenn ich nicht in Vigneret einen Teilhaber gefunden hätte, der mir ohne weiteres Vertrauen schenkt. Und morgen verschlingen sie mich sicher, wenn Vigneret mich sitzen läßt, weil du dich weigerst, ihn zu heiraten ...«

»Entweder deine Erfindung ist etwas wert«, sagte Monika, »dann läßt er dich nicht sitzen. Oder sie ist nichts wert, und dann ...«

»Sie ist etwas wert! Nicht ein – nein zehn, zwanzig Vermögen!«

»Dann kannst du ja beruhigt sein!« meinte Monika.

Er fand diese Ironie übel angebracht. Freilich war die Aussicht, Vigneret, wenn auch nicht als Schwiegersohn, doch wenigstens als Teilhaber zu behalten, gar nicht dumm, sie bot sogar, wenn der kleine Dickkopf auf seiner Weigerung beharrte, einen neuen Ausblick ... Er überlegte, in der Erinnerung an einen Satz, der Piombino gestern beim Abendessen nach der sechsten Flasche Champagner entschlüpft war ... Ja, vielleicht! ... Das wäre eine Kombination, die dem Geschäft eine breitere Basis sicherte und zugleich, wenn Monika sich dazu hergab, das äußere Ansehen wahren konnte ... Er nahm also den würdevollen Ton des Untersuchungsrichters wieder an, um fast unmittelbar in neue Klagen auszubrechen:

»Ich weiß nicht, was größer bei dir ist, dein Leichtsinn oder deine Undankbarkeit! ... Du weigerst dich, Lucien zu heiraten? Ist das dein unwiderruflicher Entschluß? ... Gut. Nehmen wir an, daß ich trotz der schweren Sorgen, die uns dein Gewaltstreich und hinterher dein unbegreiflicher Eigensinn bereitet hat, meine Angelegenheiten in Ordnung bringen könnte. Was wird geschehen? Du gehst entehrt aus dieser Geschichte hervor ...«

Sie zuckte die Achseln. Er schrie:

»Entehrt! Und uns ziehst du mit in den Schmutz! ... Uns, die wir dir doch stets nur Gutes erwiesen haben! Das ist schändlich! Überlege doch! ... Denk' doch auch ein bißchen an deinen alten Vater und an deine Mutter, die dich trotz allem liebhaben ... Monika, mein Töchterchen, denk' auch an uns, statt immer nur an dich zu denken ... Du hast nicht die gleichen Ansichten wie wir, ich weiß! ... Ja, du hast deine eigene Auffassung von der Welt, und wir haben die unsere ... Haben wir dir aber jemals etwas in den Weg gelegt? ... Heute, wo du uns so glücklich machen und zugleich dich selbst retten könntest, bist du nur darauf aus, dich vollends zu ruinieren, ohne zu bedenken, daß du auch unsern Ruin herbeiführst! ... Aber wenn du nur wolltest, es gäbe schon ein Mittel ...«

Sie neigte den Kopf ... Die Armen! So fern sie ihr standen und so kläglich ihr auch die Beweggründe ihres Kummers erschienen, hätte sie doch gerne, nachdem sie selbst so viel durch sie gelitten hatte, ihre Verzweiflung besänftigt, wenn es möglich gewesen wäre ... Wie konnte sie es tun? Wie? ... Sie wiederholte:

»Ein Mittel? Welches?«

»Nun! Folgendes: ... Reden wir nicht mehr von Lucien. Du siehst, ich will dich nicht zwingen, ich gebe nach ... Bleibt also (und das muß unbedingt ganz unter uns bleiben) die Situation, in die du dich gebracht hast ... und ihre ... möglichen Folgen. Hast du überlegt, in welche Gefahren eine derartige Schwangerschaft dich bringen würde? Und was für Dingen sie uns aussetzt? Denn darin ist die Familie solidarisch, ob du das nun zugeben willst oder nicht. Es handelt sich nicht mehr um ihre Interessen, sondern um die Familienehre ...«

Seine emphatische Geste schien den ganzen Salon zu füllen ...

Sie flüsterte:

»Die Familienehre ...«

»Allerdings! Wir sind verloren, wenn du die Rettungsleine, die ich dir zuwerfe, nicht ergreifst. Eine prachtvolle, ganz unverhoffte Gelegenheit, uns aus der Patsche zu ziehen ...«

»Laß hören ...«

Er räusperte sich:

»Hm! ... Der Baron Piombino hat für dich immer lebhafte Zuneigung empfunden. Als er mir davon gesprochen hat, warst du schon mit Lucien verlobt. Aber gerade gestern abend hat er wieder angebohrt ... ›Wenn der Schlingel Ihre Tochter etwa nicht glücklich machen sollte, dann bitte ich, mich vorzumerken … an erster Stelle …‹ Und es war ihm vollkommen ernst damit … Was meinst du dazu?«

»Bist du fertig?«

Mit Ekel stellte sich Monika den lauernden Schieber mit seinem Nilpferdmaul vor. Sie meinte schon zu fühlen, wie sich seine weiche, feuchte Pfote auf sie niedersenkte …

»Nein! Ich möchte dich daran erinnern, daß du, wenn in gewisser Hinsicht der Baron vielleicht nicht … das Ideal darstellt, nicht mehr das Recht hast … hörst du … nicht mehr das Recht! besonders wählerisch zu sein! Verheiratet sein, Baronin werden mit fast einer Million Rente, ist immer noch besser als eine ledige Mutter zu werden oder abzutreiben … Dabei würde allem Genüge getan: dem Geschäft und der Moral.«

Monika war versteinert: dieser gemeine Händler war ihr Vater!

Er wartete zuvorkommend, in der Überzeugung, eine unbestreitbare Wahrheit ausgesprochen zu haben. Endlich sagte sie leise, aber ihm gerade ins Gesicht:

»Du ekelst mich an!«

Er fuhr empor und stürzte sich auf sie:

»Was hast du gesagt?«

»Daß ich genug habe! – Das ist also die Ehe?! Das ist die Moral?! Adieu. Wir reden nicht die gleiche Sprache.«

»Du bist ein Ungeheuer! Ich verleugne dich! Du bist nicht mehr meine Tochter …«

»Dann laß mich los!«

Er hatte sie beim Handgelenk gepackt und schüttelte sie grob. Er war der Herr – der Mann – der Vater – das Familienoberhaupt!

»Du wirst gefälligst nachgeben! Du bist noch nicht mündig! Du hast uns zu gehorchen!«

Sie schüttelte den Kopf und schrie:

»Laß mich los! Du bist ja ein Vieh! Ich gehe mit Tante Sylvia fort … Hier bin ich für meine Mutter nur eine Puppe … man spielt mit ihr, und dann macht man sie kaputt! … Und für dich! für dich!!! … Noch weniger: ein Stück Vieh, das man verkauft!

... Die Familie! ... Eine nette Gesellschaft! ... Ich brauche euch nicht, ich brauche überhaupt niemand! Ich werde arbeiten und mir mein Leben selbst verdienen!«

Bleich vor Zorn höhnte er:

»Vielleicht mit deinen bemalten Blumen? ... Oder willst du auf den Strich gehen? ... Damit weißt du ja Bescheid, was ... Wie du willst! Adieu – heute abend wünsche ich dich nicht mehr hier zu sehen!«

»Du kannst ganz beruhigt sein!«

Die Klingel ertönte. Sie hielten inne:

»Das ist Lucien«, sagte Monika.

Herr Lerbier stürzte zur Salontür, aber sie überholte ihn, öffnete, ehe er Zeit hatte, sie zurückzuhalten:

»Himmeldonnerwetter!« fluchte er. »Ich verbiete dir ...«

Schon trat Lucien ein, demütig, gleichzeitig flehend und gespannt. Der fassungslose Lerbier sah ihn und dann seine Tochter an, sah alles verloren und schrie:

»Sie ist verrückt, mein Lieber, verrückt! ... Glauben Sie kein Wort von dem, was sie Ihnen sagt ... Kommen Sie nachher in mein Arbeitszimmer. Da werden wir miteinander reden ...«

Monika hatte Lucien am Arm gepackt. Sobald ihr Vater draußen und sie mit ihm allein war, ließ sie ihn los. Ein Teil ihrer Übererregtheit fiel plötzlich von ihr ab. Das Grausamste war durchgelitten. Jetzt blieb nur noch diese peinliche Auseinandersetzung. Aber in ihre verzweifelte Müdigkeit mischte sich doch eine Art finstere Befriedigung. Und sie sagte anscheinend ruhig, obwohl es in ihr stürmte:

»Höre mich an.«

Er wollte sich rasch rechtfertigen – denn er glaubte, sie zu lieben, zwar weniger auf Grund seines Begehrens als auf Grund seiner Pläne, mit denen sie eng verknüpft war – und rief aus:

»Du mußt mir verzeihen, Monika. Ich bin nicht schuldig, wenn auch der Schein gegen mich spricht ... alles spricht gegen mich, selbst die Sorgfalt, mit der ich jeden Argwohn von dir fernhalten wollte! Aber beweist das nicht gerade, wie sehr ich mich immer bemüht habe, dir jeden Kummer zu ersparen, besonders einen so überflüssigen! Denn jetzt ist die Angelegenheit geordnet. Du wirst nie mehr ein Wort von dem Mädel hören! Aber wissen mußt du, daß sie uns beide mit einem entsetzlichen Skandal bedrohte ... Revolverschüsse und dergleichen ...«

Mit ironischem Lächeln ließ sie ihn reden, als hätte sie auch diese neue Lüge durchschaut, das Übereinkommen erraten, das er mit seiner Geliebten abgeschlossen hatte ... Er hatte sie durch das Geschenk eines Perlenkolliers und das Versprechen einer monatlichen Rente sowie seiner häufigen Besuche leicht zu beruhigen vermocht ... Er schwieg und sah Monika an: der beleidigende Ausdruck ihres Gesichts, unter dem man doch den verhaltenen Schmerz spürte, brachte ihn aus der Fassung.

Monika raffte ihren ganzen Willen zusammen.

»Ich will zugeben, daß du ehrliche Absichten hast. Ich will sogar zugeben, daß deine Liebe ehrlich ist.«

Er beteuerte:

»Ach, Monika! Ich habe doch ...«

Sie unterbrach ihn:

»Was? Deine Uneigennützigkeit? ... Meine Mitgift? ... Meinst du das? ... Ja, gestern habe ich deinen Verzicht noch für einen Beweis gehalten, daß du mich um meiner selbst willen liebtest. Aber heute ...«

Sie machte eine unendlich müde Bewegung.

»Kannst du daran zweifeln, daß ...«

»Ich zweifle jetzt an allem.«

Sein Ton klang aufrichtig, als er ausrief:

»Außer an mir, Monika, und an dir selbst!«

Der Gedanke, daß er sie verlieren und daß zugleich mit ihr das vor dem Abschluß stehende gute Geschäft ihm entgehen könnte, traf ihn in seinem Heiligsten: in seinem finanziellen Interesse. Sie sah ihn ernst an. Seine Stimme war an ihr abgeglitten, diese Stimme, die sie gestern noch bis ins Innerste durchdrungen und verzaubert hatte. Er faßte Mut und fuhr fort:

»Ich schwöre dir, ich habe nur eines in Rechnung gestellt: daß wir beide in vierzehn Tagen heiraten. Dann reisen wir nach Cannes. Da findet um diese Zeit die große Flugwoche statt ...

Oder wenn du einen stillen Winkel in der Gegend von Hyères vorziehst, dann brauchen wir nur zu wählen, wohin. In den Maurenbergen gibt es eine Menge schöner Autostraßen … Und wenn wir wieder zu Hause sind, werden wir in unserer Wohnung in den Champs-Elysées ein behagliches lustiges Leben führen … Pierre de Souzaies hat mich heute morgen bei Maxime, wo wir mit deinem Vater gefrühstückt haben, auf einen kleinen Louis-XV.-Tisch für das Schlafzimmer aufmerksam gemacht. Den stellen wir dann neben unser entzückendes Ruhebettchen, auf dem man sich so wohl fühlt …«

Bei dieser Anspielung lächelte er eitel, während sie gleichzeitig bei der Erinnerung vor Abscheu erzitterte … Der Augenblick göttlicher Verwirrung … ihr Glaube … ihre Hoffnung … wie war das alles beschmutzt! Sie entriß sich der Erinnerung an die lächerliche Umarmung. Jetzt war sie eine andere Monika, und vor ihr stand ein anderer Lucien, der ihr vergeblich mit den Worten von einst zuredete … Denn sie wußte nun untrüglich … er log! – Alle logen sie … Alle! … Die Wut packte sie. Sie war nicht mehr Herrin ihrer Nerven:

»Unsere Liebe! … Erwähne sie nie mehr!«

»Aufrichtig …«

Sie brach in Lachen aus:

»Aufrichtig? Weißt du überhaupt, was das heißt? … Nun gut also! Ganz aufrichtig … zwischen uns ist alles aus … Nein! Nein! Jedes weitere Wort ist überflüssig! Glaube nicht, es handle sich hier um das Aufbäumen eines jungen Tieres, das man durch Streicheln besänftigen kann! Ich werde mich nie verheiraten! Weder mit dir noch mit einem andern. Als ich gestern das Restaurant verließ, habe ich die alte Monika weit hinter mich geworfen … die ist in deinen Händen zurückgeblieben … Möge ihre Asche dir leicht sein! … Jetzt spricht kein junges Mädchen mehr mit dir, sondern eine Frau! Hast du verstanden? Eine Frau …«

Er sah sie ratlos an. Da rief sie:

»Ich habe mich einem andern hingegeben, ja – ehe ich hierher zurückkam, wo meine Mutter auf mich wartete …«

»Monika!«

»Unterbrich mich nicht! ... Warum ich das getan habe? Weil wir nichts mehr miteinander zu schaffen haben. – Warum ich es dir sage? Weil ich für die Zukunft eine unübersteigbare Schranke zwischen uns legen will!«

Er machte eine Bewegung. Sie schnitt kurz ab:

»Die Vergangenheit hast du beschmutzt, wie alles andere. Meine kindlich-gläubige Hingabe? Was liegt daran? Und vor allem: was liegt dir daran? Du hast mich nie geliebt ... Ich? Ich hasse dich nicht einmal. Aber wenn du wüßtest, wie ich dich verachte! ... Nein, laß mich ausreden, ich bin gleich fertig. Was die Leute dazu sagen werden, meinst du, nicht wahr? Die Konsequenzen? ... Darauf pfeife ich! Die Gesellschaft? Die lehne ich ab. Ich breche mit ihr, um unabhängig und nur nach meinem Gewissen zu leben! Um als Frau das zu sein ... was du zum Beispiel niemals sein wirst: ein anständiger Mensch! Adieu!«

Sie ging zur Tür. Er vertrat ihr den Weg:

»Nein, so dürfen wir nicht auseinandergehen! Ich halte dich, ich bin bereit, mit dir selbst um dich zu kämpfen. Dein Ausbruch war zu heftig, als daß er nicht etwas ... Krankhaftes enthalten hätte!«

»Nichts ist krankhaft!«

»Dann erlaube mir zwei Fragen ...«

»Bitte ...«

»Schwörst du mir, daß du das wirklich getan hast, von dem du behauptest, daß es gestern abend geschehen ist?«

»Ich schwöre es ...«

Sie las den Zweifel in seinem Blick und fuhr fort:

»Ich schwöre es dir beim Leben meiner Tante Sylvia! Und du weißt ja, wie ich sie liebe.«

Die Wut packte ihn, und er rief:

»Darf man wenigstens den Namen deines Mitschuldigen erfahren?«

Verblüffung und gekränkte Eitelkeit machten ihn weniger rasend, als der Gedanke an das verfehlte Geschäft ...

»Mein Mitschuldiger? Natürlich, du mußt den bürgerlichen

Ausdruck anwenden ... Den Mitschuldigen an meinem Verbrechen, nicht wahr? ... Ein Duell? Steck' deinen Zorn nur wieder in die Scheide. Erstens mal gehe ich dich gar nichts an, sondern gehöre ganz allein mir ... Und zweitens ... kenne ich ihn nicht!«

»Du kennst ihn nicht?«

Sie hätte gelächelt, wenn sie in ihrer Verstörtheit dazu imstande gewesen wäre. Aber ihr ganzes Innere war in Empörung. – Er zuckte die Achseln: sie log ja offenkundig! ... Da machte sie erbarmungslos, mit einer Art von wilder Befriedigung, genaue Angaben. Es war ihr ein Genuß, zu sehen, wie sich *der*, von dem sie ihr Lebensglück erhofft hatte und der sie in einem Augenblick in den Abgrund gestürzt hatte, unter ihren Worten wand und bleich wurde.

Lucien Vigneret litt, ohne zu begreifen. Sein Charakter, seine Erziehung, alles hinderte ihn daran, diese Tatsache richtig zu verstehen. Er haßte sie, und doch trauerte er ihr nach. Er schwankte sogar einen Augenblick lang, ob er seinen Grimm nicht niederzwingen und ihr vorschlagen solle, alles beim alten zu lassen: eine Ehe, aber in voller gegenseitiger Freiheit ... Aber das mit einer solchen Frau?! ... Da war es doch wohl besser, man versuchte, das Geschäft mit dem Vater in irgendeiner andern Form abzuschließen. Vielleicht war er tatsächlich noch gut davongekommen! Trotzdem quälte ihn ein unklares Gefühl. Sie war ihm in jeder Weise verloren, und dennoch erschien sie ihm begehrenswert. Anders, aber vielleicht stärker als je ...

Sie erkannte das an dem seltsamen Leuchten seines Blickes, und angewidert verlangte sie nun nach vollkommener Rache:

»Sieh mich nur an! Was ich mir aus deinem Urteil schon mache! Aber lasse dir diese Geschichte zur Lehre dienen ... Einen Fehltritt hätte ich dir verzeihen können ... Aber die Auffassung, die du vom Leben, von Mann und Weib hast ... Deine Denkweise, deine ganze Denkweise! ... Die Verachtung, die du mir damit bewiesen hast ... Diese Verkennung meines Herzens und meines Verstandes ... die sind unverzeihlich! Das entfremdet uns einander so stark, als wären wir Wesen verschiedener

Rasse, ja verschiedener Farbe. Glaube mir, es ist besser, wir haben das von vornherein festgestellt. So erspart uns ein Tag des Leidens Jahre des Unglücks.«

»Was hätte ich denn tun sollen?«

»Mir alles eingestehen ... vorher!«

»Du hättest dich nicht hineingefunden ...«

»Wer weiß, wenn du mir alles erklärt hättest?! ... Ich liebte dich und hätte wohl versucht, dich zu verstehen.«

Aus der Tiefe seines Sturzes sah er die zusammengebrochene Brücke. Aber noch kämpfte er:

»Vielleicht! ... Ich hätte fühlen müssen, daß du anders bist als die andern ... daß du ein einzigartiges Wesen bist!«

»Glaube das nur nicht! Wir haben alle Sehnsucht nach Offenheit und Sauberkeit.«

Er überlegte:

»Es gibt immerhin Fälle ... den meinigen zum Beispiel! ... wo man aus frommer Absicht lügt ... Und andere Fälle, wo die Lüge zur notwendigen Vorsichtsmaßregel wird.«

Sie höhnte:

»Den Frauen gegenüber?«

»Und auch den Männern«, ergänzte er.

»Ach, was du sagst! Du würdest also auch deine Geschäftsteilhaber über die Geschäfte belügen?«

»Das ist etwas anderes!«

Sie vergaß ihr eigenes Leid. Sie erhob sich zu dem schmerzlichen Verständnis der ungeheueren Tragödie, die seit Jahrhunderten die Sklaverei der einen und den Despotismus der andern einander gegenüberstellt ... Ihr ganzes weibliches Empfinden, ihr ganzer Stolz bäumte sich dagegen auf. Sie rief:

»Da haben wir's! Eure doppelte Moral! Die eine für die Herren. – Die andere ist für die Mägde gut genug!«

»Es ist da immerhin ein Unterschied ...«

»Der Unterschied, daß für uns Liebe und Ehe wichtiger sind, als für euch das bedeutendste Geschäft sein könnte. Denn es geht um unser ganzes Leben!«

»Nun, eine verschiedene Mentalität, wenn dir das lieber ist ...«

»Unsere geistige Armut? ... Unsere Oberflächlichkeit? ... Und wenn's so wäre? Ist das nicht euer Werk? ... Aber nein! Nicht durchaus und immer ... Aber ihr lebt in dem ewig gleichen Vorurteil weiter, ohne zu merken, wie sich alles ändert.«

Er sah sie an, ohne zu antworten, wider Willen bewegt. Noch nie war sie so schön gewesen! ... Er fühlte, wie sein Zorn einer großen Trauer wich. Er hätte am liebsten geweint ... Aber er bezwang sich. In seiner Verstörtheit war ein wenig von der Verzweiflung des Kindes, das sein liebstes Spielzeug zerbrochen sieht, und auch etwas von dem Erschrecken des Gläubigen, den plötzlich Zweifel packen. Das ganze Rüstzeug seiner Erziehung zerbrach unter dem Ansturm ...

Vor dieser tragischen Entblößung einer zur Verzweiflung getriebenen Seele, die eben jene Gesellschaftsordnung, deren Vertreter er war, zur Anarchie verdammte, blickte er mit einigem Entsetzen in die eigene Brust. Er begriff dunkel, wie gefährlich und sündhaft die Ausnützung der Privilegien war, die man dem Manne schon in seiner Kindheit einredet. Aber sofort verdunkelte die gekränkte Eitelkeit diesen schwachen Lichtschein wieder.

Er ergriff seinen Hut.

»Ich verstehe, daß ich, ohne es zu wollen, dich und mich unglücklich gemacht habe. Die Lehre wird nicht vergebens sein. Lebe wohl, Monika.«

»Adieu.«

Er ging hinaus, ohne sie anzusehen – nicht eben stolz.

*

Sie blieb noch lange sitzen. Alles tat ihr weh. Sie träumte, sie sei wieder ein kleines Mädchen geworden und von dem großen Felsen bei der Pension heruntergestürzt, von dem aus sie die Welt überblickte. Sie lag hilflos zwischen den Klippen, an die die Wellen wütend brandeten, unter einem schwarzen Himmel. Und sie rief mit schwacher Stimme: Tante Sylvia!!!

Wie lange saß sie schon so? Das fragte sie sich plötzlich und fuhr auf. Ungewohntes Stimmengewirr, Schritte im Vorzimmer ...

»Monika!« rief ihre Mutter. »Monika, komm rasch! Es ist entsetzlich! ... Und dein Vater ist mit Herrn Vigneret fortgegangen!«

Eine unbekannte Frau, deren verstörtes Harlekingesicht unter dem Federhut Monika ihr Leben lang vor sich sehen würde, berichtete Frau Lerbier atemlos:

»Als ich den Schrei hörte! ... Das Blut gerann mir in den Adern! ... Ich habe sie vor mir gesehen, wie ich Sie jetzt sehe. Ich war auf dem Bürgersteig vor der Apotheke an der Kreuzung der rue du Havre vor dem Bahnhof Saint Lazare ... Die arme Dame! ... Sie lief vor dem Autobus über die Straße, sie stolperte, und da ... Der Chauffeur hat ja alles mögliche getan, um rechtzeitig zu bremsen, aber er konnte nicht mehr. Sie lag schon unter den Rädern ... Hier in ihrer Handtasche – es fehlt nichts drin – haben wir einen Briefumschlag mit Ihrem Namen und Ihrer Adresse gefunden ... Als wir sie in die Apotheke trugen, atmete sie noch ... Sie bat, man möchte sie hierherbringen ... Der städtische Krankenwagen ist unten ... Ich bin mitgekommen ... um Sie vorzubereiten ...«

Bei den letzten Worten war Monika zur Treppe gestürzt. Die Bahre stand im Hausflur am Fuße der Treppe. Mit heiligem Schauer hob sie das Tuch, mit dem das Gesicht bedeckt war, sie glaubte, wahnsinnig zu werden. Der Tod hatte das geliebte Antlitz verschont. Sie schien zu schlafen.

»Tante, liebste Tante!« rief Monika von Schluchzen geschüttelt ... »Tante!«

Eine furchtbare Angst erfaßte sie. Kalter Schweiß trat ihr auf die Stirn. Sie fühlte, wie im gleichen Augenblick ihre ganze Jugend starb. Als sie sich zu der Toten niederbeugte und sie küssen wollte, brach sie ohnmächtig unter diesem letzten Schlag zusammen.

Die Aussteigerin

I.

Monika Lerbier an Frau Ambrat, Vaucresson.

44 rue Chaptal. Paris, den 1. März.

Vielen Dank, liebe gnädige Frau, für Ihr liebenswürdiges Anerbieten. Aber im Augenblick wäre es mir ganz unmöglich, Ihre Sekretärin zu werden. Ich habe das Gefühl, als schleppte ich einen leeren Körper durchs Leben. Ich glaube, ich werde nie wieder lachen können ... Die Trennung von meinen Eltern, der Verlust meiner Tante – es war ein zu plötzlicher Umsturz!

Ich möchte sterben, weil ja doch mein ganzes Leben verpfuscht ist. Als ich heute nachmittag nach der Testamentseröffnung vom Notar zurückkam, dachte ich in dem Teesalon, in dem ich mich ausruhte, an die arme liebe Tante und beneidete sie um ihr Schicksal ...

Am Nebentisch saß eine Großmutter mit zwei Kindern in Trauer, einem vierzehnjährigen Mädchen, das schon eine kleine Frau war und ihrem Brüderchen, einem sechsjährigen Jungen. Ich dachte daran, daß ich nie Mutter werden würde, daß ich unnütz bleiben müsse ... Ich werde einsam altern wie Tante Sylvia ...

Denn jetzt bin ich einsam! Einsam in meiner Wohnung, einsam in meinem Herzen ... ohne gesellschaftlichen Halt und ohne Heim! ...

Ich danke Ihnen dafür, daß Sie mich bei sich aufnehmen wollten ... Aber ich fühle, daß ich noch lange Zeit nicht unter Kindern leben kann. Ich bin zu ernst für ihre kleinen Seelen, und sie wären zu fröhlich für mich ...

Ich umarme Sie recht herzlich.

Monika.

Monika Lerbier an Frau Ambrat.

Paris, den 15. Juli.

Liebe gnädige Frau!

Es ist lange her, daß ich Ihnen geschrieben habe. Ich schäme mich, daß ich auf Ihren lieben Brief so lange geschwiegen habe ... Heute leide ich weniger und kann Ihnen schreiben ...

Es kommt mir vor, als sei mein Schmerz ein wenig betäubt. Ich schaue mich um, ohne daß irgendein Geschehnis mir Freude oder Leid verursacht. Ich sehe die blasse Sonne dieses Morgens, den Garten, der so tief unter meinem Fenster liegt, Priester, die vorübergehen. Ich vegetiere nur.

Habe ich Ihnen erzählt, daß ich nach Regulierung der Erbschaft meiner armen Tante die finstere rue Chaptal verlassen habe? Ich wohne jetzt am linken Seineufer, rue Vaneau. Meine drei Fenster gehen auf den Park der ausländischen Missionen hinaus ...

Aber ich bin immer noch nahe daran, wieder zum Leiden zu erwachen. Es bedarf nur eines geringen Anstoßes, und meine Verzweiflung ist wieder da ... Ach! Nicht mehr denken ... Man tröstet sich, scheint's, oder wenigstens gewöhnt man sich an sein Leid, an alle Leiden. Noch einmal glücklich sein? Wäre das möglich? Ich kann es mir nicht vorstellen ...

Ihre dankbare

Monika.

Monika Lerbier an Frau Ambrat.

22. November.

Liebe gnädige Frau!

Was ich mache? Ich bin ein armes Etwas, das sich schlecht in sein Schicksal findet. Vielen Dank für Ihre lieben Worte! Ach, ich werde mich nie trösten können ... Ich hatte meine Ideale so hoch gespannt, daß ich nun, da ich sie nicht erreicht habe, möglichst tief hinuntersteigen muß, um sie nicht mehr zu sehen. Vielleicht werde ich mich dann gewöhnen, nicht mehr an sie zu denken. Inzwischen lebe ich dahin wie ein Kranker, der sich pflegt, ohne Lust, irgend etwas zu unternehmen oder zu erhoffen …

Trotzdem fühle ich, daß ich in der Arbeit und nur in der Arbeit eine Erleichterung der schweren Kette, die ich mit mir schleppe, finden könnte! Vielleicht werde ich sogar versuchen, mit mehr Ausdauer zu meinen früheren Beschäftigungen zurückzukehren … Erinnern Sie sich noch an die kleinen Zeichnungen, die ich früher zum Zeitvertreib machte? Ich habe meine Skizzenbücher und Pinsel wieder vorgenommen … Ich zeichne sogar einige Möbelmodelle und bemale Stoffe …

Man hat mir geraten, mich dem Dekorationsfach zuzuwenden, da dieser Beruf noch nicht zu überfüllt ist … ich hätte Lust, mit dem Geld meiner Tante ein Antiquitätengeschäft hinzuzunehmen … Ich glaube, dadurch würde ich gleichzeitig meinen Lebensunterhalt und eine Beschäftigung finden, und wer weiß … vielleicht auch Ablenkung.

Von dem ständigen Wiederkäuen meines Kummers werde ich sonst noch verrückt.

Ich hoffe, in den ersten Frühlingstagen von Ihrer liebenswürdigen Einladung Gebrauch machen und eines Sonntags zu Ihnen zu Tisch kommen zu können.

Monika.

II.

Die Jazzband überschüttete das wildgewordene Tanzlokal mit ihren tollen Rhythmen. Die Paare wiegten sich in blauem Licht.

Michelle d'Entraygues stieß mit dem Ellbogen Helene Suze an, die durch einen langen Strohhalm ihren Eiskrem saugte.

»Sieh mal dort!«

»Was denn?«

Über die Balustrade der Loggia gebeugt, deutete Michelle nach einer bestimmten Richtung:

»Da, neben dem Professor und der kleinen Engländerin ... die beiden Frauen ... sie stehen jetzt gerade unter dem Kronleuchter ...«

»Wären nicht die kurzen mahagoniroten Haare, so könnte man fast glauben, daß es Monika ist.«

»Sie ist es auch. Nicht wahr, Mäxchen?«

Der Kritiker rückte sein Monokel zurecht und erklärte:

»Natürlich ist sie's. Wie die Frisur sie aber verändert! Heutzutage ist sie für die Frau das Symbol der Unabhängigkeit, ja, der Kraft. Früher hat Delila den Simson entmannt, indem sie ihm das Haar schor. Heute vermännlicht sie sich, indem sie sich das ihre abschneidet!«

»Zehn Jahre älter sieht sie aus!« rief freigebig Helene Suze.

»Na, sagen wir fünf! Und da sie aussah wie neunzehn, als sie bereits einundzwanzig war, sieht sie nun genau so alt aus, wie sie wirklich ist, denn es ist doch höchstens zwei Jahre her, daß sie untergetaucht ist!«

»Dreiundzwanzig Jahre? Sie sieht aus wie dreißig!«

»Ich finde, daß sie noch nie so gut ausgesehen hat ... Immer noch frisch und blühend mit einem kleinen, geheimnisvoll schmerzlichen Einschlag ... Ich finde sie einfach fabelhaft ...«

Wütend wendete er sich zu Michelle um und drohte:

»Du, wenn du das noch mal tust, gibt's Prügel!«

Aber sie erklärte mit der Miene eines naschhaften Kätzchens:

»Das hab' ich gerade gern!«

Sie hatte sich Max seit jenem Abend im Theater zu ihrer persönlichen Bedienung attachiert. Pony hatte ihn bald kaltgestellt und sich in Sascha Volant verliebt; Max seinerseits fand Geschmack an der Teilhaberschaft mit d'Entraygues. Der Marquis, den sein Rennstall und die Erziehung seiner jungen Jokkeis ganz in Anspruch nahmen, genoß die Mitgift und er die Frau.

Die letzten Takte des Tanzes verklangen. Die Paare trennten sich. Michelle nahm ihr Opernglas.

»Ja, es ist richtig! Monika sieht erstaunlich gut aus ... Aber ihre Kavalierin! Ist das eine Nummer!«

Max de Laume erkannte sie:

»Das ist ja Niquette!«

»Wirklich? Wie sie die gefärbten Haare verändern!«

Neugierig betrachteten sie Monika Lerbier, die Innenarchitektin, und ihre berühmte Freundin Niquette, den seit dreißig Jahren bekannten Revuestar. Paris war verliebt in ihre scharfe Stimme und ihre wundervollen Beine, die ebenso geistreich waren, wie ihre Zunge gelenkig, die immer den Rand ihrer dicken Lippen entlangstrich. Häßlich war sie mit ihrer Himmelfahrtsnase – aber ihre Karfunkelaugen …

»Sie haben Schmiß, das läßt sich nicht bestreiten«, stellte Max de Laume fest.

Niquette und Monika hatten sich wieder an ihren Tisch gesetzt. Man hätte sie für ein verliebtes Ehepaar halten können. Zärtlich neigte sich Niquette vor und legte ihren Pelzkragen um Monikas Hals.

»Wie rührend!« höhnte Helene Suze.

»Reg' dich nicht auf, Suzchen!« sagte Michelle. »Der Platz ist besetzt.«

Helene Suze, die ihre lesbischen Liebhabereien mehr und mehr zur Schau trug, zuckte die Achseln. Sie hatte es Monika nie verzeihen können, daß sie damals die Avancen abgelehnt hatte, die sie ihr durch Ginette Morin hatte machen lassen, ehe sie Vizepräsidentin des Hilfswerks für die Kriegsverstümmelten und bald darauf Ministersgattin geworden war.

Ginette! Helene Suze erinnerte sich an ihr Taubengurren, wenn man sie auf den Mund küßte. Das war zur Zeit der schönen Abende bei Anika Gobrony. Wenigstens tat sich Gi nicht so, wie dies Kräutchen Rührmichnichtan von Monika! …

Helene Suze gehörte zu denen, die kritiklos alle Scheußlichkeiten geglaubt hatten, die zuerst über Monika in Umlauf gerieten: Vigneret hatte seine Braut in einem Hotelzimmer mit einem Rumänen überrascht, von dem sie schwanger war. Die Eltern hatten sie hinausgeworfen. Die Tante hatte vor Kummer Selbstmord begangen …

Heute, als sie ihre ehemalige Freundin mit Glanz wieder in

die Pariser Gesellschaft aufgenommen sahen, lächelten Max de Laume und Michelle d'Entraygues ihr huldvoll zu und vergaßen ihre frühere Verachtung. Helene Suze erklärte sogar:

»Schließlich ist sie ja vollkommen frei! Wenn man Geld hat und noch dazu Talent, kann man sich alles erlauben!«

Monika, die damals von heute auf morgen von all ihren Bekannten vollkommen geschnitten worden war, erschien ein Jahr nach ihrem Verschwinden wieder auf der Bildfläche und eröffnete in der rue de la Boetie einen Laden für alte und neue Kunst. Pierre de Souzaies, dem sie kurz vorher begegnet war, als sie gerade das kleine Vermögen ihrer Tante flüssig gemacht hatte (hundertfünfzigtausend Francs Ersparnisse und ebensoviel für den Verkauf des Pensionats), hatte sie in diesen Beruf eingeführt, von dem er selbst lebte.

Sie hatte an ihm nicht nur einen ergebenen Kompagnon, sondern auch einen Lehrer und um so wertvolleren Führer gefunden, als er außer vom kaufmännischen Standpunkt gänzlich uninteressiert war. Elegante Karten hatten ihren ehemaligen Bekannten ihre Auferstehung angezeigt: Monika Lerbier, »Zur blauen Distel«.

Aber man war ihr nicht freundlich gesinnt. Monika, die mit niemand verkehrte, außer sonntags mit Frau Ambrat, hatte damals schwere Tage durchgemacht. Die allgemeine Geschäftsflaute vermehrte noch ihre Nervosität. Sie saß wochenlang da und langweilte sich, nur Passanten betraten den Laden: sie handelten lange und zahlten wenig. Ihr Kapital, das sie fast vollständig in Ankäufe gesteckt hatte, schmolz zusehends dahin, und sie begann schon zu verzweifeln.

Doch der gesellschaftliche Einfluß Pierre de Souzaies, der den doppelten Ruf eines Antiquitätenkenners und Perversen genoß, war groß. Da seine gewöhnliche Kundschaft sich fernhielt, hatte er eines Tages Niquette auf Monika gehetzt, und sofort fand die rue de la Boetie einen künstlerischen und internationalen Kundenkreis. Die Einrichtungen Fräulein Lerbiers wurden Mode.

Damit war sie eine neue Persönlichkeit geworden, die eine Atmosphäre von Erfolg um sich verbreitete und in der man die

»Deklassierte« von ehedem vergessen hatte. Durch den Strudel dieser neuen Wellen verschwand der üble Dunstkreis ehemaliger Klatschereien in der Hochflut des Lebens.

Niquette fühlte die Blicke Helene Suzes wie einen Insektenstich auf sich und Monika haften. Sie betrachtete sie:

»Was hat die da oben uns denn so anzuglotzen? ... Kennst du sie? ... Sieh doch ... da links.«

Monika sah hin und sagte dann verächtlich:

»Freundinnen von früher!«

Sie nannte ihre Namen. Gleichzeitig winkte ihr Helene Suze mit scheinbar freudiger Überraschung ein »Guten Tag« zu. Monika antwortete mit einem flüchtigen Gruß. An ihrer vollkommenen Gleichgültigkeit ermaß sie, wie weit die Vergangenheit hinter ihr lag ... Zum ersten Male begegnete sie diesen Gespenstern wieder, den Zeugen ihres einstigen Lebens; sie rührten sie nicht mehr, als hätte sie ihnen erst gestern »auf Wiedersehen« gesagt.

Sie erkannte daran, daß die Wunde zu vernarben begann. War sie nicht schon vorigen Monat ihrer ehemaligen Rivalin Cleo bei einer Generalprobe begegnet, ohne mehr zu empfinden als platonische Neugier?

Die einzigen Menschen, mit denen ein Wiedersehen ihr schmerzlich gewesen wäre – wie sie immer noch in der Erinnerung litt, wenn sie (was zwar immer seltener geschah) an die entsetzlichen Tage zurückdachte –, wären ihre Eltern und Vigneret gewesen. Lucien hatte ihren Weg nie mehr gekreuzt. Und jede Annäherung der Ihrigen hatte sie eigensinnig abgelehnt, trotz all den Einladungen, die ihr Frau Lerbier seit Monaten immer wieder hatte zugehen lassen: Monika war jemand geworden, und daher galt sie wieder etwas ...

Das Orchester begann wieder zu spielen und lenkte Niquettes üble Laune ab. Sie brummte, während sie ihre Begleiterin umschlang, die wie eine Schlafwandelnde alles mit sich geschehen ließ:

»Helene Suze? Warte mal ... Von der hab' ich schon gehört, durch einen Kerl, der bei Anika rauchte ... Sie sollen ja am

Weihnachtsabend vor zwei Jahren in ihrem Atelier einen tollen Betrieb gemacht haben ... Ja, deine Suze und eine andere sogenannte Jungfrau ... die später einen Minister geheiratet haben soll ... Aber damals hatte sie nur was für Damen übrig! Es soll auch ein Journalist dabeigewesen sein, der zusah ... warte ... den kennst du doch auch! ... Er berichtet über die Modesalons ... so ein Blonder mit einem Herzmündchen ...«

»Mercoeur?«

»Stimmt! Ich wußte ja, es war sozusagen irgendeine herzliche Sache! ... Eine feine Gesellschaft! ...«

»Und wir?«

»Wir verstecken wenigstens unsere Laster nicht! Außen verdorben, aber innerlich gesund! ... Das ist viel sauberer ... Die dagegen? Heuchler und Genossen.«

Während sie sprach, schlang sie Monikas nachgiebigen Körper um ihr gelenkiges Skelett, die sich fast unbewußt dem herrischen Rhythmus von Niquettes Bewegungen hingab.

Unauslöschliche Glut brannte in dem Körper der Fünfzigjährigen, die sich durch Gymnastik und Körperpflege so fabelhaft gehalten hatte, daß sie in der Stadt wie auf der Bühne unter der deckenden Hülle der Schminke wie fünfunddreißig aussah ...

Gleichgültig gegen das Aufsehen gab sich Monika den bezwingenden Armen hin ... Gut und Böse? Sinnlose Worte! Sie klangen ihr im Ohr wie gesprungene Schellen. Sie war hier, weil ihr Beruf und der Zufall sie hergeführt hatte und ihre Fühllosigkeit sich der Umgebung anpaßte. Wenn sie auch geheilt schien, so war sie doch noch immer eine Kranke, noch immer betäubte sie das Chloroform des Operationstisches. So genoß sie mit halbgeschlossenen Augen die Trunkenheit dieses stummen Kreisens.

Die ersten Liebkosungen Niquettes hatten in ihr zwar die im Augenblick des Erwachens geknickte Sinnlichkeit wieder erweckt, aber die frühere Empfindsamkeit ruhte noch verborgen im Grunde ihres Herzens. Sie glaubte sie ein für allemal gestorben.

Aber dennoch war sie zu reich an treibenden Säften, als daß, was nicht mehr den einen Ausweg fand, nicht an anderer Stelle emporgequollen wäre. So hatte ihr der Genuß eine halbe Erkenntnis der Wollust vermittelt. Kurze Augenblicke, die auf ihrem Grunde die Enttäuschung bargen. Dennoch waren ihr diese Küsse, in denen mitleidige Zärtlichkeit sich mit der schwülen Lockung einer Entdeckung mischte, nicht unangenehm. Hinter dem Antlitz des Trostes war flüchtig das des Genusses emporgetaucht. Monika war Niquette dankbar dafür, daß sie ihr den einen erst nach dem andern gebracht hatte und sie nur langsam, Schritt für Schritt unter der Zärtlichkeit der Freundin die Leidenschaft der Liebenden hatte entdecken lassen ...

Sie drehte sich mit verlorenem Blick. So eng waren sie verschlungen, daß sie die Wellenbewegung des Tanzes in sich spürte, als sie ein Bein Niquettes zwischen den ihrigen preßte. Ein Argentinier, der an ihnen vorüberkam, schnalzte boshaft: »Na? ...« Niquette lachte laut:

»Die können wir gut entbehren!«

Monika stimmte mit einem Nicken des Kopfes zu. Aber wenn sie auch immer noch in den Stunden ihrer gegenseitigen Hingabe das gleiche Wohlgefühl empfand, so machte sie sich doch allmählich über die Sinnenwelt etwas weitherzigere Vorstellungen. Die Männer! ... Nachdem sie zuerst einen wilden Abscheu und später Verachtung für sie empfunden hatte, begann sie ihnen jetzt wieder Beachtung zu schenken. Aber sie betrachtete sie genau unter dem gleichen Gesichtswinkel, unter dem ein Junggeselle eine Dirne betrachtet: ohne seelische Sehnsucht. Eine Neugier, die sie sich in der Starrheit, in der sie hintrieb, noch nicht eingestand ... Die sie aber auch nicht von sich wies, wenn ihr Blick zufällig jemanden streifte, der ihr nicht von vornherein mißfiel.

»Ach!« sagte Niquette und sah auf ihre Armbanduhr, als sie sich wieder hinsetzten. »Schon zehn! Und um elf läuft mein Sketch! ... Gehn wir?«

»Du hast noch Zeit, Liebste!« meinte Monika.

Das Kasino lag mit dem Tanzlokal Tür an Tür.

»Kommst du mit?«

Aber Monika hatte heute abend keine Lust, sich wie gewöhnlich in der Stickluft der engen Garderobe und der lästigen Nähe der Garderobieren herumzudrücken.

»Ich hole dich ab!«

»Du, hör' mal! Du willst mir wohl Hörner aufsetzen?«

Drohend suchten die Augen Niquettes Helene Suze. Aber sie war fort. War das ein Schwindel, um sich anderwärts wieder zu treffen? Mißtrauisch fragte sie:

»Ihr habt ein Rendezvous, was?«

Monika fand die Vermutung so grotesk, daß sie lachend ausrief:

»Das würde ich dir doch sagen!«

»Dabei laß mich dich nur erwischen! ... Ah, guten Tag, Briscot!«

»Guten Tag, Königin!«

Niquette drückte dem berühmten Komiker die Hand. Sie kannten einander schon seit ewigen Zeiten, denn sie hatten auf den gleichen Brettern Schritt für Schritt ihren Starruhm erkämpft. Monika mochte Briscots guten Humor gern leiden, und sie liebte sein freundliches rundes Gesicht mit dem Gassenbubenausdruck.

»Spielst du denn nicht?« fragte Niquette. »Was macht die Revue?«

»Beleuchtungsprobe.«

»Dann kannst du mir dies kleine Mädchen hüten, das noch tanzen möchte ... Und nach dem Sketch holt ihr mich beide im Kasino ab, ja? ... Dann gehen wir irgendwohin soupieren.«

Briscot grüßte militärisch, und Niquette verschwand beruhigt ... Er setzte sich auf den noch warmen Platz und bestellte einen Whisky mit Soda. Er zwinkerte:

»Sagen Sie mal, als ich heute nachmittag in der rue de la Boetie vorbeikam, hab' ich Ihre Ateliereinrichtung in Türkis und Mandaringelb gesehen. Ein Gedicht!«

»Ernst? ... Warum sind Sie nicht hereingekommen?«

»Keine Möglichkeit! ... Ich stieg gerade so einer Amerikanerin nach … Ihr Typ! Rosig mit mahagonirotem Haar … Und ein Kleid …! Die Perlen fielen ihr bis auf die Knie.«

»Haben Sie das nachgemacht?«

Er lobte:

»Sehr witzig! Ja, ja, Niquette langweilt sich nicht …«

»Und Sie?«

»Ich auch nicht. Man muß schön blöd sein, um sich auf dieser braven Welt zu langweilen! Kurz und gut! …«

Er grinste bedeutungsvoll:

»Ganz zu Ihren Diensten!«

»Danke, keine Verwendung. Heben Sie das für die Amerikanerin auf …«

»Ist schon erledigt! … Für eine andere!«

»Nein, wirklich? So auf den ersten Blick?«

Er vertraute ihr an:

»Sie hat mich erkannt!«

»Das erklärt alles!«

Nie hatte Monika diesen merkwürdigen Nimbus der Bühnengrößen, sogar der häßlichsten, begreifen können. Was für Wünschen gaben wohl diejenigen nach, die sie erwählten? Sie betrachtete Briscot aufmerksam und war überrascht, daß sie dazu ohne Widerwillen imstande war. Er sah bäuerisch gesund aus, und hinter den etwas herabhängenden Lidern verbarg sich der Blitz gutmütiger Bosheit.

Er brummte:

»So ist's recht! Machen Sie sich nur über mich lustig … Gerade wollte ich Ihnen etwas Nettes sagen … Ein Einfall, der mir gekommen ist, als ich Ihre türkisfarbene Einrichtung betrachtete … Mein Freund Edgard Lair …«

»Der Schauspieler?«

»Ja. Er führt ein Stück von Perfeuil auf … Inszenierung und alles … Zwei Dekorationen: Interieurs … wenn es Ihnen Spaß machte, das auszustatten, könnte ich ja mit ihm reden …«

»Ernsthaft?«

»Möchten Sie? … Abgemacht!«

»Danke!«

»Unsinn! Unter Kameraden ...«

Nun betrachtete er sie, bestellte einen neuen Whiskysoda:

»Es stimmt. Sie sind anders als die andern. Vor allem ... etwas Appetitlicheres ...... kann man lange suchen! Und dann haben Sie eine Art zu reden und sich zu geben ... So geradeaus. Sauber ... Trotzdem Sie nur nach Ihrem eigenen Kopf leben, was? ... Aber schließlich ist's mit Ihnen doch etwas anderes als mit der Amerikanerin? ... Wir müssen Kameraden bleiben ...«

Ein Tango entrollte seine ersten Takte wie ein Band. Er stand auf.

»Kommen Sie! Niquette soll platzen!«

»Aber Briscot! Wenn ich jemals Spaß daran finden sollte, es wie die Amerikanerin zu machen ... Holla! Pfoten weg! Ich habe nicht gesagt: mit Ihnen ... warum sollte Niquette nichts davon wissen? Erstens mal sind wir nicht verheiratet! Und wenn wir's wären, wäre das doch erst recht ein Grund, aufrichtig zu sein!«

Mechanisch hatte sie eine Hand in die Briscots gelegt, die andere auf seine Schulter. Er umfaßte diskret ihre schlanke Taille. Sie bog sich im Wiegen des Rhythmus. Er fühlte die feste Wärme ihrer jungen Brüste, die sich gegen ihn drückten.

Oft, seitdem sie mit Niquette eine Ehe, und zwar eine sehr glückliche, führte, hatte Monika mit Männern getanzt. Das waren die einzigen Partner, die ihr außer einigen erprobten Freundinnen eine Eifersucht gestattete, die ihr Freude machte und die sie als Zeichen von Liebe empfand. Eine so ausschließliche Zärtlichkeit fühlt nur ehrliche Leidenschaft. Sie war weit entfernt, eine Wachsamkeit kränkend zu finden, die in Anbetracht ihres Übereinkommens zu gegenseitiger völliger Offenheit nicht verletzend sein konnte.

Die einzige Möglichkeit, die Niquettes Duldsamkeit – da sie sich gegen die männliche Gefahr gesichert fühlte – nicht in Betracht gezogen hatte, war, daß schließlich aus dieser wiederholten Berührung irgendwann einmal ein elektrischer Funke überspringen könnte. Hunderte von Malen hatte sich Monika in den Armen hübscher Kavaliere gedreht, ohne ein anderes Vergnügen dabei zu empfinden als ein Kind, das unschuldig umhertollt. Eines Tages mußte in diesem Wirbel der Bewegungen, der Töne, des Lichts, in diesem eigenartigen Rausch, den die scharfe überhitzte Luft sogar den trägsten Adern einhaucht, ein Augenblick kommen, wo der Kontakt sich instinktiv schloß.

Briscot war es, der ganz unabsichtlich den Strom einschaltete. Eben noch hatte er seinen Scherzen nicht die mindeste Wichtigkeit beigelegt. Aber bei dem taktmäßigen Wiegen, das die verschwisterten Körper bewegte, sie hin und her bog, fühlte Monika, wie ihr Tänzer sich erregte. Unter den dünnen Stoffen spürten sie das Brennen ihres Blutes. Eine leichte Betäubung ergriff sie. Sie schloß die Augen und drückte sich fester an ihn. Mit gestreckten Armen tanzten sie verschlungen ... Ihre Finger preßten sich ineinander, Handballen gegen Handballen, und plötzlich hatten sie die deutliche Vorstellung ihrer Nacktheit ...

Er hatte zuerst Gleichgültigkeit geheuchelt. Aber als er sah, daß sie sich nicht wehrte, sich ganz hingab, drückte er den nervösen Leib fest gegen den seinen. Es machte ihn toll, die unbewußte Liebkosung ihrer gekrampften Hand von seiner Schulter zum Hals hinaufsteigen zu fühlen ...

Plötzlich endete der Tango. Ihre Arme lösten sich. Sie betrachteten einander mit einer Art sprachlosen Staunens, als kehrten sie von einer weiten Reise zurück und ständen sich nun nach langer Abwesenheit gegenüber, ohne einander zu erkennen ...

Er besaß Geist genug, mit keinem Wort auf den Anfall von Tollheit anzuspielen, der sie noch eben geschüttelt hatte. Obgleich er daran gewöhnt war, Gefühle zu heucheln, die er nicht empfand, nahm er doch aus diesem Abenteuer das Empfinden mit, daß dies Spiel ebensoviel wert sei wie die Wirklichkeit selbst. Der Gedanke, daß er Niquette betrogen habe, ließ seinen Blick heiter erglänzen ...

Die Selbstverständlichkeit Monikas brachte ihn außer Fassung und weckte zugleich seine Gier. Monika konstatierte:

»Sie tanzen ausgezeichnet! ... Wir wollen weitertanzen.«

Sie war noch rot, ihre Augen glänzten, und sie verbarg ihre

Befriedigung nicht hinter falscher Scham. Sie sagte sich: »Eigentlich ist das ja nur eine Turnübung ... Aber sehr angenehm ist's trotzdem. Das hätte ich gar nicht gedacht!«

Am nächsten Tag in der »Blauen Distel«, wo sie eben neben der türkis- und mandarinfarbenen Ateliereinrichtung ein dunkelgrünes Boudoir in geflammtem Erlenholz aufgestellt hatte, hörte sie ehrerbietig Edgard Lair zu. Briscot hatte ihn hergebracht, und er äußerte endgültige Sentenzen, die Fräulein Klara in starres Staunen versetzten.

Das war Monikas erste Verkäuferin, Fräulein Tscherbalief, eine junge russische Aristokratin, die der Sturm der Revolution entwurzelt hatte und die, nachdem sie Kinostatistin gewesen war, um ihren Lebensunterhalt zu verdienen, sich in ihrem augenblicklichen Schlupfwinkel sehr wohl fühlte.

»Für den ersten Akt, in dem die Liebe erwacht, sehe ich maikäferfarbene Gehänge, tiefe Falten ... Nichts anderes. Als einzige Möbelstücke ein Recamiersofa und ein schwarzes Lacktischchen. Und Kissen, Kissen, Kissen ...«

Niquette stimmte zu. Briscot trommelte uninteressiert mit seinem Stock einen Eilmarsch auf dem Bauch eines indischen Götzen.

»Donnerwetter!« brüllte Edgard Lair in plötzlichem Zorn ...

»Hör auf! Du machst mich rasend! ...«

Die Fensterscheiben klirrten. Er riß den breitrandigen Hut herunter, der seine geniale Stirn beschattete, und warf ihn auf einen Sessel, dann zog er ein winziges grünes Seidentüchlein aus der Tasche und wischte sich den Schweiß ab.

»Dieser kleine Kläffer ist verrückt!« dachte Monika.

Der Schauspieler begann wieder mit ruhiger Stimme:

»Im zweiten Akt ist die Liebe geboren. Leidenschaft. Rot. Rot und Gold. Blut! Blut! Alle Schattierungen rot. So schreiend wie möglich ... Brüllen muß es! Verstehen Sie?«

Monika unterdrückte ein Lachen.

»Die Idee ist ausgezeichnet. Ich sehe es. Und die Möbel?«

»Überhaupt keine Möbel. Teppiche. Und Kissen, Kissen, Kissen ...«

Fräulein Klara, die mit einem Bleistift in der Hand notierte, rief aus:

»Prachtvoll!«

Edgard Lair grüßte würdevoll. Und zu Monika gewandt:

»Haben Sie verstanden, Fräulein? Skizzen binnen drei Tagen!«

»Ich werde mein möglichstes tun.«

Herablassend warf er mit einem Blick rundum hin:

»Sie haben Talent. Und wenn Sie erst mit mir zusammen gearbeitet haben ...«

Mit einer Armbewegung deutete er die unbegrenzte Zukunft an, dann bedeckte er mit der Würde eines spanischen Granden sein Haupt. Und zu Briscot:

»Kommst du mit, Alter? ... Meine Damen! ...« und spielte majestätisch seinen Abgang.

Monika schlug die Augen zum Himmel, und Niquette rief:

»Ein tolles Vieh!«

»In seiner Art ...«

Geschwind begann Niquette ihn zu verreißen:

»Etwas Derartiges von Eitelkeit ... Nächstens melde ich ihn an: ›Meine Herren: der Kaiser! ...‹ Er tritt ein, nimmt sein Halstuch ab; man sollte beinahe meinen, es wäre ein Großkordon! ... Er geht auf der Bühne hin und her ... Bums, liegen alle Schauspieler platt auf dem Bauch! ... Aaaaaaaaah! ... Er hat gebrüllt: die Kulissen beben, der Autor fällt in Ohnmacht ... Und dabei ... wenn er im Varieté auftreten sollte ... das wäre zum Totlachen! Da würde ihn sogar Briscot glatt in die Tasche stecken ...«

»Briscot ist ein guter Kerl!« flüsterte Monika.

Sie war ihm dankbar für seine Vermittlung. Wenn das Stück von Perfeuil gut herausgebracht wurde, war es eine ausgezeichnete Reklame. Auf jeden Fall war es eine interessante Arbeit. Sie dachte amüsiert an den gestrigen Abend, den sie mit einigen Dutzend Austern und einer Flasche Champagner in der Prieure beschlossen hatten ...

Die beiden großen Stars hatten auf allgemeines Verlangen

einen ihrer alten Walzer miteinander »geschwoft«. Niemals hatte das Lokal eine derartige Begeisterung erlebt. Die Fremden standen auf ihren Stühlen und jubelten dem Ruhm von Paris frenetisch zu, über die Köpfe vieler gesellschaftlicher Berühmtheiten hinweg ... Monika hatte Niquette scherzend ihre Untreue eingestanden, und die hatte das Geständnis mit Lachen entgegengenommen. Sie hatte sogar ihren Finger in Briscots Glas getaucht und die beiden hinter den Ohren getauft. Und mit Wurstigkeit hatte sie ihnen ihren Segen gegeben und hinzugefügt:

»Wenn du aber mit Helene Suze schläfst, erwürg ich dich!«

»Keine Angst, weder mit Helene noch mit Briscot!«

Monika war darüber also beruhigt ... Wenn sie indessen wieder an den Rausch von gestern dachte, an die fast anonyme Wollust, die sie im Wirbel des Tanzes genossen hatte, dann eröffneten sich ihr weniger finstere Perspektiven ... wie beruhigend war es, so dahinzuleben ohne zu denken, in halber Betäubung. Und gleichzeitig wurde in ihr ein neues Empfinden geboren ...

Sie betrachtete Niquette, die sich in einem Handspiegel besah.

... Es war alte persische Arbeit. Monika dachte an die verschollenen Gesichter, die sich schon über diesen Spiegel geneigt haben mochten ... Und sie sagte sich, daß eines Tages auch Niquettes Bild in ihrer Erinnerung verlöschen werde wie die Bilder der Schatten in dem alten Spiegel ...

Man konnte kaum enger miteinander verbunden sein als sie es waren, und doch fühlte sie plötzlich, wie die Schauspielerin ihren Gedanken so fremd war wie jene Unbekannten, deren fragende Augen einst auf ihrem verschwundenen Spiegelbild geruht hatten ...

»Ach!« sagte Niquette melancholisch ... »Verschönern tut dein Spiegel gerade nicht! Na, ich muß fort! ... Auf Wiedersehen heute abend. Wo?«

Ohne Zögern antwortete Monika:

»Beim Tanzen, wenn du willst. Wie gestern.«

III.

Eine ganze Saison lang hatte Monika, wenn das ernste Tagwerk hinter ihr lag, die Abende und einen Teil der Nächte dem Tanz gewidmet.

Sie hatte mit den Kameraden, die sie sich nach und nach in dem Kunst- und Theatermilieu ausgesucht hatte, in das ihr Beruf sie brachte, fünf oder sechs Orte auserkoren, an denen sich zu einer bestimmten Stunde für sie der betäubende Schwindel entfesselte.

Sie war eines jener tausend trunkenen Gesichter, die sich beim Lärm des Orchesters unter den blendenden Mitternachtssonnen in dem Wirbel von Licht und Lärm drehten. Sie war nur eines jener armen kleinen Menschenwesen, das ein unwiderstehliches Hin und Her triebhaft wiegt. Ein Wellchen im uferlosen Meer, dessen Steigen und Sinken den gleichen unbewußten Rhythmus hat wie die Liebe.

Monika hatte an der unaufhörlichen Darstellung des Sexualaktes, zu dem die Entartung der Sitten in den Varietés, den Tanzlokalen, den Teeräumen, den Salons und sogar den Restaurants eine immer wachsende Menge einlädt, allmählich Geschmack gefunden. Niquettes Leidenschaft und die Art fügsamer Gewöhnung, mit der sie diese erwiderte, hatten im Laufe der Monate nachgelassen ...

Ihre gegenseitige Beziehung hatte sich in gute Kameradschaft verwandelt, und wenn sie einander begegneten, wunderten sie sich fast, daß sie sich einmal mehr gewesen waren als bloße Freundinnen. Die Heftigkeit ihrer Empfindungen hatte sich rasch und völlig verzehrt, da sie nur auf körperlichem Genuß beruhten. Es war nur eine milde Wärme unter der Asche zurückgeblieben ... Und schon empfand Monika, wenn sie ihrer ehemaligen Geliebten in Begleitung einer neuen Gefährtin begegnete, an der völligen Gleichgültigkeit ihrer Gefühle, daß selbst die Erinnerung bereits vollkommen erloschen war ...

Monika hatte durch die Selbstverständlichkeit, mit der sie damals ihrer Laune nachgegeben und ihr dann ein Ende gemacht hatte, den Komiker vollkommen verblüfft. So blasiert er auch der Unbeständigkeit der Frauen gegenüberstand, so war dies doch das erste Mal, daß er selbst verliebt gewesen und man ihn derartig abgehängt hatte. Als er Monika gleich am nächsten Abend hingegeben im Arm eines Amerikaners liegen sah, traute er kaum seinen Augen.

Aber der Tango führte in seinem von violettem Mondschein und dann vom roten Brand der Scheinwerfer beleuchteten rhythmischen Wiegen in der Kette der Paare die beiden verschlungenen Körper nochmals langsam an ihm vorbei. Monika blickte auf, erkannte Briscot im Vorübertanzen und nickte ihm freundschaftlich zu.

Als der Tanz zu Ende war, kam sie auf ihrem Rückweg in die Loge, in der Pierre de Souzaies, mit dem sie gekommen war, Cercle hielt, an ihm vorbei. Briscot drückte mit gekränktem Gesicht die Hand, die sie ihm kameradschaftlich bot.

»Mein Kompliment!« höhnte er, auf den Amerikaner deutend, der sich in der Menge verlor ... »Sie langweilen sich offenbar nicht!«

Sie gab ruhig zu:

»Allerdings nicht!«

Und beim Anblick seines zugleich höhnischen und gekränkten Gesichts lachte sie:

»Aber Briscot! Ist denn das so etwas Besonderes, daß in ... Liebesdingen ... (sie zögerte, da ihr kein anderer Ausdruck einfiel) eine Frau ebenso denkt und handelt wie ein Mann? Sie müssen sich schon an den Gedanken gewöhnen und mich als das nehmen, was ich bin: eine Junggesellin.«

Ein unhöflicher Ausdruck lag ihm auf der Zunge, aber er bezwang sich und sagte nur:

»Eine Junggesellin, ich weiß schon. *Die* Junggesellin!«

Aber trotz seiner allumfassenden Duldsamkeit empörte sich seine Eitelkeit. Er wagte die Frage:

»Treffe ich Sie am Ausgang?«

»Unmöglich, bedaure! Mein Partner will mich gleich Lucienne Marnier vorstellen, mit der wir verabredet sind.«

»So! So!«

Bei dem vielsagenden Lächeln zuckte sie die Achseln.

»Sie haben mir doch auch Edgard Lair vorgestellt wegen des Stücks von Perfeuil. Und mit dem bin ich deshalb auch nicht gleich schlafen gegangen. Kennen Sie Lucienne Marnier?«

»Na und ob! Wer hätte von diesem Original noch nichts gehört? Schön und Millionen schwer (die ihr offizieller ›Freund‹, ein belgischer Bankier, besaß) und spielt sich als Kunstliebhaberin auf.«

»Sie will mit mir über eine Dekoration für das indische Fest reden, das sie zu Ehren ihrer neuesten Entdeckung geben will: Peer Rys, der Nackttänzer.«

Briscot schloß:

»Außerordentlich geeignet für einen Tango. Viel Vergnügen!«

*

Dieses Gekränktsein männlicher Eigenliebe ihrer plötzlichen Gleichgültigkeit gegenüber hatte Monika bei den zwei oder drei Versuchen, die sie seither angestellt hatte, sehr belustigt. Sie hatte diese Abenteuer zwar nicht gesucht, führte sie aber ohne Zögern zu Ende, wenn sie sich gerade boten.

Mit dem gleichen brutalen Instinkt wie das erste Mal – in jenem Hotelzimmer, in dem sie sich einem Vorübergehenden hingegeben hatte – stieß sie stets die fassungslosen Männer zurück. Sie wollte keine Zufallsmutterschaft, sondern sie wollte nur Kinder von dem Manne, den sie sich zu diesem Zweck auserwählt hätte ...

Bisher hatte sie – von diesen Begegnungen, deren Gefahr, nachdem sie zuerst eine Würze gewesen war, sie zu enttäuschen begann – nur ein wenig spöttische Gleichgültigkeit für jene zurückbehalten, die weniger ihr Subjekt als ihr Objekt gewesen waren. Sie lächelte über das Erstaunen oder die üble Laune, mit der ihre Partner, unwiderruflich entlassen, ihre Kündigung hinnahmen.

Diese Umkehrung des Üblichen und der Rollen – denn Monika ließ die Männer über ihre Nebensächlichkeit nicht im Zweifel – erweckte in ihnen das Gefühl einer Demütigung und eine Empörung, die sie nur schwer verbargen. Sie mußten sich der sich ihnen entziehenden Partnerin gegenüber wohl für geschlagen erklären und der verlorenen Beute nachtrauern. Eine kleine Rache, die anfangs Monikas eingewurzelten Männerhaß befriedigt hatte.

Kurz entschlossen hatte sie ihr Leben in zwei Teile geteilt. In den kürzeren und weniger in Anspruch nehmenden Teil des Vergnügens – und den der Arbeit, ihres wahren Lebens. So spät oder so früh es sein mochte, sie kehrte stets allein in die rue de la Boetie zurück.

Nie hatte sie gestattet, daß ein anderer als ihre wirklichen Freunde, wie Frau Ambrat oder Professor Vignabos, die sie hin und wieder einlud, die Schwelle ihrer eigenen Wohnung überschritt. Alle Morgen, selbst wenn sie mitunter auswärts schlief, stieg sie um zehn Uhr aus dem Zwischenstock, den sie bewohnte, in den Laden hinunter, den Fräulein Klara schon hatte aufräumen und für den Verkauf des Tages schmücken lassen.

Die »Blaue Distel« war seit dem sensationellen Erfolg des Stücks von Perfeuil in Mode gekommen. Hundertfünfzig Aufführungen und die Reklame des Programms hatten den Ruhm vervielfacht, den die nach den kurzen Angaben Edgard Lairs von Monika hergestellten Dekorationen verdienten. Ihr Renommee stand nun plötzlich auf festen Füßen ...

Monika Lerbier: auf dem Firmenschild von grünem Marmor, das über den geräumigen ebenholzgerahmten Schaufenstern seine prunkvolle Ankündigung ausbreitete, stand nur dieser Name, den jetzt ganz Paris kannte, in feinen Goldbuchstaben an Stelle der früheren Firma. Nach den schweren Anfangsmonaten, in denen sie ihr Kapital schwinden sah, ohne daß sich Kundschaft hätte blicken lassen, begann nach weniger als einem Jahr mit Hilfe der Mode der Reichtum herbeizuströmen ...

Dieser Tag – es war das dritte Frühjahr, seitdem sie die Avenue Henri-Martin verlassen hatte – versprach sehr schön zu werden.

Mit frischem Körper, belebt durch die eiskalte Dusche, mit der sie pünktlich ihre Viertelstunde Körperkultur zu beschließen pflegte, genoß Monika ohne Nebengedanken das glückliche Gleichgewicht ihrer Kraft.

Sie entfaltete, unterstützt von Fräulein Klara, ihrem umsichtigen und wertvollen Adjutanten, Laméstoffe, deren Falten in der Morgensonne leuchtend schimmerten ... Lucienne Marnier hatte im letzten Augenblick den Vorhang des Hintergrundes zu ändern gewünscht, von dem die Tänze Peer Rys' noch am gleichen Abend ihre statuenhafte Nacktheit abheben sollten. Statt des einfarbigen Samtvorhangs – dessen Lavendelblau im Rahmen der mit verschiedenfarbigem Gold bestickten korallenroten Behänge einen zu faden Hintergrund bildete –, wünschte sie einen prunkvolleren Schmuck, um dem lebenden Juwel die rechte Fassung zu geben.

»Nein, kein Rosa! Auch kein Rot!« erklärte Monika. »Bleiben wir bei den Komplementärfarben ... Das vielleicht? ...«

Sie versuchte einen königsblauen Lampas mit silbernen Fäden ... »Nicht übel! ...«, dann zeigte sie auf ein Stück empiregrünen Brokat mit eingewebten Palmetten. Und mit Autorität:

»Das wird gehen! Zeigen Sie her!«

Fräulein Klara entfaltete das fürstliche Gewebe. Leuchtend und dunkel zu gleicher Zeit, bewahrte es auch in seinem schweren Faltenwurf eine gewisse Leichtigkeit. Monika schloß die Augen und stellte sich die Bewegungen des schönen weißen Körpers vor diesem Hintergrund vor ... Sie war begeistert von einer der letzten Proben zurückgekommen.

»Das paßt!« entschied sie.

Fräulein Klara rief:

»Das Grün ist ausgezeichnet! Sie wird zufrieden sein.«

»Nehmen Sie ein Auto und fahren Sie selbst mit Herrn Angibault hin, um ihr die beiden Stoffe zu zeigen. Sie soll wählen ... Geben Sie es sofort in Arbeit. Bis sieben muß es fertig sein.«

Mit militärischem Gehorsam verneigten sich Fräulein Klara und Herr Angibault, das Vertrauensfaktotum, der auf den Ruf herbeigeeilt war, und verschwanden.

Eine liebenswürdige, aber feste Disziplin herrschte in der »Blauen Distel«. Es genügte, daß »Die Chefeuse« erschien und anordnete. Die sechs Angestellten, welche die Firma jetzt besaß, sprachen das Wort »Unser Fräulein« mit heiligem Respekt aus. Sie achteten sie hoch, weil sie zwar streng, aber gerecht war...

Monika stand mit dem Rücken zur Eingangstür und prüfte ein paar alte Vasen, die man eben zusammen mit einigen irisierenden Gläsern gebracht hatte. Gestern auf der Versteigerung der Sammlung Monestier erworben. Ein Ölkrüglein mit kurzem Hals über drei vollständig erhaltenen Henkeln überstrahlte alles wie ein riesiger Opal ... Das würde eine Lampe werden! Sie komponierte gerade einen Lampenschirm aus aprikosenfarbenem und flachsblütenblauem Musselin, als eine schnarrende Stimme neben ihr sie erschreckt zusammenfahren ließ:

»Mein liebes Kind ...«

Sie wandte sich um: »Piombino!« Er beugte seine grau gewordene Mähne und seine breiten Schultern tief vor ihr. Dann erhob er ein ziemlich verlegenes Gesicht:

»Ja, ich bin's. Darf ich Sie meiner Hochachtung versichern?«

Sie sah ihn herausfordernd an:

»Die ist während der vier Jahre etwas altbacken geworden!«

Er verzerrte lächelnd sein Gesicht und antwortete:

»Von Ihrer Schönheit kann man das nicht sagen!«

»Ich vermute kaum, daß Sie mich nur mit Ihrem Besuch beehren, um mir dies vorzubeten!«

»Doch, in erster Linie! Nur aus Diskretion und weil ich Ihren Stolz kenne, habe ich mich bis jetzt zurückgehalten ... ich hätte nicht gewollt, daß Sie in den schweren Stunden, die Sie durchzumachen hatten, in meinem vielleicht aufdringlichen Schritt den geringsten ... selbstsüchtigen Beweggrund vermuten.«

Er log. Und sie wußte das genau: denn sie hatte die indirekten Geldangebote, die er ihr seit dem Tage, an dem sie aus der Avenue Henri-Martin fortgegangen war, wiederholt machen ließ, scharf zurückgewiesen.

... Er mochte wohl zwingende Gründe haben, wenn er es, nach so langem Verschwinden, wagte, sie persönlich wieder aufzusuchen. Er nahm ihr Schweigen für eine Aufforderung und fuhr in überzeugendem Tone fort:

»Heute, da Sie niemanden mehr brauchen, fühle ich mich freier, wenn ich Ihnen versichere, daß sich an meiner Zuneigung zu Ihnen nichts geändert hat, und daß meine Bewunderung für Sie sogar noch gewachsen ist.«

In seinen Nilpferdaugen las sie die gleiche sumpfige Aufrichtigkeit wie ehemals, als sie noch ein junges Mädchen war. Was für Neuigkeiten mochte er für sie haben, und welchen Handel wollte er ihr vorschlagen?

»Zur Sache, Herr Baron«, sagte sie höflich, aber hochmütig. »Was wollen Sie von mir?«

Seine alte Marotte hatte Piombino beim Wiedersehen mit ihr heftiger als je gepackt. Die Art, wie sie ihn hatte abfallen lassen, die Beschäftigung mit seinen immer ausgedehnteren Unternehmungen, die sich jetzt über die ganze Welt erstreckten, endlich seine häufige und lange Abwesenheit hatten ihn zwar vorübergehend von seinen Wünschen ablenken können. Aber als er Monika bei einem Souper zufällig wiedergesehen hatte, bemächtigte sich ihr Bild von neuem des alternden Millionärs. Die fixe Idee, sie öfter wiederzusehen – und sie zu besitzen, gleichviel um welchen Preis –, ließ ihn seitdem nicht mehr los.

Er erklärte salbungsvoll:

»Nun ja! Sie kennen doch die alten freundschaftlichen Beziehungen, die mich mit Ihrem Vater verbinden, seit ...«

Er zögerte, in der Hoffnung, sie werde ihm zu Hilfe kommen ... aber sie starrte ihn nur spöttisch an ... Ja, sie wußte! ... Zuerst die nach ihrem Weggehen zwischen ihrem Vater und Vigneret abgeschlossene Teilhaberschaft – als sei gar nichts geschehen ... Dann die Kapitalserhöhung, die mittels der Millionen Piombinos, Ransoms und Whites die ursprünglich kleine Aktiengesellschaft in ein riesiges Weltunternehmen verwandelte ... Sie wußte sogar, daß sie eines Tages eine reiche Erbin sein würde, daß dies Vermögen, das sie nicht haben wollte, dem Kinderheim zufallen und diese unerwartete Schenkung alle bescheidenen Träume Frau Ambrats überreich erfüllen würde.

Das Gold der bösen Tat würde auf diese Weise zum Sauerteig für ein gutes Werk werden.

»Lassen wir das«, sagte sie.

Piombino stimmte mit einer Gebärde zu. Wirklich, wozu in diesen peinlichen Erinnerungen wühlen?

»Sie haben recht. Reden wir nicht mehr davon. Aber eins muß ich Ihnen noch sagen ... Die Gesundheit Ihrer Mutter, die schon im letzten Winter schwankend war, ist jetzt Besorgnis erweckend ... Lerbier hat mir gestern gesagt, es würde ihr eine große Freude sein, Sie wiederzusehen, und daß sie beide glücklich sein würden, wenn Sie einwilligen wollten, einen der nächsten Abende in der Avenue Henri-Martin zu verbringen ... Was für eine Antwort darf ich ihnen bringen?«

Monika war sprachlos und erbleichte. Sie rief sich die tragische Stunde im Treppenhaus mit ihrem ganzen Entsetzen wieder in Erinnerung. Der Leichnam Tante Sylvias lag wieder vor ihr auf der Bahre ... In dieser Ferne mischten sich die Züge ihrer kranken Mutter seltsam mit denen der guten Alten ... Sie verscheuchte die Gespenster.

Nein! Niemals würde sie in die Avenue Henri-Martin zurückkehren!

Und doch prüfte sich Monika nicht ohne Erregung bei der Erinnerung an die Liebe, die trotz allem die beiden Schwestern immer füreinander gehegt hatten, bei dem verschwommenen Andenken an vergangene Stunden, als sie selber noch ein Kind war. Wenn nun Piombinos Schritt doch nicht, wie sie vermutet hatte, reine Erpressung war, um die Versöhnung herbeizuführen? Wenn der Zustand ihrer Mutter wirklich ... Nein! Trotz des Bruches, der ihr die Eltern zu Fremden gemacht hatte, würde sie dann ganz instinktiv eine gewisse Rührung empfinden statt dieses unüberwindlichen Mißtrauens.

»Ich werde es mir überlegen!« sagte sie endlich.

Sie blickte Piombino an, ohne ihn zu sehen. Ihre Gedanken wanderten vom Garten von Hyères zu der Villa in Trouville. Plötzlich spannen die vergangenen Tage im Dunkel der Erinnerungen ihr feines Spinnennetz ...

Unter ihrem abwesenden Blick, der ihn wärmte wie ein Sonnenstrahl, fühlte sich Piombino von Glück geschwellt. Zärtlich drängte er:

»Versagen Sie ihnen doch diese Freude nicht!«

»Liegt meine Mutter zu Bett?«

»Seit vierzehn Tagen ist sie wieder auf. Sie geht nachmittags sogar schon ein wenig aus ...«

»Nun gut«, sagte sie beruhigt – aber doch erschüttert ... »Sagen Sie ihr, sie soll mich anrufen ... Dann werden wir weitersehen.«

Piombino hatte ihre Hand so rasch ergriffen, daß sie nicht Zeit gehabt hatte, sich vorzusehen, und drückte andächtig seine Lippen darauf. Sie fuhr heftig zurück. Aber das kränkte den Mann, den ihr frisches Fleisch erregte, nicht weiter. Er stammelte:

»Dank, mein liebes Kind ... Und gestatten Sie mir, daß ich Sie beglückwünsche! ... Was für wunderschöne Sachen!«

Pustend wandelte er zwischen den Antiquitäten hin und her. Er deutete auf die schön geschwungenen Lackmöbel:

»Stil Lerbier! Sie müssen mir die Gnade erweisen, mir das Erdgeschoß meiner Villa im Park Monceau zu möblieren. Ich will nur etwas ganz Modernes.«

Er war nicht loszuwerden. Sie mußte eine dringende Arbeit vorschützen und atmete auf, als das Auto, aus dessen Schlag er noch lange winkte, verschwunden war.

Für dies Brechmittel arbeiten! Sie würde sich hüten! ... Mißgelaunt zuckte sie die Achseln. Piombino hatte ihr den ganzen Tag verdorben. Gleichzeitig zog eine Wolke über die Sonne. In ihr und um sie war plötzlich alles dunkel geworden.

Sie war noch nicht von ihrer melancholischen Reise in das Land vergangener Zeiten zurückgekehrt, als – nachdem sie den ganzen Nachmittag, in ihrer Wohnung eingeschlossen, mit ihren Erinnerungen verbracht hatte – die Uhr ihres Schlafzimmers neun schlug; das rief sie in die Wirklichkeit zurück. Die Abendgesellschaft bei Lucienne Marnier und nach Mitternacht die Vorführung von Peer Rys! Sie mußte sich beeilen.

Sie griff zu ihrem bewährten Heilmittel bei Müdigkeit und Nervosität: dem guten kalten Wasser mit seinem Peitschenschlag ... Nackt stand sie in ihrem Badezimmer aus weißem Steingut und Spiegeln und dehnte sich, nachdem sie sich abgerieben hatte.

Die gesunde Reaktion hatte sie wieder heiter gestimmt. Ihr Anfall von Weltschmerz wich dem Verlangen nach Vergessen. Wie gewöhnlich erwachte sie aus ihrer Träumerei mit einem wilden Bedürfnis nach irgendwelcher Tätigkeit. Diese Krisen traten zwar nicht mehr so häufig und so stark auf wie in der ersten Zeit, aber die Wunde, die sie schon vernarbt geglaubt, hatte sich wieder geöffnet ...

Sie warf einen Blick in den hohen Spiegel und war zufrieden ... Wozu quälte sie sich eigentlich so? Sie ärgerte sich über die eigene Schwäche und redete sich ein: geschehenen Dingen gegenüber kann man nichts anderes tun, als tapfer die Lehre aus ihnen zu ziehen!

Mit mechanischer Bewegung streichelte sie ihre festen Brüste, die Spitzen, deren Rosa auf der blaugeäderten Rundung zum Karmin gedunkelt war. Dann strich sie ihren muskulösen Körper entlang, über den flachen Leib, die runden Hüften, die langen Beine, und folgte, als wollte sie sie zeichnen, den Linien der Schenkel. In lächelndem Vergleich stellte sie sich die reinen Formen des Nackttänzers vor.

Hatte sie nicht, genau wie er, einen Gymnastenkörper, in dem die Schönheit sich aus dem natürlichen Rhythmus gebiert? Genau wie ihm waren ihr die leeren Komplikationen des Schamgefühls unbekannt ... Eine Maske für Häßlichkeit und Heuchelei ... Aber darin war sie ihm überlegen, daß in ihrem schönen Tierkörper eine Seele steckte, die ihm mangelte ...

Stolze Freude hob sie bei den Gedanken ihres Doppelseins ... Die Männer! ... Sie lächelte verächtlich. Weil sie den festen Willen gehabt hatte, war sie ihnen physisch und moralisch ebenbürtig geworden. Und trotzdem sie es sich nicht eingestehen wollte, unter der Herbheit ihrer Rache spürte sie auch noch ein anderes, unbestimmtes Empfinden.

Einsamkeit? Unfruchtbarkeit? Von deren Angriffen wußte sie noch kaum. Aber die unsichtbare Made wuchs schon in der Pracht der Frucht.

Sorgfältig und langsam machte sie Toilette, und um elf Uhr war sie fertig – in einem Hemdkleid von Silberlamé, aus dem Brust und Arme nackt herauswuchsen, während der schwere Stoff ihren übrigen Körper deutlich abzeichnete. Eben hupte das Auto Pierre de Souzaies unter ihren Fenstern.

Ihr Eintritt erregte Aufsehen. Er, lang und dünn in einem flohfarbenen Frack, mit seinem geschminkten Lustknabengesicht ...

Sie war sofort von einem ganzen Hofstaat umgeben. Lucienne Marnier kam ihr entgegen, königlich in ihrem roten Dogaressenhaar ... Ein Turban aus Diamanten und Perlen, das Emblem des indischen Festes, zeigte auf dem venezianischen Haarwuchs alle Pracht Asiens. Liebenswürdig ließ sie Monika an ihrem Triumph teilnehmen.

In den Salons herrschte beängstigende Fülle, obgleich Fräulein Marnier nur ihre Intimen geladen hatte: aber von der belgischen Finanz bis zur Pariser Bohème war alles erschienen, auch alle internationalen Berühmtheiten der Kunst und Literatur. Monika bewegte sich in der lärmenden Menge vorwärts, immer wieder im Vorübergehen von ihren Bewunderern aufgehalten, sie eilte gleichwie mit Schwingen.

Die wärmsten von ihnen waren ihre einstigen Freunde.

Die ganze Bande schien sich hier ein Stelldichein gegeben zu haben und umdrängte sie mit lauten Beteuerungen. Es schien, als hätten Ginette Hutier und Michelle d'Entraygues nie aufgehört, sie zu lieben. Einstimmig pries man ihr Talent, ihre Grazie, ihr blühendes Aussehen ...

»Und so weiter«, sagte sie und drückte der Generalin Merlin, die sich sehr um sie bemühte, kühl die Hand.

Plötzlich erlosch das Licht. Wie durch Zauber verstummte der Lärm nach einem langen »Aaaaaah!« – Am Ende der Zimmerflucht erhellte sich das Allerheiligste, die korallenroten gestickten Vorhänge öffneten sich langsam. Die grüne Wüste mit den Schmelzpalmetten erschien. Ein großer schwarzer Teppich bedeckte die ganze Bühne mit seinem glänzenden Samt.

Dann ertönte eine seltsame Musik. Das unsichtbare Orchester ließ seine schwermütigen Weisen erklingen. Die Vorhänge fielen wieder zusammen, und gleichzeitig verhallte das Lied ... Plötzlich, beim letzten Seufzer der sanften, durchdringenden Flöten, hob sich der Vorhang wieder inmitten eindrucksvollen Schweigens.

Kniend, mit ausgestreckten Armen und unbeweglichem Rükken, lag der Tänzer hingestreckt, die Stirn auf dem finsteren Grund. Seine Weiße hob sich rein von dem traumhaften Hintergrund ab. Da, als die Kadenz der Harfen wieder einsetzte, belebte sich der Marmor; der schöne harmonische Körper richtete sich auf. Mit betendem Ernst, sein ganzes Wesen von endloser Hingabe erfüllt, reckte Peer Rys seine junge Göttergestalt einem imaginären Himmel entgegen. Er war so schön, daß er keusch erschien.

Monika, die atemlos den Bewegungen des Tänzers folgte, sah im Geiste die Reigen der alten Triumphzüge sich um den indischen Bacchus entrollen. Sie entstiegen in ihrer heiligen Trunkenheit dem tiefsten Grunde aller Seelen. Stärkster Augenblick, in dem Peer Rys, der einzelne, all diesen orgiastischen Taumel verkörperte.

Als er erschöpft niedersank, brach ein Tumult von Beifallsklatschen und Rufen los. Die niedergelassenen Vorhänge öffneten sich wieder, und der Triumphator erschien. Er grüßte lächelnd, sehr beherrscht und ohne eine Spur von Ermüdung. Der Erfolg war so groß, daß sich Monika in ihrer Begeisterung peinlich getroffen fühlte. Die Frauen waren aufgesprungen und schrien: »Noch einmal! Noch einmal!« Es war nicht mehr der Nackttänzer, nicht einmal mehr der Gymnastiker, es war der Mann, der vollkommene Athlet, dem offenkundig ihr Beifall galt. Aber Peer Rys entzog sich bescheiden der Ovation ...

Wie kam es, daß Monika drei Stunden später in Anika Gobronys Atelier zwischen Peer Rys und Ginette beim Souper saß, während der Geigenspielerin gegenüber der Herr Verkehrsminister thronte, umgeben von Helene Suze und Michelle d'Entraygues? Max de Laume, Pierre de Souzaies und Cecil Meere vervollständigten das unerwartete Ensemble …

Sie fragte nicht danach, sie gab sich ganz dem Vergnügen hin, in ihrem Nachbar, der wieder der korrekteste und eleganteste Argentinier geworden war, einen Kameraden von kindlicher Lustigkeit und Schlichtheit zu entdecken.

Während Herr Hutier mit der Würde eines Oberkellners leise die neunte Flasche Champagner entkorkte, war Anika aufgestanden, hatte den mittleren Kronleuchter ausgeschaltet und spielte auf dem Klavier einen tschechischen Marsch. Mit ihrem kurzen Haar, ihrem braunen, leidenschaftlichen Gesicht und ihrer flachen Brust erinnerte sie in ihrem ewigen Kittelkleid von leuchtend rotem Samt an einen Engel der Finsternis.

Helene Suze und Michelle d'Entraygues verlangten einen Tanz und umschlangen sich sofort. Pierre de Souzaies und Cecil Meere folgten ihrem Beispiel und drehten sich hüpfend. Max de Laume hatte seinen Mund an Ginettes Ohr gelegt und erzählte ihr so unmögliche Dinge, daß sie vor Behagen gluckste, während die sich selbst überlassene Exzellenz mit seligem Ausdruck ein Glas Champagner nach dem andern trank. Herr Hutier betrachtete wohlwollend die vielsagende Gruppe, die seine Frau mit Antinous bildete …

Monika lehnte in ihrem Stuhl und hörte lächelnd die Galanterien an, die ihr der leicht angetrunkene Peer Rys auftischte. Sie hatte einen schweren Kopf und lauschte nur noch dem metallenen Klang seiner Stimme. Der Sinn der Worte kümmerte sie wenig. Sie hätte gar nicht gewünscht, daß er geistreich wäre, im Gegenteil, es war ihr für ihre Zwecke lieber, daß er war, was er eben war: eine schöne Wollustmaschine.

Er hatte sie um die Taille gefaßt. Die unbewußte Gedankenarbeit, die sich seit einigen Tagen in ihr vollzog, hatte plötzlich in einem Plan Gestalt gewonnen, der immer bestimmtere Formen annahm …

Das Klavier schwieg. In einem dunklen Winkel des Ateliers lagen Helene Suze, Michelle und Anika Gobrony auf einem

Haufen von Kissen hingestreckt ... Eine türkische Lampe beleuchtete mit ungewissem Schimmer die Verschlingungen der schwer erkennbaren Gruppe ... Mit demselben gleichgültigen Blick stellte Monika fest, daß Cecil Meere und Pierre de Souzaies verschwunden waren und daß Ginette und Max de Laume, gefolgt von Herrn Hutier, sich vom Tisch erhoben hatten. Der letztere war in einen tiefen englischen Sessel hingesunken, mit zweideutigem Ausdruck, nicht weit von dem Diwan, auf dem sich die Ministerin und ihr Kavalier ausgestreckt hatten ...

So genau sie auch über die Verderbtheit dieses Milieus Bescheid wußte, durch das sie früher wie ein Feuersalamander geglitten war, fand Monika doch, daß ihre alten Freundinnen es ein wenig »toll trieben«. Peer Rys mit seinem Medaillenprofil erschien ihr im Gegensatz dazu noch frischer und wie eine Erholung. Mit einem Händedruck beantwortete sie seine Bitten ...

Warum sollte sie schließlich den flüchtigen Augenblick nur halb genießen? Warum diese alberne Furcht vor einem Wagnis, von dem sie in ihrer völligen Unabhängigkeit niemand Rechenschaft abzulegen brauchte? ... Ja, warum eigentlich kein Kind? ... Ein Kind, das von ihr und ihrer Erziehung einen gesunden Körper mitbekommen würde und eine Seele, die sich selbst ihr Leben schafft? ... Ein Kind, das von diesem Vater, den sie morgen vergessen haben würde, nur die wundervollen Gaben der Gesundheit und Kraft erbte ...

Liebe? ... Daran glaubte sie nicht mehr. Ein Zeitvertreib ... Die Illusion, nicht vollkommen unnütz hinzuleben ... Ein Kind dagegen! Tat schaffen ... Gedanken ... Leben schaffen! ... Stolz grüßte sie dies neue Morgenrot, den erlösenden Gedanken ... Ein Kind! Gesellschaft und Zweck all ihrer Stunden! ...

Monika warf einen letzten Blick auf den großen Raum, in dem das kalte Licht der Dämmerung sich mit dem Schein der verschleierten Lampen mischte. Graue Schatten verhüllten die Unbeweglichkeit der halbnackten Gruppen, die eine Zuckung, ein Seufzer, für Augenblicke belebte.

Sie stand rasch auf und zog ihren Gefährten mit fort:

»Komm!«

IV.

Wochen ungetrübten Glückes. Stolz genoß Monika ihre endlich gewonnene völlige Freiheit. Der unbeschränkte Genuß, den sie kennenzulernen begann, verlieh ihrem jungen Durst nach Wollust eine nie gesättigte Erquickung.

Bisher hatte ihr ein unbestimmtes Gefühl der Unterlegenheit, ein Groll über ihre Unterworfenheit in den Armen, die sie zu besitzen glaubten, die Stärke ihrer Empfindungen vergällt, so lebhaft diese auch sein mochten.

Diesen Männern, deren Umarmung sie geduldet oder begehrt hatte, hatte sie sich immer im Augenblick der letzten Hingabe unterlegen gefühlt, weil die schöpferische Möglichkeit, der sie sich noch versagte, mehr in ihnen lag als in ihr.

Sie fühlte sich tief gedemütigt bei dem Gedanken, daß von einem dieser Vorübergehenden, der einen Augenblick lang ihr Herrscher war, ihr restliches Leben abhängen sollte.

Und nicht nur über ihr eigenes Leben wären sie, wenn sie sich nicht vorsah, dauernd die Gebieter, selbst wenn sie längst verschwunden waren! Sondern auch über ein Leben, das sie neun Monate lang mit ihrem Fleisch und Blut nähren, mit ihrem Atem durchdringen würde; über diese Verlängerung, diese Fortsetzung ihrer selbst! ...

War eine solche Möglichkeit nicht die schlimmste, die demütigendste aller weiblichen Sklavereien? Die Mutterschaft hatte nur Berechtigung und Größe, wenn sie zugestanden war. Besser noch ... gewollt.

Natürlich hätte sie so gut wie jede andere durch vorherige Vorsichtsmaßregeln diesem Naturgesetz ausweichen können ... Aber sie konnte sich nicht vorstellen, daß sie zum Beispiel Briscot bitten solle, ehe er sich ihr nähere, eine jener Schutzhüllen zu nehmen, die Michelle, ehe sie Marquise d'Entraygues wurde, zur Vorsicht immer in ihrer Handtasche bei sich getragen hatte! Wenn Monika auch jetzt über diese Idee lächelte, die sie früher empört hatte, so unterstrich in ihren Augen die Lächerlichkeit des Anblicks um so mehr die Heuchelei und die Erniedrigung.

Die freie Wahl von Peer Rys zum Mitarbeiter an dem großen Werk, dessen Hauptschöpfer sie auf die Art doch blieb, verbannte all diese kleinen jämmerlichen Besorgnisse und jedes Gefühl der Abhängigkeit ins Nichts ... Sie kehrte zur Natur zurück und unterwarf sich freudig ihren Gesetzen. Sie kehrte als Ebenbürtige zurück.

Der Wonne, sich ganz dem körperlichen Genuß hinzugeben, verband sich das Glück der geschmeichelten Eigenliebe. Daß sie sich zu dieser Hochzeit des Fleisches den Schönsten von allen auserkoren hatte, gab ihrem Stolz, dem es schmeichelte, den Mann nun seinerseits zu unterwerfen, einen himmlischen Auftrieb.

Die Dankbarkeit für den gewährten Genuß, die so viele andere zu verliebten Sklavinnen macht, milderte bei ihr nur die unwillkürliche aber stete Betonung ihrer Überlegenheit. Denn dieser war sie sich so sehr bewußt und ließ sie unwillkürlich (denn eitel war sie nicht) so oft fühlen, daß Peer Rys, der es bald überdrüssig war, in eine Rolle gedrängt zu sein, die er sonst den Frauen zuwies und der durch unzählige Erfolge verwöhnt war, seine Unzufriedenheit zu erkennen gab.

Das sarazenische Blut, das trotz der Vermischung mit dem aller europäischen Rassen in den Adern des argentinischen Volkes überwiegt, machte seinen angeborenen Dünkel, der sich im Laufe seines Künstlerdaseins noch gesteigert hatte, nur allzu geneigt, sich gegen eine Geliebte zu empören, die es sich einfallen ließ, im wahren Wortsinn seine Herrin sein zu wollen. Unter seinem skandinavischen Decknamen und seinem ererbten Lateinertum war Peer Rys, der Sohn eines Italieners, im Grunde doch nur ein spanischer Maure.

Nach einem Monat hatte Peer Rys – der eigentlich Pietro hieß – genug. Als Nackttänzer hatte er von einer wahren Gefährtin nur die Vorstellung von etwas Verhülltem und Häuslichem. Ohne ihre Prätentionen wäre ihm Monika als die reizvollste Kameradin erschienen. Aber sie war herrisch und beschränkte ihn (von dem Wunsche besessen, ein Kind von ihm zu bekommen) auf die Tätigkeit eines Zuchthengstes. So wurde sie ihm unerträglich. Einen Sohn? … den hatte er schon andern gemacht, ohne so großes Getue!

Eine sonnige Gnadenfrist gewährten ihnen noch die letzten vierzehn Tage ihrer Liebschaft. Ostern fiel auf Ende April. Peer hatte erst Mitte Mai wieder ein Engagement; dann mußte er nach London. Dort sollte er in den Salons der Aristokratie auftreten – allerdings machte man einen Lendenschurz zur Bedingung … Nach dem arbeitsreichen Winter hatte Monika ihrerseits Sehnsucht nach Ruhe und Einsamkeit. Er ließ sich von ihr entführen – eine Flucht in die Sonne … Auf nach Clairvallon!

Der wundervolle provenzalische Frühling empfing sie. Sie liebten das ruhige Hotel, das auf den sambratischen Golf hinausblickte. Die schwarzen Dächer der Schirmpinien standen gegen einen blauen Himmel. Der Rosmarin hatte ein Blütenkleid angelegt und sein blasses Blau erfüllte die frische Luft mit würzigen Düften. Vor ihnen leuchtete das Meer wie ein stiller See.

Letzte Flammen schlugen aus dem Brand ihrer Liebe empor.

Monika begann um diese Zeit zu ahnen, daß ihr Wunsch sich nicht erfüllen werde: die gefürchtete Monatsregel war trotz allem eingetreten. Und leidenschaftlich darauf versessen, Mutter zu werden, fand sie in der Heftigkeit ihres Verlangens mit instinktiver Berechnung das Geheimnis wieder, ihm zu gefallen.

Die Illusion, er werde um seiner selbst willen geliebt, gab ihm die Naivität und Ursprünglichkeit seines Fühlens zurück. Sie genossen die salzige Meeresluft. Ihre Jugend entfaltete sich verschwenderisch. Alles erfreute sie: die tausend kleinen Dinge des täglichen Lebens in ihrer komischen Einfalt … Ihre nackten Nächte waren eine einzige Umarmung, und der Wunsch gebar sich unermüdlich wieder bis zum tiefen Schlaf und dem fröhlichen Erwachen am Morgen.

Monika lernte den unersättlichen Durst nach Liebkosungen kennen. Pietros Küsse hatten sie die vollendete Wollust kennengelehrt und so ihre schrittweise Einweihung vollendet. Das Boot, in dem sie allein aufs offene Meer hinausfuhren, wohin der Motor und das festgemachte Steuer sie führten, der warme

Sand der Dünen, die duftenden Bergwiesen, dienten der Laune ihres Begehrens als Zufallsbett.

Eines Tages, als er sie mitten im Gebirge ganz unerwartet und heftig genommen hatte, wollte sie sich einreden, ihr Traum gehe in Erfüllung. Sie pflückte gerade unter den Pinien dunkelvioletten Lavendel, als Pietro sich ihr näherte ... Sie hatte ein tierisches Stöhnen ausgestoßen und sich dann völlig hingegeben. Im Angesicht des Himmels entfesselte sich in ihnen frei die ganze Energie der Natur, der blinde Aufstand tausendjähriger Kräfte, die unbekümmert um angelernte Keuschheit instinktiv an der Fortpflanzung der Art arbeiten.

Später erinnerte sie sich noch lange mit sanfter Trauer an jene Stunde, in der sie sich mit der Seele der Erde eins gefühlt hatte ...

»Meine Blumen!« hatte sie gerufen, ehe sie weitergingen.

Sie hob die duftenden Stengel auf, dann umschlang sie den braunen Hals Pietros. Er betrachtete mit befriedigtem Ausdruck die Landschaft. Sie ärgerte sich darüber. Er sollte nur an sie denken! Sie steckte ihm den Lavendelbusch unter die Nase:

»Riech mal!«

Er nieste gekitzelt. Da fing sie zu lachen an ...

»Diese Blumen heb ich mir auf! Die werden in meiner Erinnerung nie verwelken.«

Zwei Monate später in Paris fand Monika mit amüsierter Gleichgültigkeit einen der Stengel, der getrocknet zwischen zwei Seiten eines Buches lag, das sie nach Clairvallon mitgenommen hatte; sie hatte schon am ersten Abend darauf verzichtet, ihrem Gefährten daraus vorzulesen ...

Das Ende ihres Aufenthalts war durch eine schmerzliche Enttäuschung getrübt worden. Das unerbittliche Erscheinen der Periode hatte sie zum zweitenmal davon überzeugt, daß sie von ihrem Partner nichts zu erwarten habe außer dem Austausch von Empfindungen, die ihr jeder andere wohlgestaltete und gesunde Gymnastiker auch hätte schenken können.

Da war ihr Peer Rys in seiner wirklichen Nacktheit erschienen: dumm, unwissend und eitel. Der Stolz, mit dem sie ihn bisher an ihrer Seite zur Schau gestellt hatte wie ein schönes Haustier, verwandelte sich unter den bewundernden Blicken, mit denen das ganze Hotel sie unaufhörlich betrachtete, in unüberwindliche Gereiztheit. Überall, im Restaurant, auf der Terrasse, in den Gängen, sogar auf ihren Spaziergängen verfolgten die Frauen mit zudringlichen oder verschämten Blicken »den Nackttänzer«. Fatzkenhaft warf er sich in die Brust ...

Oder er zog ein kleines Necessaire heraus, das einen Taschenspiegel, einen Kamm und Puderpapier enthielt, und beschäftigte sich in eifriger Sorgfalt mit seinem Gesicht, während sie mit ihm sprach. Sie hatte dafür nur noch ein mitleidiges Achselzucken. Gekränkt suchte er von nun an jede Gelegenheit zu einem Streit.

Die Briefe, mit denen seine Verehrerinnen ihn verfolgten, boten ihm diesen Anlaß. Früher hatte sich Monika dafür interessiert, von wem sie stammten. Weniger aus Eifersucht als aus einer Art wissenschaftlicher Neugier. Damit vergnügten sie sich zur Kaffeestunde. Gemeinsam öffneten sie die Post und machten ihre Randbemerkungen ... Auf diese Gewohnheit hatte sie in den letzten Tagen verächtlich verzichtet.

Am Morgen vor der Abreise – sie tat, als sei sie ganz in die Zeitung vertieft – hüstelte Peer, den ihre Gleichgültigkeit ärgerte, und legte ostentativ einen parfümierten Umschlag auf den Tisch.

Schweigen. – Monika zuckte nicht mit der Wimper. – Da brach er los:

»Ich sehe nicht ein, was ich hier noch soll, wenn du dich überhaupt nicht mehr um mich kümmerst! Zum Glück gibt es noch andere, die mir Gerechtigkeit widerfahren lassen, wenn du auch auf mich pfeifst!«

»Aber mein Lieber, die laß ich dir doch auch widerfahren! Du bist der Schönste aller Tänzer, das steht ein für allemal fest!«

»Und der Dümmste aller Männer, nicht wahr, wie du die Klügste aller Frauen?!«

»Das hast *du* gesagt!«

Er erhob sich leichenblaß:

»Jedenfalls ist der Dümmere von uns beiden der weniger Unnütze! ... Ich kann doch wenigstens noch Kinder machen! ...«

Er zeigte ihr die Briefe:

»Da! So viel ich will! An Gelegenheit fehlt's mir bestimmt nicht!«

Hochmütig maß sie ihn. Aber die Bosheit hatte gesessen.

Unnütz! Ja! ... Und das Gefühl ihrer Unfruchtbarkeit wuchs plötzlich in ihr und vergrößerte noch die Wüste ihrer Einsamkeit ...

Getroffen antwortete sie:

»Sei nur beruhigt! Ich halte dich wahrhaftig nicht!«

Nach kurzem Nachdenken fügte sie mit melancholischem Lächeln hinzu:

»Du hast unrecht. Warum sollen wir uns zanken? Als gute Kameraden haben wir uns zusammengetan und als gute Kameraden wollen wir auch auseinandergehen.«

*

Peer Rys! Jetzt war er in Rom. Sie dachte in Freundschaft an ihn, trotz seiner Fehler. Diese hatte sie freilich von Anfang an erkannt, aber sie hatte ihn ja nicht seiner geistigen Überlegenheit wegen geliebt ... Konnte sie ihm wirklich zürnen, weil er ihre Hoffnungen nicht erfüllt hatte?

Um diese Hoffnungen noch nicht aufgeben zu müssen, machte sie ihn und nicht sich für den Mißerfolg verantwortlich. Aber abgesehen von dieser Unzulänglichkeit, welchen Vorwurf konnte sie ihm gerechterweise machen, da sie mit ihm erst schöne, dann köstliche, dann weniger schöne Stunden verbracht hatte?

Es kam ihr gar nicht in den Sinn, daß vielleicht sie ganz allein die Schuld an dem Mißerfolg trage. Ebensowenig fragte sie sich, warum sie so rasch der liebenswerten Eigenschaften überdrüssig geworden sei, die sie vom ersten Augenblick an so gefesselt hatten.

Sie war durchdrungen von ihrer moralischen Überlegenheit über die Männer ihrer Umgebung und hatte von ihrer vernarbten Wunde her einen Abscheu vor der Auffassung der Liebe zurückbehalten, die in ihren Kreisen üblich war; auch eine Angst davor, wieder leiden zu müssen, wenn sie sich erneut einfangen ließe. Das waren Scheuklappen, die das fruchtbare Gebiet des Lebens für sie begrenzten und sie nur die Furche ihres eigenen eitlen Suchens erkennen ließen.

Peer Rys war zum Varieté zurückgekehrt, und Monika hatte mit Zuversicht ihren eigenen Weg wieder aufgenommen. Was der eine nicht vermocht hatte, würde ein anderer fertigbringen. So hatte sie der Reihe nach verschiedene Männer ausgezeichnet.

Zuerst einen Abgeordneten aus dem Süden. Sie war ihm auf einem Diner bei den Hutiers begegnet, und sein stolzes, feines Gesicht war ihr aufgefallen, dann hatte sie amüsiert auf seine klangvolle Sprache gelauscht. Wenn er auch sehr verliebt tat, sein Ehrgeiz und seine Überheblichkeit hatten sie bald enttäuscht.

Dann war es ein Ingenieur mit einem Römerprofil gewesen, mit breiten Schultern, ein großer Brücken- und Eisenbahnbauer. Er beschäftigte sich mit exakten Ideen und kühnen Unternehmungen und hatte ihr gefallen durch seine Offenheit und eine Intelligenz, deren Horizont weite Reisen und internationale Arbeit erweitert hatten. Aber nach drei Monaten waren die Hoffnungen, die sie auf seine stiermäßige Körperlichkeit gesetzt hatte, dahingeschwunden.

Jetzt begann Monika ein Zweifel zu quälen. War vielleicht doch sie die Schuldige? Sie faßte den Entschluß, einen Arzt zu befragen, verschob die Ausführung aber von Woche zu Woche. Die Stunden wurden immer kürzer und ausgefüllter, je mehr die Geschäfte, deren eines das andere nach sich zog, ihr Einkommen und gleichzeitig auch die geforderte Arbeitsleistung vergrößerten. Sie hatte die große grüne Marmorplatte über die beiden benachbarten Läden ausdehnen müssen, die sie hatte mieten können, und die nüchternen Goldbuchstaben der Firma mit den triumphierenden Beiworten umgeben: Innenarchitektur, Kunstgegenstände.

Ohne Bedauern hatte Monika die täglichen Abendausgänge eingestellt. Man sah sie nicht mehr in den Tanzlokalen und Varietés. Von zehn Uhr morgens ab war sie an der Arbeit und saß oft bis spät in die Nacht hinein, zeichnete, kolorierte ihre Skizzen, wenn sie nicht zufällig in der Stadt oder mit ihrem jeweiligen Freund zusammen speiste, von dem sie – nach dem Abgeordneten und dem Ingenieur immer noch, aber ohne mehr stark darauf zu rechnen – das Kind erwartete, das, belehrt durch ihre eigenen Erfahrungen, ihren verfehlten Versuch zum Erfolg führen sollte.

Ihr gesellschaftlicher Sieg erfreute sie nur insofern, als er ihre materielle Unabhängigkeit verwirklichte und festigte. Die Gesellschaft ließ sich von einer Monika Lerbier, die berühmt war und glänzend ihren Lebensunterhalt verdiente, all das gefallen, was sie ihr zum Vorwurf gemacht hätte, wäre sie unbekannt und arm gewesen.

Diese aus Banalität und Servilität geborene Billigung gewährte ihr nur den einen Vorteil: sie konnte (ohne die Gegenzeichnung eines mitverantwortlichen Teilhabers) freiwillig ein freies Geschöpf in die Welt setzen und es zur Verachtung der Bräuche und Gesetze erziehen, unter denen sie selbst so grausam hatte leiden müssen.

Ein uneheliches Kind? ... Was war dabei? ... Es würde erhobenen Hauptes den Namen seiner Mutter tragen. Sie würde es schon bei seinen ersten Schritten aus der sozialen Gefangenschaft befreien. Sie würde es lehren, ohne Heuchelei zu lieben, was liebenswert war, und nichts zu lieben, was nicht würdig war, geliebt zu werden. Sie würde ihm so alle überflüssigen Worte und alles überflüssige Leid ersparen.

Ja, das erschien ihr nun als einziger Lebenszweck: ein Kind, das nur ihr gehören und auf das sie stolz sein würde. Der Mittelpunkt ihrer einsamen Tage und leeren Stunden, die weder Arbeit noch Wollust ganz auszufüllen vermochten ... denn deren wurde man auf die Dauer satt.

Aber eines, was sie sich noch nicht eingestand, war trotzdem ihr tiefster und eigentlichster Beweggrund: die ungestillte Sehnsucht nach Zärtlichkeit und Liebe, die ganze Verzweiflung der einsamen Frau, einsam noch in der Zweisamkeit all ihrer Versuche. Der Traum von einer Schwangerschaft bedeutete für Monika die gleiche heiße Sehnsucht nach Erfüllung, das gleiche Suchen nach gefühlsmäßigem Ersatz, das viele unglückliche Ehefrauen zu fanatischen Müttern werden läßt.

Dieses Empfinden stammte von jenem Augenblick, da ihre Hoffnung geschwunden war, und das Gefühl eines neuen Bankrotts sich unbewußt in ihre Seele geschlichen hatte. Von ihrem vierten, vergeblichen Versuch war ihr eine Trauer zurückgeblieben, die nach und nach zur Neurasthenie wurde. Sie löste diese Beziehung bald, zur wütenden Verzweiflung ihres Geliebten.

Es war ein gleichaltriger Maler, geistvoll und lebenslustig, der Landschaften aus Kreisen und Porträts aus Kuben zusammenbaute. Das Ganze in einem roten, weißgesprenkelten Farbton ... Er hielt seine Auffassung zwar nicht für logisch, aber er gehorchte dem Geschmack am revolutionären Bluff, der der Jugend eigen ist. Von ästhetischen Fragen war übrigens zwischen ihnen nie die Rede gewesen ...

Glücklicherweise waren die Ferien nahe. Monika mußte, um seinen Verfolgungen auszuweichen, abreisen und ihn auf eine falsche Fährte hetzen. Während er sie in der Schweiz suchte, vergrub sie sich in einem kleinen bretonischen Seebad: Rosmenidec, einem Nest zwischen zwei hohen Uferklippen.

Ein Fischerdorf mit fünf oder sechs Villen und einem ärmlichen Hotel.

Einen Monat lang lebte sie dort ganz allein und lehnte jeden Verkehr ab. Von früh an war sie draußen mit ihrem Skizzenbuch und ihren Stiften, kam erst mittags zurück, um schleunigst ihr Essen an der Table d'hote hinunterzuwürgen, ging dann wieder aus, um bis zur Badezeit zwischen den Felsen in der Sonne zu liegen ... Und abends saß sie bis spät in die Nacht am Strande, oder sie wanderte in der Gegend umher.

Eine gesunde Selbstbesinnung, die ihr auch zunächst vorzüglich bekam. Aber bei der Berührung mit der gleichgültigen Natur, auch bei der mit ihren Nachbarn – trotzdem sie die Beziehungen auf das Unvermeidliche beschränkte –, fühlte sie sich bald noch viel einsamer, als sie es in Paris in der Fülle ihrer Arbeit und der auftauchenden und verschwindenden Gesichter gewesen war...

Das Schauspiel der menschlichen Armseligkeit erschien ihr noch quälender inmitten des heiteren Glanzes der Umgebung – dieser Erde, dieses Meers und dieses Himmels. In ihrer Ohnmacht hatte sie Lust zu schluchzen vor dieser Unendlichkeit, die sie gestern noch umfaßte, gläubig liebte, und deren Unbewegtheit sie jetzt bedrückte.

Da stellte sie zum erstenmal seit ihrer Flucht in ihrem gequälten Herzen eine Bilanz auf. Mit der Freiheit hatte sie nichts gewonnen ... Ihre Arbeit? – was nützte ihr die, wenn sie nur ihre Verzweiflung nährte? In der Wollust hatte sie nur einen falschen Abglanz der Liebe gefunden. Wenn sie kein Kind bekommen konnte, was blieb ihr dann?

Es nutzte nichts, daß sie sich länger belog: das war mit grausamer Klarheit die Bilanz ihrer Vergangenheit. Ein Ruin, aus dem sie nichts gerettet hatte. Nicht einmal jenes Band, das den Menschen im Elend an die vergangenen Stunden knüpft, an den Traum des heimischen Nestes...

Ihre Mutter? Die hatte sie seit dem Dazwischentreten Piombinos ein paarmal wiedergesehen. Ihr Vater? Auch den hatte sie in der rue de la Boetie empfangen. Zuerst hatten diese Zusammenkünfte, nachdem die erste Peinlichkeit überwunden war, in ihr fast Rührung erweckt ... Das starke Band der Erinnerungen schien ihr zwar gedehnt, aber nicht zerrissen. Sie fühlte sich wieder als ihr Kind ... Aber bald hatte sie gespürt, daß sie Fremden gegenüberstand, die ihre Feindseligkeit unter vorwurfsvollem Lächeln verbargen.

Sie hatte ihnen nichts zu sagen gewußt, als Gemeinplätze. Sonst stieß sie sofort auf den Felsen völliger Verständnislosigkeit. Alle drei hatten bald genug voneinander ... die einen waren zu alt, um die nötigen Schritte zu tun, sie einzuholen ... und sie war zu aufrichtig, um unnütz zu heucheln. Als sie sah, wie fest sie noch immer in ihrem Pfuhl verankert waren, nur noch kindischer geworden mit ihren Runzeln und ihren weißen Haaren, hatte sie mit Trauer empfunden, wie völlig sie sich von ihnen losgelöst hatte ... Nichts hatten sie mehr Gemeinsames, nicht einmal das Leid – da sie es so verschieden empfanden und trugen!

Sie saß am Strande, den Rücken gegen einen Felsen gelehnt, schöpfte mechanisch Hände voll Sand und ließ den feinen trokkenen Regen durch ihre Finger gleiten ... So flohen die Stunden, rannen, rannen unaufhaltsam, wie der Sand in der Sanduhr ... ins Nichts der Vergangenheit!

Sie sah zu, wie die Möwen über der Brandung flatterten. Ihre weißen Bäuche streiften das Wasser, dann trugen die ausgebreiteten Schwingen sie mit mächtigem Schwunge pfeilschnell davon. Vor der untergehenden Sonne türmten sich in der Ferne Wolkenschlösser ... und brachen langsam wieder zusammen. Sie sagte sich: die Zukunft! – Und mutlos ließ sie die Hand sinken ... Um sie her war nur Einsamkeit ... und später das Alter ...

Fern klang ein Lied. Wohl ein Fischer, der seine Netze flickte ... Klagend folgten die Töne einander wie eine Litanei der Ergebung in ein Schicksal ... Das ganze Elend, der ganze Mut des Seemannslebens im Kampf mit den Elementen ... Monika schämte sich und riß sich zusammen.

»Ich bin ja verrückt«, sagte sie und stand auf. »Wie blind wird man, wenn man immer nur an sich denkt! Erstens steht es noch gar nicht fest, daß ich niemals Mutter werden könnte. Und wenn? ... Frau Ambrat lebt doch auch für die Kinder anderer Leute! ...«

Am nächsten Tage kehrte sie nach Paris zurück. Der September und mit ihm die Notwendigkeit, sich für die Wintersaison vorzubereiten, nahmen sie derart in Anspruch, daß sie erst Anfang Oktober Zeit fand, sich untersuchen zu lassen, wie sie es sich vorgenommen hatte ... Fräulein Tscherbalief, deren Kusine im vorigen Jahr an einer Frauenkrankheit gelitten hatte, empfahl ihr einen Doktor Hilbour.

Sie ging ganz unbefangen zu ihm hin im Vertrauen auf seine

Wissenschaft und die Würde seines gewissermaßen priesterlichen Amtes. Sie hatte erwartet, einem älteren kahlköpfigen Herrn mit Brille gegenüberzustehen und fand statt dessen einen jungen Mann mit gutgestutztem Bart und fröhlichen Augen ... Nachdem sie ihm den Grund ihres Kommens mitgeteilt hatte, sah sie sich, trotzdem sie genau wußte, was eine derartige Untersuchung für Anforderungen stellt, als der Arzt sie bat, sich niederzulegen, den Untersuchungstisch erst ein paarmal mißtrauisch an ... Aber sie wollte um jeden Preis Gewißheit haben.

Sie schloß die Augen und öffnete sie erst wieder, als sie die singende Stimme Hilbours sagen hörte: »So. Ich danke Ihnen.«

»Nun, Herr Doktor?« fragte sie eifrig und kleidete sich wieder an.

Er räusperte sich.

»Nun, gnädiges Fräulein ... Aber ich weiß nicht, ob es nicht besser wäre, um Ihnen alles ganz klarzumachen ...«

Er wies auf eine Wandtafel und ergriff ein Stück Kreide.

»Überflüssig. Ich habe hinreichende anatomische Kenntnisse ...«

Er betrachtete sie, ohne seine Überraschung zu verbergen. Dann sagte er bündig:

»Also! ... Die Sache liegt so: falls man nicht einen durchaus notwendigen Eingriff vornimmt – der nebenbei bemerkt ganz unbedeutend ist ... höchstens ... ein wenig schmerzhaft ... Sie werden mich gleich verstehen: der Bau Ihrer Gebärmutter macht jetzt jede Empfängnis unmöglich. Sie haben etwas Seltenes, um das viele Frauen Sie beneiden würden: eine Verengung des Gebärmutterhalses ... Dabei ist keine Empfängnis zu befürchten ... oder zu erhoffen ... das kommt auf die Auffassung an!« fügte er mit leichtem Lächeln hinzu ...

»Und was könnte man dagegen tun?«

Er wies auf ein kleines Arsenal, das auf der Glasplatte neben dem eben gebrauchten Spekulum lag: verschiedene Klammern, Laminariakolben ...

»Durch langsames Ausdehnen einen Weg bahnen ... Man könnte auch – als Radikalmittel – einen chirurgischen Eingriff unternehmen: Narkose, Auskratzung und ebenfalls Ausdehnung. Sie können wählen.«

Sie war sofort entschlossen.

»Versuchen wir Ihre Methode. Ich verlasse mich ganz auf Sie ... Wann fangen wir an?«

»Wann Sie wollen ... auf der Stelle, wenn Sie Zeit haben.«

»Ich habe Zeit. Bitte!«

Entschlossen streckte sie sich wieder aus. Vorsichtig – und mit einer Diskretion, für die sie ihm dankbar war – nahm der Arzt die erste Behandlung vor. Trotzdem er zu jenen Ärzten gehörte, den die Reize ihrer Patientinnen nicht kaltzulassen pflegen, hatte Hilbour den Grundsatz, sie nicht von vornherein scheu zu machen. Seine Überraschungen sparte er sich für die folgenden Sitzungen auf, die in ihrer Wohnung stattfinden sollten.

Mutig hatte sich Monika trotz der empfindlichen Schmerzen der Behandlung unterworfen. Sie würde sie auch zweifellos fortgesetzt haben, wenn nicht bei der dritten Sitzung ihr Zauber auf den Arzt gewirkt hätte. Der Doktor, der für Schamlosigkeit hielt, was tatsächlich gleichgültige Sachlichkeit war, gestattete sich plötzlich eine Bewegung, die über seine weiteren Absichten keinen Zweifel ließ.

Bei diesem Angriff hatte Monika ein unwiderstehlicher Ekel gepackt. Wütend setzte sie ihn vor die Tür.

»Ein netter Knabe, Ihr Doktor Hilbour!« bemerkte sie ein paar Tage später ganz ruhig zu Fräulein Klara. »Aber vielleicht hat er Patientinnen, denen das angenehm ist!«

Die plumpe, ständig wache Geilheit der meisten Männer empörte sie. Die Tiere unterlagen dem Geschlechtstrieb doch wenigstens nur zu bestimmten Zeiten! ... Was für eine Vorstellung hatte dieser unverschämte Mensch wohl von den Frauen im allgemeinen und von ihr im besonderen? Sie war doch keine Hündin! Sein Vorgehen kränkte sie mehr als die gemeinste Beleidigung.

So mischte sich neuer Ekel in ihren Kummer, sich unfruchtbar zu wissen. *Das* war sie also in den Augen dieses Viehs, der darin allen andern glich, die ihr aus größerer oder geringerer Entfernung den Hof machten: ein Vergnügungsobjekt! – Wer kümmerte sich darum, was sie dachte und empfand, um das Beste in ihr? Niemand! Was hatte sie von einem Leben zu erwarten, in dem niemals uneigennützige Liebe ihrer harrte? An was sollte sie ihr Herz hängen zum Ersatz für die stete Gesellschaft, die ein Sohn oder eine Tochter ihr gewesen wäre, zum Ersatz für die sie ganz ausfüllende Aufgabe, eine junge Seele zu gestalten? Welcher Mann war der Mühe wert? Welche Aufgabe würde den Abgrund ihres Lebens ausfüllen?

Den Gedanken, daß nicht alle Ärzte jenem einen glichen, daß er vielmehr eine Ausnahme bilde, die die Regel des beruflichen Anstands bestätige – auch den Gedanken, daß mit ein klein wenig Geduld im Ertragen physischer Schmerzen sie die Fähigkeit erringen könne, die ihr augenblicklich fehlte – diese beiden Vernunftschlüsse, die ihr zu anderer Zeit einen andern Entschluß eingegeben hätten, wies sie weit von sich, so groß war die Depression, die sich ihrer bemächtigt hatte. Und wozu sollte sie den chirurgischen Eingriff unternehmen lassen, wenn niemand da war, der sie liebte, niemand, den sie liebte?

Von nun an hatte sie nicht mehr die Kraft, gegen den Strom zu schwimmen. Sie war sich zwar darüber klar, daß jedes Nachlassen ihres Willens ihre Schwäche vervielfachte. Aber sie gab sich mit geschlossenen Augen dem Schicksal hin, das sie fortriß ...

Ein Ereignis, das bei ruhiger Überlegung nichts Erstaunliches gehabt hätte, dessen Plötzlichkeit sie aber überraschte, reizte ihre Menschenfeindlichkeit bis zum äußersten.

Piombino, der seit seinem vergeblichen Versuch nicht nachgelassen hatte, sie zu verfolgen, war zufällig bei einem großen Diner, das Frau Bardinot gab, ihr Tischnachbar. Vorwand: eine Feier anläßlich der Ernennung ihres Mannes zum Präsidenten der vereinigten Petroleumbanken. Wahrer Grund: dem Baron eine Unterredung zu erleichtern, von der seine Besessenheit sich eine glückliche Lösung versprach. Seine unglückliche Liebe war zur fixen Idee geworden. Er hatte die Kraft, sich bis zum Ende der Mahlzeit zusammenzunehmen. Aber beim Dessert hielt er es nicht mehr aus; mit rotem Kopf streifte er Monikas Bein mit seinem Knie.

Sie wandte dem Dickhäuter ihr empörtes Gesicht zu:

»Sie sind wohl krank?«

Er schnüffelte, die Augen fest auf ihren Ausschnitt geheftet, aus dem ihre runden Schultern, ihre statuenhaften Arme, der samtweiche Rücken emporstiegen. Man stand gerade von Tisch auf; sie war gezwungen, ihre Hand auf den gerundeten Ellbogen zu legen, den er ihr ungeschickt bot. Da schüttete er mit seiner weichlichen Stimme und in ehrlicher Erregung sein Herz aus:

»Hören Sie mich an: ich liebe Sie ... Sie haben sich geweigert, meine Villa im Park Monceau zu möblieren. Warum? ... Ich hätte diese Ehre mit zweihunderttausend Francs Honorar und einem Kredit von einer Million bezahlt! Mehr noch, wenn Sie gewollt hätten! Ihnen zu Gefallen würde ich alles hingeben, was ich besitze ... alles ...«

Sie lachte unverschämt:

»Ich habe mich geirrt. Sie sind nicht krank, Sie sind nur verrückt!«

Sie traten in den Salon. Rasch ließ sie den Arm des Barons los. Aber er hatte ihre Hand ergriffen und zog sie in eine von einem Paravent verdeckte Ecke.

»Ich weiß ja, Geld spielt für Sie keine Rolle. Sie sind reich, und später werden Sie einmal so reich werden, daß Sie nicht wissen, wohin mit Ihrem Geld ...«

»Da irren Sie sich! Es gibt Arme genug in Frankreich! Und in Rußland sterben Millionen an Hunger. Geben Sie denen erst mal das, was Sie mir angeboten haben, dann werden wir sehen, ob ich Ihnen die Ehre antue, für Sie zu arbeiten.«

Die Hungersnot an der Wolga, wo sich an den Kirchhofstoren die Kinderleichen zu Bergen auftürmten, wo das Elend die Menschen zu Kannibalen machte, die Vision dieser Greuel, die ein Volk vernichteten, dessen brüderliches Blut zwei Jahre lang in der allgemeinen Schlächterei geflossen war, ließ Monika erbleichen ... die Millionen, die die Piombinos, die Ransoms, die Bardinots damals aus dem Wollstrumpf des Bauern und dem Kassenschrank des Bürgers gesogen hatten, Millionen, mit denen all diese Schurken sich im Vorübergehen die Hände gesalbt, und deren Schuldverschreibungen der doppelte Abgrund des Krieges und der Revolution verschlungen hatte – dieser Krebsschaden hatte alle Solidarität zerfressen!

Das war die Menschlichkeit? Das Leben? ... Überall Lüge und Unterdrückung! Und da gab es noch Leute, die von Grundsätzen zu reden wagten? ... die für Ordnung, Recht und Gerechtigkeit einzutreten wagten? ... während sie doch nur daran dachten, sich den Bauch zu füllen und ihre Geschlechtsorgane zu erleichtern!

Piombino erschien ihr plötzlich als die Verkörperung dieser gierigen Bande, er stellte für sie das ganze Geschlecht der Schieber dar, das sich am Elend der Völker mästet. Beim Anblick dieses stolz zur Schau getragenen Wanstes bewunderte sie die Geduld all der hohlwangigen Gesichter, all der Elendsdulder in den Arbeiterhöhlen, diese Menge, die wie Vieh in verlausten und verseuchten Löchern zusammengedrängt lebt ...

Welcher Bankrott eines blinden und lähmenden Wahlsystems, dessen Betrug derartiges gestattete! In diesem Augenblick hatte sie beinahe Verständnis für die Bombe der Anarchisten und die Explosion ihres Grimms ... Sie korrigierte sich:

Die Bombe ist ebenso blind! Ein unnützer, ja schädlicher Lärm! Repressalien, die andere Repressalien herausfordern! Es ist nichts zu machen, solange die Maschinengewehre, die jetzt noch in den Händen der Kapitalisten sind, nicht ihren Herrn gewechselt haben ...

Öfter schon – beim Verlassen der Nachtlokale, wo Hampelmänner und Marionetten mit Schätzen von Brillanten und Perlen beladen vor ihren Augen in einer Stunde das verschwendet hatten, was genügt hätte, all die Unglücklichen, die schlotternd vor den Türen standen, einen Monat lang zu ernähren –, war ihr das hohläugige Gespenst, die Vision der Revolution erschienen. An diesem Abend sah sie es noch deutlicher. Er steigerte ihre

Empörung, als sie die Augen wieder erhob und ihr Blick den ganzen Salon der Bardinots umfaßte.

Der Finanzminister war anwesend, den der Nationale Block unter dem Vorwand der republikanischen Etikette zum Dienst der internationalen Großbanken abkommandiert hatte. Da waren Geschäftsleute mit Rabenschnäbeln im schwarzen Frack, andere mit den schweren Hängebacken verkleideter fetter Schweine. Politiker, die aus allen Knopflöchern Gleichgültigkeit schwitzten, und Frauen, so entkleidet, als lägen sie im Bett. Und vor ihr stand Piombino mit glänzenden Augen.

»Abgemacht!« schnarrte er. »Und da Sie nichts von mir nehmen wollen, eröffne ich ein Konto von zwei Millionen für die Innenarchitektin ...«

Der Gedanke, wenn auch nur mit ein paar Tropfen Goldes, einem Leid abhelfen zu können, so groß, daß es alle Einbildungskraft überstieg, besänftigte sie. Sie murmelte:

»Vielleicht. Aber Sie wissen ja: das Geld geben Sie, aber die Frau bekommen Sie nicht dafür!«

Er stöhnte:

»Ja ... ja ... Ach, wenn Sie doch wollten! ... Werden Sie nicht böse: Baronin sein, in meiner Umgebung leben ... Sie könnten alles (er betonte nachdrücklich) alles tun, wozu Sie Lust haben ... Niemals würde ich Ihr Schlafzimmer betreten! ... Nie ...«

In seinem Blick las sie den ganzen Umfang seines Anerbietens. Geliebte! Ja, er würde sie ihr nötigenfalls sogar selbst zuführen! ... Und durchs Schlüsselloch gucken, wie Hutier! ... Ihr wurde so übel, daß ihr schwindelte. Mit leichtem Achselzukken drehte sie ihm wortlos den Rücken. Er folgte ihr eigensinnig.

Da warf sie ihm, seine Sprechweise nachahmend, hin:

»Nie ... hören Sie ... Niemals werde ich für Sie arbeiten, wenn Sie noch einmal davon anfangen!«

Der Dicke wurde grün und wiederholte:

»Nur weniger fern von Ihnen sein ... Ihren Duft atmen können ... Sie würden frei sein ... vollkommen frei ...«

Da brach sie rasch mit dumpfer leiser Stimme los:

»Sie sind gemein! Sehen Sie denn nicht, wie sehr all das, was Sie da sagen, und erst recht das, was Sie nicht sagen, Sie erniedrigt und mich beschmutzt? ... Nein, schweigen Sie! Sie und Ihr Geld bedeuten für mich alles, was gemein ist auf der Welt, die ganze Niedrigkeit und Grausamkeit der Männer ... Ihr Wunsch beschmutzt mich, Ihr Luxus stößt mich ab! Sie sind ... (sie hielt inne) ... Nein, lassen Sie nur, es ist ja unnütz, Sie würden mich doch nicht verstehen!«

Er seufzte:

»Wie hart Sie sind!«

Sie betrachtete ihn in seiner dickbäuchigen Kläglichkeit:

»Nein, Sie können das nicht verstehen ... Lassen wir's also. Ich bin heute abend schlechter Laune ... Man hat mitunter solche Tage! ... Da genügt nur noch ein Schmutzspritzer, der letzte, und das Herz läuft über.«

Er steckte die Beleidigung ein und verneigte sich demütig:

»Ich bitte um Verzeihung! ... Ich wollte nicht ... ich wußte nicht ... Unglücklich? ... Sie? ... Wer konnte das ahnen? ... Seien Sie beruhigt, ich rede niemals, niemals wieder ... davon ... Um mir zu beweisen, das Sie mir verzeihen, gestatten Sie mir nur, Sie zu beschäftigen ... wann Sie wollen ... wann Sie können ... um mein Haus neu einzurichten ... ja, durch Fräulein Klara, wenn es Ihnen lästig ist, sich selbst damit abzugeben! ... Damit ich nur irgend etwas um mich habe, das von Ihnen stammt! ... Nein! Nein! ... ich sage ja nichts mehr ... Morgen schicke ich Ihnen einen Scheck über dreihunderttausend Francs für Ihre Armen ... Wenn Sie mir nur nicht mehr böse sind ... wenn ich Sie nur mitunter von weitem sehen darf ... Danke ... Danke!«

Sie betrachtete ihn mitleidlos. Er sabberte vor Angst, angefahren zu werden, und unter seiner Angst spürte man trotz allem die verschlagene und ausdauernde Hoffnung des Multimillionärs, für den letzten Endes alles käuflich ist. Frau Bardinot eilte lächelnd herbei, um ihre Vermittlung zu vervollständigen. Monika benutzte die Gelegenheit, um sich brüsk zu verabschieden.

Pony protestierte:

»Aber so bleiben Sie doch noch! Marthe Renal wird uns nach der Oper etwas vorsingen ...«

Aber Monika schüttelte wild den Kopf:

»Nein! Nein! Ich hab' zu tun. Da, für den Baron!«

Das Gesicht Frau Bardinots verklärte sich entzückt. Sie ahnte eine große Vermittlungsgebühr und erkannte nicht in dem höhnischen »Auf Wiedersehen!«, das ihr zugeworfen wurde, den ironischen Sarkasmus.

»Arbeit!« wiederholte sich Monika, während sie unauffällig fortging ... »Für das Behagen und die Eitelkeit dieser Rüpel arbeiten! ... Ach! Wenn es nicht dazu dienen sollte, Wunden zu heilen, die schlimmer sind als die meinen! ...« Deswegen beurteilte sie ihr Handwerk nicht weniger streng: eine an sich überflüssige Arbeit ... Eine Zerstreuung für Müßige ... Diese Arbeit! Wichtigkeit!! ...

In finsteren Gedanken kehrte sie heim.

V.

Von da ab war sie nur noch losgelassener Instinkt.

Die Stunden flossen ihr gleich trübe dahin trotz aller Abwechslung. Monika bewegte sich in einer Art von moralischer Nacht. Ihre Lebensenergie war nicht mehr stark genug, um sie in ihrer Entgleistheit zu leiten. Nach der inneren Genesung, die zu erreichen ihr gelungen war, bedeutete dies einen neuen Absturz, und diesmal, wie sie meinte, einen unwiderruflichen. Sich wehren? Wozu? Sie glaubte an nichts mehr.

Das dunkle Empfinden eines Lichts, das im Innern aller Wesen und auch in ihr noch leuchtete in der Finsternis des Unbewußten, hob sie dennoch, ohne daß sie selbst es bemerkte, über den Schmutz hinaus, in den sie sich ohne Bedauern und Reue für immer zu versenken glaubte.

Monika blieb wider ihren Willen eine jener so ursprünglich geraden Naturen, die ein Herumwerfen des Steuers im gleichen

Augenblick wieder aufzurichten vermag, in dem sie zu scheitern scheinen. Aber diese Überzeugung hatten nur zwei Menschen, die sie genau kannten und auf sie einen Teil der Liebe übertrugen, die sie einst für Tante Sylvia empfunden hatten.

Frau Ambrat und Professor Vignabos hatten mit Kummer bemerkt, daß Monika sich von ihnen zurückzog und immer seltener die Gelegenheit zu einem Zusammentreffen benutzte. Aber nach dem letzten Frühstück in der rue de la Boetie, wo Monika in dem plötzlichen Bedürfnis nach Aussprache ihre ganze Bitterkeit ausspie, fügten sie sich melancholisch ins Unvermeidliche.

Sie selbst fühlte sich seitdem gezwungen, diesen betrübten, hellsehenden Blicken auszuweichen. Das Urteil dieser alten Freunde brauchte nicht erst ausgesprochen zu werden. Sie erriet ihren Vorwurf, und er traf ihre Eigenliebe um so empfindlicher, als die beiden in ihr das Andenken der Verstorbenen und die guten und schlimmen Zeiten von früher wachriefen ...

Nie mehr wandte sie jetzt ihren Blick zurück. Sie lebte nur noch in der Gegenwart. Übrigens eine Änderung, die den meisten wohlgefiel. Sie hatte sich mit ihnen geeinigt und lebte auf dem gleichen niedrigen Niveau dahin, wie sie. Essen, Trinken, Schlafen, und daneben das ganze Programm der Freuden, die all diese Männer und Frauen in den äußersten Möglichkeiten des Genusses und des Lasters fanden. »Sie wird vernünftig«, hieß es von ihr.

»Das ist Ihrer nicht würdig!« hatte Frau Ambrat eines Tages gesagt, als sie sich trotz allem entschlossen hatte, beim Vorübergehen an den prunkenden Schaufenstern, deren Dekoration jetzt ganz allein dem übrigens raffinierten Geschmack Fräulein Klaras überlassen blieb, bei Monika einzutreten.

Fräulein Klara hatte die tatsächliche Leitung des künstlerischen Teiles übernommen. Monika verließ sich so vollkommen auf sie, daß sie ihr nur noch in großen Zügen alle bedeutenderen Ausstattungen angab. Herr Angibault, der Leiter des geschäftlichen Teiles, sorgte für die nötigen Gelder.

In dem kleinen Empfangssalon stand Monika, die eben erst,

um zwei Uhr, aufgestanden war, Frau Ambrat gegenüber und wiederholte seufzend:

»Aber nein! Ich schwör es Ihnen ... das Leben ist im Grunde ziemlich amüsant! ... Anfangs habe ich es tragisch genommen und dann ernst ... Das war falsch. Es ist nur eine Farce. Und wenn man es von der komischen Seite nimmt, und vor allem nichts übertreibt, denn im Grunde ist ja nichts wichtig, dann kann man es sogar sehr gut haben! ... Das ist der Weisheit letzter Schluß: mach dir nichts draus!«

Frau Ambrat betrachtete traurig Monikas bleiernen Teint und ihre schlaffen Arme.

»Traurige Weisheit!« flüsterte sie.

»Jedenfalls die beste!«

»Und das sagt eine Frau! Das sagen *Sie*, Monika ...«

»Aber sicher! Warum sollte eine Frau, die weder Mann noch Kinder hat – die nicht einmal Eltern hat ... denn meine Eltern! ... sich mit Skrupeln quälen, die die Männer sich nicht machen? An die Tatsache müssen Sie sich gewöhnen. Jeder lebt sein Leben! Und der Tod ist uns gemeinsam! ... Vor allen Dingen bedauern Sie mich nicht, weil ich jetzt ein Junggesellenleben führe.«

Frau Ambrat machte eine hilflose Gebärde. Da müßte man zu viel reden! Sie hatte Monika zärtlich umarmt, denn sie glaubte trotz allem an sie, und war gegangen – in Eile – wie immer. Sie war eine jener mageren Vierzigerinnen ohne Alter und fast ohne Geschlecht, die niemals Mutter gewesen sind und sich nun mit der ganzen Glut eines unbefriedigten Mutterinstinkts auf den herztröstenden Ersatz der Erziehung werfen. Die Gewohnheit des Lehrberufes hatte ihr eine etwas trockene Autorität verliehen, unter der aber heißes Empfinden glühte.

Monika hörte gähnend auf den Bericht, den ihr Fräulein Klara erstattete: Baron Piombino sei entzückt über sein neues Rauchzimmer in geflammten Erlenholz und grauem Samt ... Er ließ dem »gnädigen Fräulein« seine ehrerbietigen Grüße sagen. Die Entwürfe für die Dekorationen des neuen Stücks von Fernand Dussol würden heute abend fertig ... Frau Hutier habe schon zweimal angerufen. Sie würde sich später nochmals verbinden lassen …

»Es ist gut. Danke schön, Klara.«

Monika unterdrückte ein neuerliches Gähnen. Nichts interessierte sie mehr … eintönig breitete sich der Tag vor ihrem gelangweilten Blick aus. Im Vorübergehen hielt sie vor einem Spiegel an, der ein geschicktes Gewirr von Stoffen sehen ließ, die in breiten violetten und goldenen Flüssen herabfielen; sie schaute mißvergnügt hinein …

»Was für Augen! Allerdings kein Wunder nach einer solchen Nacht!«

Sie hatte die ganze Nacht allein mit Anika Gobrony geraucht. Köstliche Stunden für die halbbetäubten Sinne, aber am nächsten Morgen hatte sie dann ein Gefühl der Leere und des Ekels vor allem, was nicht die beruhigende Vergessenheit des Opiums war. Stunden eines Nirwana, das lange Plaudereien zwischen den einzelnen Pfeifen unterbrachen. Müßige Stunden, in denen die beiden, geschwisterlich zu seiten des Opiumtischchens ausgestreckt, einander unendlich lange Geschichten ohne jedes Interesse erzählten …

Sie fuhr auf. Der herrische Ruf des Telefons erklang. Sie hatte jetzt geradezu eine fast pathologische Angst vor diesem brutalen Läutewerk, wie vor dem Eindringen Lästiger in ihren Marasmus.

Herr Anibault zeigte sein viereckiges, pedantisches Gesicht:

»Frau Hutier.«

»Ich komme.«

Monika seufzte. Die Zerstreuungen, die Ginette ihr vorzuschlagen pflegte, amüsierten sie nicht sonderlich. Aber schließlich war ja alles so egal!

Sie hatte sich nach und nach wieder von ihren früheren Bekannten einfangen lassen. Helene Suze, Michelle d'Entraygues Frau Hutier und Pony waren wieder ihre intimen Freundinnen geworden. Sie fand sogar an diesem täglichen Verkehr ein Vergnügen, das sie früher nicht gekannt hatte, solange sie der Mentalität dieser Menschen völlig fremd gegenüberstand, und ihnen jenen Müßiggang und jene Sittenverderbnis vorwarf, die heute von ihr selbst Besitz ergriffen hatten und in denen sie nun lebte.

Ein wenig Melancholie mischte sich in diese Freundschaften, die sie hinabzogen wie sumpfiges Erdreich. Unbewußte Erinnerung an die Vergangenheit – das Bild jener Monika, die sie einmal gewesen war, in den Tagen der Illusionen, als sie in die schöne Zukunft hinaussegeln wollte ...

Sie stand, den Hörer am Ohr, und lächelte vieldeutig:

»Nein, heute abend ganz unmöglich. Ich esse mit Zabeth und soll sie dann mit zu Anika nehmen ...«

»...«

»Ja, sie hat noch nie geraucht. Es amüsiert sie.«

»...«

»Eben! Die Klarheit, die geistige Gelöstheit, die das gibt ... Das verträgt sich sehr gut mit der Theosophie.«

»...«

»Ja, mit dem Spiritismus auch! Man sieht doppelt.«

»...«

»Na also, Schatz, wenn dir gar so viel daran liegt, könnten wir's vielleicht so machen. Kommt uns nach Tisch abholen ... Wo? Im indischen Restaurant ... Ihr wißt, ja? Am Montmartre ... Jawohl, stimmt. Dann werden wir weitersehen. Vielleicht ist sie dann sogar entzückt. Man kann in jedem Alter noch was für seine Bildung tun ... Recht! ... Auf Wiedersehen, Herzchen!«

Sie hängte an. In ihren müden Augen erlosch der Funke, den der lasterhafte Vorschlag darin entzündet hatte. Monika warf einen finsteren Blick auf den kleinen Salon, in dem sie früher zwischen den Besuchen so gerne gearbeitet hatte. Unvollendete Zeichnungen lagen auf der herabgelassenen Platte des Schreibtisches. Der Raum erschien ihr leer, leer wie der Tag, der nun wieder begann. Leer wie ihre Existenz.

Immer krampfhafter gähnend, klingelte sie. Fräulein Tscherbalief zeigte ihr trotziges Slawengesicht mit den stählernen Augen.

»Ich gehe wieder hinauf, Klara. Stören Sie mich nicht. Ich bin bis zum Diner aus.«

»Trotz der Verabredung mit Fräulein Marnier?«

Die kunstbegeisterte Dogaressa – die ihren belgischen Geldmann und ihre Wohnung in der rue Lisbonne gegen einen amerikanischen Busineßmann und eine Villa in der Avenue Friedland eingetauscht hatte – richtete sich vollständig neu ein.

»Sagen Sie ihr ... sagen Sie ihr, was Sie wollen. Ich bin im voraus mit allen einverstanden. Guten Abend.«

Schleppenden Schrittes stieg sie wieder in den Zwischenstock hinauf, den – seit Peer Rys, dem Abgeordneten, dem Ingenieur und dem Maler – kein Mann mehr betreten hatte. Die Konsultation des Doktor Hilbour hatte sie von überflüssigen Liebschaften kuriert. Da sie, wie sie Frau Ambrat gesagt hatte, ein Junggesellenleben führte – Junggesellenwohnung einbegriffen –, schlief sie, wo ein zufälliges Abenteuer es gerade wollte. Meist in den beiden kleinen Zimmern, die sie sich zu doppeltem Zweck am Montmartre eingerichtet hatte. Wenn sie aus den Varietés und Nachtlokalen kam, die sie wieder eifrig besuchte, waren dieses Badezimmer und dieser Salon, der nur mit einem riesigen Diwan möbliert war, sehr bequem.

Ein gutes Sprungbett für die immer häufiger werdenden Träume des Opiumrausches, und mitunter für die Veranstaltung sexueller Übungen. Von ihren endlosen Sitzungen bei Anika hatte sie als rechte Opiumsüchtige das Bedürfnis mitgebracht, ihr eigenes Rauchkabinett zu besitzen, und von ihren improvisierten Liebesabenteuern (meist zu dreien oder vieren) den Wunsch nach einem ausreichend geräumigen Übungsfeld ...

Lässig dehnte sie sich. Dann schloß sie die Läden gegen das Tageslicht und streckte sich wieder auf dem zerwühlten Bett aus. Mit geschlossenen Augen wartete sie lange Zeit auf den Schlaf. Sie dachte mit einem Ekel, in den sich auch Gewissensbisse mischten, an die lärmende Straße, an den Laden, wo Klara und Angibault sich plagten, an die Sonne, deren Glanz über dem Ameisengetriebe der arbeitsamen Stadt lag ... Und wie in einer Betäubung fühlte sie sich wollüstig ins Nichts versinken.

Sie erwachte erst, als der Abend dämmerte und mit dem Gefühl, wieder einen Tag vergeudet zu haben. Aber was machte das? Ihr Tag begann jetzt erst mit der Nacht ... Mit der Nacht, in der sie – wenn die Trunkenheit des Rauschgiftes mithalf und unvermutete Begegnungen ein wenig Abwechslung in dies ewige »Wozu« brachten – erst wirklich intensiv zu leben meinte.

Zu den mechanischen Riten der Toilette brauchte sie unendlich viel Zeit, vertrödelte sich bei der Auswahl und Zusammenstellung von Kleidern, während sie sich doch früher so rasch und mit nichts angezogen hatte ... Nichtigkeiten, die endlich die neunte Stunde heranbrachten, zu der sie gewöhnlich speiste.

Jetzt war's erst acht, als sie die Klingel der Entreetür hörte und gerade den in rosa Schminke getauchten Finger bereit hielt, um sich ihre Backen einzureiben ...

»Zabeth? Schon? ... Ach, ich hab' mich verspätet!«

»Komm herein!« rief sie, als die Zofe Lady Springfield anmeldete.

Mit flüchtiger Rührung sah sie in ihrem Spiegel wie auf dem plötzlich wiedererstandenen Grunde ihrer Jugend ihre einstige Freundin erscheinen. Lang und biegsam wie eine braune Schlingpflanze, hatte sich Lady Springfield, abgesehen von dem reichlich ausgeschnittenen Kleide, so wenig verändert, daß Monika Elisabeth Meere wiederzusehen meinte ...

Das blasse Gesicht hatte noch immer den eigenwilligen und zugleich ein wenig rätselhaften Ausdruck, von dem Tante Sylvia gesagt hatte: Elisabeth ist eine Grabplatte über einem Geheimnis.

Ohne sich umzuwenden, bot Monika ihr den Hals hin:

»Küß' mich, aber mach mir keinen Fleck mit deinen roten Lippen!«

Zabeth lachte:

»Meins ist trocken, das färbt nicht ab ... Schämst du dich denn gar nicht? Du bist ja noch im Hemd!«

Monika legte langsam die letzte Schminke auf ... ein wenig Blau unter die Lider.

»Da. Ich bin schon fertig. Strümpfe hab' ich schon an.«

Sie stand auf. Unter dem Kimono trug sie nur eine kurze Hemdhose. Lady Springfield betrachtete sie entzückt:

»Wie schön du geworden bist!«

Und errötend fügte sie hinzu:

»Du warst es auch früher ...«

Ihr auf Monikas Brüste gerichteter Blick beschwor den schwülen Abend wieder herauf, als sie in einer Gewitteratmosphäre die werdenden Rundungen ihrer Brüste verglichen hatten. Instinktiv streckte die Engländerin die Hand aus und streichelte die schönen Früchte ... Da errötete auch Monika ... Unbestimmte Scham quälte sie. Indessen war die Berührung ihr angenehm gewesen, und so flüsterte sie mit sanfter Stimme die gleichen Worte, die sie damals ausgesprochen hatte, aber in einem andern Tonfall: »Laß das! Was fällt dir ein? ...« Zabeth lächelte so eindeutig, daß ihr eigenwilliges Gesicht diesmal gar nichts Rätselhaftes mehr hatte. Und amüsiert fragte Monika nun ihrerseits: »Schämst du dich nicht?«

Lady Springfield schüttelte energisch den Kopf. Nein! Sie schämte sich nicht ... Warum sollte sie sich auch schämen? Ihr Mann war zu sehr in Staatsgeschäfte vertieft, um sich um Gefühle zu kümmern. Er hatte ihr zwei Kinder gemacht, wie man Bäume pflanzt. Ihre Erziehung? Zunächst war das Kindermädchen dazu da; später würde das College kommen ... Und der Spiritismus, oder besser gesagt, die Theosophie, befriedigte zwar die geistige Neugier, aber Lady Springfield war auch jenen Freuden nicht abhold, die schließlich Körper gewannen. Und welcher Körper wäre anmutiger als der einer hübschen Frau? Ganz besonders beschäftigte Monikas Körper, den sie so lange begehrt hatte, ihre Erinnerung. Ein reservierter und daher um so wertvollerer Platz.

Lustig speisten die beiden Freundinnen allein in dem kleinen Restaurant, das Monika Ginette Hutier angegeben hatte. Es war nur Eingeweihten bekannt, seiner exotischen Küche wegen. Mit Curry und rotem Pfeffer reichlich gewürzt, ließen die Speisen die gute Kühlung des Champagners noch besser zur Geltung kommen. Ein Peitschenschlag, der die Hingabe beschleunigt ...

Sie gaben sich anfänglich ganz dem Gelächter hin, das sie schüttelte wie zwei Schulmädchen. Aber dann betrachtete Lady Springfield Monika mit zärtlicher Aufmerksamkeit.

»Du machst mir Kummer, Liebling ... ich fühle unter deiner Lustigkeit eine große Trauer ... Ja? ... das wußte ich ... Den Mut verloren? Warum? ... Das ist doch wirklich unvernünftig.«

Monika zuckte die Achseln und hielt ihr Glas hin:

»Das Leben! ... Reden wir nicht darüber ... Manche Leute ertränken sich in Spucke. Mir ist Champagner lieber.«

Mit einem Zuge trank sie das Glas aus. Zabeth schob ihren Stuhl vor und nahm ihre ausgestreckten Beine zwischen ihre Knie.

Und mit schmeichelnder Stimme:

»Die Männer verstehen es nicht, eine Frau glücklich zu machen. Sie kümmern sich nur um ihr eigenes Glück ...«

»Je nachdem!« sagte Monika. »Gestern hat mir Ginette in bezug auf ihren Mann das Gegenteil versichert.«

Die Engländerin rief mit Überzeugung:

»Ach *der*! Das ist ein Schwein!«

Der Ruf Herrn Hutiers – das gewöhnliche Thema schlüpfriger Scherze in den satirischen Zeitungen – war über die Grenzen von Maxime und Irenens Salon hinausgedrungen, ja sogar bis über den Kanal. Lord Springfield hatte sich zwar durch die Verschlagenheit des Ministers, dem er bei der letzten interalliierten Konferenz begegnet war, täuschen lassen und wollte nicht daran glauben. Aber Mylady, die besser Bescheid wußte, hegte nicht mehr den leisesten Zweifel, da sie eines Tages selbst bei ihren Zärtlichkeiten mit Ginette von Herrn Hutier überrascht worden war. Als Wiedergutmachung hatte er verlangt, daß sie in seiner Anwesenheit damit fortführen.

»Du wirst ja übrigens selbst sehen!« meinte Monika ... »Sie holen uns ab ..., da sind sie!«

Das listige, kecke Brünettengesicht der Ministerin erschien in der Tür. Die beiden Freundinnen winkten ihr.

In ihrem imposanten Abendmantel durchschritt Ginette würdevoll das Lokal. Außer der Wirtin, die mit einer Freundin

Karten spielte, war nur ein singhalesischer Kellner anwesend.

Ohne daß sein bronzefarbenes Gesicht das geringste Erstaunen verraten hätte, erkannte er in Frau Hutier das »Fräulein« wieder, das ihn eines Tages – er hatte gerade Urlaub – in Begleitung einer anderen jungen Dame aus dem Teesalon Danou, in dem er damals bediente, in ein Atelier entführt hatte. Der zweideutige Blick und das stumme Lächeln des Singhalesen erinnerten Ginette an die Szene, die darauf gefolgt war …

Ohne eine Miene zu verziehen, warf sie dem Menschen einen verweisenden Blick zu und schlug vor, schnell zu verschwinden. Die andern warteten im Auto … Lady Springfield erkundigte sich:

»Wer denn?«

»Max de Laume und Michelle …«

»Wo gehen wir hin?«

Ginette legte einen Finger auf die Lippen. »Das wirst du ja sehen!« Sie lächelte vielversprechend. Sie stellte sich nach einer Stunde Varieté eine neue Gruppierung vor: Zabeth, die ihren Bruder vertrat, und Max als den Singhalesen … Weiter ging sie nicht in der Rollenverteilung, und ließ um so mehr Raum für Unvorhergesehenes, als sie entschlossen war (im Einverständnis mit ihrem Mann, der ihr um diesen Preis ihre Freiheit ließ), an diesem Abend einen neuen Schauplatz ihrer Taten einzuweihen.

Der Exminister (denn seit jenem Souper bei Anika war das Kabinett Pertout gestürzt worden) wohnte diesen kleinen Festen mitunter bei, mitunter auch nicht. Aber im letzten Fall verlangte er stets einen ganz genauen Bericht.

»In den Fond!« befahl Ginette und schob Lady Springfield in den Wagen, während Max de Laume aufgestanden war, um zu grüßen … »Setzen Sie sich, Max! … Michelle auf Ihren Schoß! Und Monika auf den Zabeths. So, ich komme in die Mitte …«

Sie rief dem Chauffeur die Adresse zu. Und als Lady Springfield bemerkte:

»Aber Anika erwartet uns doch! …«, erklärte Michelle:

»Glauben Sie! Anika? … Die interessiert überhaupt nur noch ihre Pfeife …«

»Und das ist sehr schade!« meinte Max de Laume. »Sie hatte viel Talent.«

Er verurteilte es streng, daß die große Künstlerin sich so gehen ließ und nach und nach zu einem menschlichen Wrack wurde. Der Genuß schloß in seinen Augen den Willen nicht aus. Jeder Stunde ihr Recht. So war er mit dreißig Jahren Vorsitzender des Klubs »Literarische Kritik« und vom Salon Jacquet schon zum künftigen Benjamin der Akademie ausersehen.

Monika dachte an nichts. Ein Wohlgefühl lähmte sie, zu dem einerseits ihr leichter Rausch beitrug und andererseits die zärtliche Umschlingung Zabeths, an die sie sich anschmiegte. Sie fühlte den Trost einer schwesterlichen Zärtlichkeit, die in allen Jugenderinnerungen lebt, und auch die Würze einer neuen Empfindung, einer Art von beinahe blutschänderischer Neugier...

Im Olympia, wo ihr Erscheinen in einer Proszeniumsloge Aufsehen erregte, wurde es ihnen bald langweilig, Zielscheibe für die Blicke aus dem Zuschauerraum zu sein. Einen Augenblick lang unterhielt sie das Auftreten eines sprechenden Seehunds, aber dann schlossen sich alle Ginettes Vorschlag an: »Drücken wir uns!«

Beim Herauskommen war Lady Springfield freilich ein wenig überrascht, in einen Taxameter geschoben zu werden, dessen Chauffeur auf ein reichliches Trinkgeld, das Max de Laume ihm zusteckte, die Fuhre übernahm. Aber Ginette erklärte ihr:

»Ich habe meinen Wagen zurückgeschickt und gesagt, Frau d'Entraygues würde uns heimbringen ... Du möchtest doch nicht etwa unsere Chauffeure wissen lassen, daß wir in einen Puff gehen?«

Zabeth wiederholte verständnislos: »In! ...« Aber lachend schnitt ihr Ginette das Wort ab und verdoppelte ihr Staunen:

»Na ja doch, in ein Freudenhaus ...«

»Freudenhaus?«

»Also ins Bordell, wenn du nicht deutsch verstehst!«

»Oh!« rief Lady Springfield mit einer so ehrlichen Entrüstung, daß die vier sich bogen.

»Was ist weiter dabei?« entgegnete Ginette. »Das ist die letzte Zuflucht, wo man sich amüsieren kann. Weder Vorstellung nötig noch andere Mätzchen. In Freiheit dressierte Natur. Und wenigstens wird man dort nicht mit der Ware betrogen!«

Zabeth wandte sich zu Monika und sagte kurz:

»Gehen wir nach Hause!«

Aber die flüsterte:

»Bleib doch, dummes Ding!«

Bei der Beobachtung, bis zu welchem Grade das Gefühl für die Achtbarkeit und der theosophische Kult sich bei dieser Engländerin mit einer sorgsam unter der gesellschaftlichen und religiösen Heuchelei verborgenen Verderbtheit verbanden, lächelte Monika amüsiert.

Sie drückte ihrer Freundin die Hand:

»Laß doch! Es wird sicher sehr komisch werden!«

Lady Springfield versuchte eine letzte Abwehr:

»Aber wenn uns jemand erkennt?«

»Ausgeschlossen!« schnitt Max de Laume ab, den Ginette schon am Morgen mit Michelle in die Verschwörung eingeweiht hatte ... »Erstens kann uns schon deswegen niemand erkennen, weil uns niemand kennt, und zweitens wird uns niemand sehen ... Drittens aber (er machte eine edle Gebärde) herrscht dort das Berufsgeheimnis.«

Zabeth gab sich zufrieden.

»Ich will wenigstens hoffen«, meinte sie drohend zu Ginette, »daß dein Mann ...«

»Du kannst ganz ruhig sein. Der kommt nicht vor eins. Er holt mich auf dem Heimweg von dem Bankett der Gesellschaft für ... ich weiß nicht was, ab ...«

»Dann bin ich schon fort!«

»Ach was! Der stört doch nicht! ... Da sind wir.«

Der Taxameter hatte einige Häuser vor der roten Laterne angehalten, die verhältnismäßig diskret das geschlossene Haus ankündigte. Max de Laume klingelte und verhandelte. Die Verwalterin gab Befehle. Man hörte auf der Treppe eiliges Laufen. Türen schlugen zu. Die dicke Frau schritt mit süßer Miene den vier Freundinnen voran, die etwas verlegen die Treppe emporstiegen bei dem Gedanken, daß hier die Wände Augen hätten. Max bildete mit unbefangenem Gesicht die Nachhut.

Sie atmeten erst auf, als sie im türkischen Zimmer untergebracht waren, mit dem sie vorliebnehmen mußten, da der Spiegelsaal besetzt war. Es war ein großer Raum ... Stil Konstantinopel-Place Clichy, dessen buntfarbige Lampen ein geheimnisvolles Licht auf die dicke Wandbespannung warfen. Haufen von Kissen verlängerten einen riesigen Diwan, der so tief war, daß mehrere Personen zugleich der Breite nach auf ihm liegen konnten.

Die Verwalterin erkundigte sich – nachdem der unvermeidliche Champagner bestellt war – nach den weiteren Wünschen ihrer Gäste: Brünette? – Blondinen? – Sie bot sogar eine Negerin an. Aber da Max sich weigerte, zu bestellen, erklärte sich Ginette auf den Rat der Matrone für Irma, die Flämin, und Michelle für Carmen: »Eine echte Spanierin aus Sevilla!«

Zabeth und Monika, die die Wahl nicht interessierte, hatten sich sofort lang ausgestreckt, die Arme hinter dem Nacken gekreuzt, und spielten die Zuschauerinnen. Lady Springfield hatte den Ellbogen in die Kissen gedrückt, hob ihre Brust über die Schulter Monikas empor und beobachtete, ohne daß man es merkte, jede Bewegung.

Die füllige Schönheit Irmas und die Eleganz Carmens, die grüßend und unbefangen in Schlafröcken eintraten, die sofort fielen, wirkten so unmittelbar sympathisch auf ihr Kennerauge. Nun, wo sie nackt waren, hatten die Mädchen die ganze Livree ihrer sozialen Stellung abgelegt. Sie waren zur tierischen Einfalt, zur ursprünglichen Unschuld zurückgekehrt.

Außer Monika und Zabeth, die ihre Kleider anbehalten hatten, waren jetzt in dem türkischen Zimmer nur noch nackte Tiere.

Monikas Rausch war völlig verflogen. Verdrießlich betrachtete sie Zabeth, die an das Beben jener Körper geschmiedet schien ... Die Erregung der Novize! Wie oft hatte sie sich an ähnlichen Orten in Stunden gleicher Verwirrung an jenen Liebkosungen beteiligt! Michelle, Ginette, eine andere Carmen oder eine andere Irma, vertraute, beinahe anonyme Gestalten, immer vom Ekel bedrückt, nie das Vergessen findend ...

Die erstickende Hitze des gepolsterten Zimmers, eine schwindlige Müdigkeit und gleichzeitig eine ungeheure Gleichgültigkeit bannte sie unbeweglich auf dies Bett der Unzucht, wenn sie sich auch plötzlich hätte emporreißen, fliehen mögen ...

Aber ein Gesicht neigte sich über sie. Resigniert sah sie das unwiderstehliche Begehren in Zabeths Augen leuchten. Gierige Lippen bemächtigten sich der ihren. Ein schlanker Körper unter zerdrückten Kleidern schmiegte sich um ihre müden Glieder wie eine brennende Liane ... Sie seufzte überwältigt.

Ein Versinken, in dem Monika zugleich mit ihrer Lust das entwürdigende entsetzliche Bewußtsein hatte, daß in diesem Augenblick das letzte Bild ihrer selbst versank, das sie sich bisher rein bewahrt hatte:

Die Monika von Hyères ... Die ganze Reinheit, die ganze unbefleckte Weiße ihrer Jugend ...

VI.

Ein paar Tage später – Zabeth war am nächsten Tage wieder nach London zurückgekehrt, um einen großen Ball mitzumachen, der im Buckingham Palace zur Feier der Verlobung der Prinzessin Mary veranstaltet wurde – hatte Monika im Louvremuseum, in den Sälen der Sammlung Dieulafoy eine unerwartete Begegnung. Sie war hingegangen in der Hoffnung, ihre wachsende Neurasthenie abzuschütteln und um ein Ornamentmotiv für Sardanapal, das babylonische Stück Fernand Dussols, zu suchen.

Die Dekoration des dritten Akts, eine Terrasse über dem Euphrat, erforderte einen Vorhang zwischen zwei Säulen. Die Farben und die Stickereien, die Fräulein Klara entworfen hatte, befriedigten zwar den alten Dichter, hatten aber nicht das

Glück gehabt, den Beifall Edgard Lairs, der das Ganze leitete, zu finden...

Vor diesen Flügeltieren und steifgelockten Riesen gedachte Monika bedrückt aller untergegangenen Kulturen und der Schalheit ihres eigenen Berufs, als ein Besucher sich ein paar Schritte entfernt von ihr aufstellte, um ein architektonisches Detail genauer zu besichtigen. Als er sie grüßte, erkannte sie Georges Blanchet ... Keine Möglichkeit mehr, ihm auszuweichen!

Seit jenem Zusammentreffen bei Vignabos war sie ihm noch ein paarmal begegnet. Zuerst in der rue Medicis, wo sie feindselig kaum ein Wort an ihn gerichtet hatte. Dann in Vaucresson bei Frau Ambrat. Damals hatten sie irgendwie sympathisiert. Blanchet war zum Professor am Lyzeum von Versailles ernannt worden – ein Sprung, den er einem Aufsehen erregenden Buch über Pädagogik verdankte – und war nach Vaucresson gekommen, um sich Daten über das Kinderheim zu holen. Er war offenbar ein guter und intelligenter Mensch. Aber sie konnte ihm nicht verzeihen, daß er ehemals gar zu klar gesehen und zu richtig prophezeit hatte.

Er besaß immer noch seine diskrete Höflichkeit und seine lächelnde Bischofsmiene. Nur etwas runder war das glattrasierte Gesicht geworden. Er erkundigte sich zuvorkommend nach ihren Arbeiten und gratulierte zu ihren Erfolgen. Sie wies seine Komplimente mit so ungeschminkter Ehrlichkeit ab, daß er überrascht war und sie neugierig genauer betrachtete. Der ehemals so blendende Teint hatte viel von seiner Frische verloren. Tiefe Ringe umgaben die schwarz untermalten Augenlider, und die Augen blickten enttäuscht. Seitenfalten verliehen dem immer noch reizenden Mund einen harten Ausdruck...

Sie bemerkte, daß er sie beobachtete. Und da sie ahnte, daß er durch Frau Ambrat von manchem wußte, sagte sie sarkastisch:

»Sie finden mich verändert, was? ... Bitte, keine Komplimente! ... Sie haben ganz recht. Ich sehe nicht mehr aus wie das junge Mädchen, mit dem Sie damals ›Über die Ehe‹ disputiert haben! ...«

Er fühlte die geheime Wunde, ohne ihre Tiefe zu erraten, und versicherte mit spontaner Sympathie:

»Monika Lerbier ist jetzt in einer andern Art schön. Und sie ist berühmt!«

Sie antwortete nicht, in Erinnerungen an Vergangenes versunken. Da fuhr er, nicht ohne leise Ironie, fort:

»Stehen Sie jetzt nicht auf gleichem Fuße mit den Bevorzugtesten jener Männer, deren Vorrechte Sie so ungerecht fanden?«

Sie hatte Lust, ihm zuzuschreien: »Was kümmert mich das, wenn ich dafür mein ganzes Lebensglück verloren habe? Ich bin einsam und ohne Lebenszweck. Die Menschheit ekelt mich in einem Grade an, daß ich weder Lust noch Kraft mehr habe, um für irgend etwas zu kämpfen! ... Aber so verabscheuungswürdig ich sie auch finde, vor mir selbst ekelt mich doch am allermeisten!« Statt dessen sagte sie nur, auf die riesigen Quadern weisend:

»Die Gleichheit? ... Ja, im Nichts! ... Sehen Sie, diese Dinger geben einem eine gesunde Lehre! ... Was für ein Zusammenbruch!«

In ihrer Phantasie fügten sich die einzelnen Blöcke zu den seit Jahrtausenden zerstörten Tempeln zusammen. Gespenster von Dynastien und Völkern stiegen aus dem unermeßlichen Abgrund auf. Die Geschichte verknüpfte dunkel Zeiten und Räume ... Völker waren geboren worden, hatten gelitten und waren gestorben. Und von dem ganzen Wirbel versunkenen Staubes war nur das eine geblieben: fühllose Steine und eine Erinnerung, die fast so trostlos war wie völlige Vergessenheit!

Hastig drückte sie ihm die Hand und ließ ihn stehen und träumen. Mit neugierigem Blick folgte er der schlanken Gestalt, die sich, hochaufgerichtet, schnellen Schrittes entfernte ... Eine herausfordernde Maske über einem Schmerzensantlitz. Und Philosoph, der er war, setzte er seinen Spaziergang fort.

Als Monika wieder in der rue de la Boetie ankam, versuchte sie zu arbeiten. Ihre Finger konnten Pinsel und Bleistift nicht halten.

Aus diesem Anfall von Fleiß tauchte sie noch demoralisierter auf ... Was konnte sie nur tun, um sich ganz auszufüllen? Sie hätte sich vielleicht mutig irgendeiner Aufgabe gewidmet. Und wenn sie nur Frau Ambrats Werk weiterführte und vergrößerte ...

»Wieviel Elend könnte man ringsum lindern! wieviel Gutes tun!« sagte sie sich. Aber man kann nur für andere sorgen, wenn man nicht mehr an sich selbst denkt ... Das kann eine Vierzigjährige wie Frau Ambrat! – Monika war jung und dachte nur an sich selbst. Die schlechten Gewohnheiten, die sie angenommen hatte, ja selbst ihr Luxushandwerk fesselten sie mit tausend lockeren, aber zähen Banden ...

Sie ließ sich den getadelten Entwurf des Vorhangs vorlegen und fand seine Ziegelfarbe und seine Stickerei von eingelegten falschen Edelsteinen entzückend.

»Dieser Lair ist ja ein Idiot! Ich muß doch mal ins Theater gehen«, sagte sie zu Klara, »um die Dekoration aufgestellt zu sehen ... Wenn ich gleich ginge?«

»Heute ist keine Probe, gnädiges Fräulein. Heute ist Matinee ...«

»Dumm! ... Dann zeigen Sie mir mal den kirschfarbenen Samt für Herrn Piombinos' Arbeitszimmer.«

»Den haben wir noch nicht bekommen.«

Monika ließ es dabei bewenden. Für heute genügte diese Kraftäußerung ... Nun breitete der sinkende Nachmittag seine Einöde vor ihr aus ... Was sollte sie bis zum Abend, bis sie zu Anika rauchen ging, mit den endlosen Stunden anfangen? Sie hatte zwar im Ritz eine Verabredung mit Helene Suze, die ein junges schwedisches Ehepaar, das vielleicht etwas kaufen würde, durch Paris führte ... Aber der Gedanke an diese Art interessierter Höflichkeit! ... Und die Vorstellung des Teeraums mit seinen kleinen gedeckten Tischen und den ewig gleichen Kuchen, dem Kreischen der Jazzband und dem dummen Geschwätz! ...

Immer häufiger folgte eine wilde Menschenscheu ihrem Zusammensein mit jener Gesellschaft, zu der sie gehörte und deren Helenen, Ginetten und Michelles – Ministerfrauen, Bürgerfrauen und Marquisen – nicht besser waren, ja vielleicht nicht einmal soviel wert wie irgendeine Carmen oder Irma.

Sie setzte ihren Hut wieder auf und zog die Jacke ihres Schneiderkostüms über. Sie zog sich seit einiger Zeit stets so an, selbst am Abend. Sie hatte nur einen Haken zu öffnen und der Rock fiel herunter. Anika half ihr dann aus der Bluse und sie war sofort, bequem in einen Kimono eingehüllt, bereit für die tägliche Zeremonie.

»Sie wird ganz sicher schon rauchen«, sagte sie sich. »Sie wird Opium bekommen haben. Eine ordentliche Pfeife! ... darüber geht doch nichts! ...« Monika war jetzt entschlossen und hatte sich wieder aufgeheitert ... Sie befand sich in einem jener Vergiftungszustände, wo ihr das Opium so nötig war wie die Luft zum Atmen. Sie konnte es sich jetzt nicht mehr abgewöhnen. Sie mußte den beruhigenden Rauch einatmen, wenn sie nicht ersticken sollte. Kalter Angstschweiß feuchtete ihr die Haut.

Oft schon hatte sie die gleichen schmerzenden Symptome gehabt, wenn sie nach Wochen in leichtem Rauschzustand plötzlich mit dem Rauchen aufgehört hatte. Einmal war es ihr unter einem großen Aufwand von Willenskraft gelungen, die Sitzungen zu verringern. Sie fühlte wohl, daß sie, falls sie die Abstinenz verlängern könnte, für ihr tätiges Leben jene Klarheit wiederfinden würde, die sie jetzt in unfruchtbare Träume umsetzte ... Aber diesmal hatte sie das Gift in zu starken Dosen genommen und empfand deshalb nur noch das eine Verlangen: Mehr! ...

Abstumpfung? ... Nein, die Vernichtung, die wundervolle Verachtung für alles, was nicht jene Glückseligkeit war, deren Wohltat sie gleich bei der ersten Pfeife empfand und von der sie bei der zwanzigsten bis zur äußersten Grenze des Genusses durchtränkt war: aufgelöst ... zu Rauch geworden!

Wie sie es erwartet hatte, fand sie Anika im Dunkeln auf ihren Kissen ausgestreckt. Die winzige Lampe, durch einen silbernen Schmetterling zur Hälfte abgeblendet, leuchtete schwach auf dem Tischchen mit dem Rauchgerät. Man hätte glauben können, es sei ein Totenlämpchen.

»Ich bin's«, sagte Monika. »Bleib' ruhig liegen.«

Als sie so aus dem leuchtenden Sommerabend in das Atelier mit den hermetisch verschlossenen Vorhängen, die ganz von dem schweren Duft getränkt waren, hineintrat, erschien es ihr voll Ruhe wie ein großes Grab. Aber schon hatte Anika das Licht eingeschaltet. Die Laterne beleuchtete mit purpurnem Strahl die liegende Raucherin in ihrer rituellen Tracht. Das Gesicht der Violinistin sah leichenhaft aus, die Haut spannte sich braun über den Knochen des Schädels ...

Sie sagte mit heiserer Stimme:

»Du triffst es schlecht. Kein Opium!«

»Ich dachte ...«

»Nein. Der Kerl, der mir welches bringen sollte ... und zwar gutes, direkt aus London! ... hat sich gestern im ›Saphir‹ fassen lassen ... Ist das zu glauben? ... Nicht wegen des Opiums ... sie wußten gar nicht, daß er welches hatte ... wegen des Koks! ... Sie haben alles beschlagnahmt!«

Sie lachte höhnisch. Und gesprächig fuhr sie fort, mit der Zungenfertigkeit, die ihr das weiße Pulver verlieh:

»Zu langweilig, all diese Quatschköpfe im Parlament, mit ihren Gesetzen! ... Einfach lächerlich! ... Betäubungsmittel! ... Sie sind selber welche ... Vater Hutier als Tugendwächter! ... Stell' dir das vor! ... Und wenn ich mich nun vergiften *will*? ... Wenn sie schon mal von Gift reden, dann sollten sie sich doch vor allen Dingen um den Alkohol kümmern! ... Aber das wagen sie natürlich nicht ... die Budiker sind ja ihre Wähler ...«

Sie senkte die Stimme und fuhr vertraulich fort:

»Koks habe ich zum Glück noch. Die Toilettenfrau aus dem ›Pelikan‹ hat mir welchen verkauft. Da, die ganze Schachtel voll! ...«

Lachend zeigte sie eine kleine Emaillebonbonniere.

»Und außerdem weiß ich, wo man noch mehr bekommen kann! Der Apotheker in Javel! ... Aber mit Opium ... nichts zu machen! Hast du keins mehr?«

»Ja! Ein kleines Restchen ...«

»Geh's holen! ... Dir ist zu mies? ... Macht nichts, dann

bleib' hier. Dann rauchen wir Tropfen. Ich hab' alle alten Pfeifen ausgekratzt ... Sieh her, da ist noch der Kopf von der großen ... der elfenbeinernen ... der ist ganz voll. Tropfen sind auch ganz gut! Ich weiß nicht, ob ich die nicht ebensogern habe ...«

Sie hustete trotz ihres abgehärteten Halses und fuhr mit heiserer Stimme fort:

»Tropfen sind stärker. Die berauschen schneller ...«

Sie hatte scharfe Sachen nötig wie ein Trunkenbold. Sie seufzte:

»Wenn man nicht wenigstens das vom Leben hätte! ... Na, komm' doch schon! Leg' dich hin ...«

»Warte, ich muß erst meinen Kimono anziehen.«

Monika zog sich wie gewöhnlich im Dunkeln aus. In einen chinesischen Mantel gehüllt, streckte sie sich neben dem Tischchen aus. Als sie mechanisch den Schmetterling an der Lampe beiseite schob, weil das Licht sie blendete, beklagte sich Anika, die die Pause benutzt hatte, um sich die Nase mit Kokain vollzustopfen, mit gereizter Heftigkeit:

»Wirst du bald aufhören, mir mit dem Scheinwerfer in die Augen zu leuchten?«

Monika dachte: »Was mag sie nur genommen haben?« Sie zog den schweigenden Taumel des Opiums der geschwätzigen Überreiztheit des Kokains vor, zu dem die Violinistin sie seit einigen Tagen zu bekehren versuchte.

Sie wies die Prise zurück, die die besänftigte Anika ihr anbot, und knetete ein wenig von dem schwarzen Rückstand, der heute abend ihr ganzes Festmahl bilden sollte, zu einer Kugel zusammen ...

Sie brachte das Bambusrohr an die Lippen und sog gierig einen langen Zug in die Lungen ... Der Rauch war so scharf, daß sie ihn wieder ausstieß, als die Pfeife zu Ende war. Gewöhnlich, wenn das Opium frisch war, verschluckte sie das berauschende Gift, genoß mit Wonne das Gefühl, wie es in sie eindrang und fast augenblicklich ihr ganzes Wesen auflöste.

Sie legte die Pfeife fort und sank betäubt in die Kissen zurück.

Der Geruch, mit dem das ganze Atelier durchtränkt war, dieser fade und starke Duft des schwarzen Balsams, hatte sie ergriffen und entführte sie mit dem starken Hauch des ersten Zuges.

Anika hohnlachte befriedigt:

»Na, mein Kind?«

»Schrei nicht so!« flehte Monika. »Man glaubt ja, ein ganzer Zug fährt vorbei!«

Der Lärm hallte verstärkt in ihr wider ... Aber bald erlosch die Geräuschwelle. Die Mauern wichen zurück. Alles rückte in die Ferne, und gleichzeitig verklang Anikas Beredsamkeit, bis sie zum vertraulichen Geflüster wurde. Die Zeit hatte aufgehört. Der Raum war ein sanftes Fließen. Monika empfand entrückt gleichzeitig ein Gefühl äußerster Leere und äußerster Fülle.

»Nicht wahr«, zwitscherte die Stimme, die wie aus einer andern Welt herüberklang, »das wirkt! ... Und wenn du noch ein bißchen Koks genommen hättest! ... Ich bin seit gestern schon bei meinem dritten Gramm! ... Stell' dir das vor! ... Es läßt sich nicht bestreiten ... diese Drogen sind das Beste, was man erfunden hat, um die Menschen von der Seekrankheit zu heilen ... Das Leben ist ja einfach zum Kotzen! ... eine tüchtige Pfeife ... eine ordentliche Prise! ... das stellt das seelische Gleichgewicht wieder her! ... Opium und Kokain verbieten! Ist das zu glauben? ... Müssen die dumm sein! ... Als wenn ein Arzt einem kein Morphium geben dürfte, der Schmerzen hat! ... Also nicht mal mehr in aller Stille krepieren soll man dürfen! ... Mit welchem Recht wollen diese Schweine mich zum Leben verurteilen? Das ist meine Sache, das geht die gar nichts an ... Was hat man denn eigentlich so Schönes in diesem miserablen Leben hier? ... Ist das zu glauben ... Die Liebe vielleicht? ... die gibt es nicht, das ist nur so eine Sage! Es gibt nur Tiere, die einander zerreißen, wenn sie sich nicht gerade küssen! ... Genuß? Ja, Kuchen! ... Da kommt man rasch bis auf den Grund! ... Die Kunst? Mei...ne Liebe! Wo ist meine Geige hin? ... Talent ... ja, das hab' ich vielleicht mal gehabt! ... Ja, ja ... eine große Künstlerin ... kennen wir, kennen wir alles! Das ist lange her!

... Und was weiter? ... Chopin hat auch Talent gehabt! Der hat wenigstens an seinen Noten knabbern können ... das ist ihm immerhin geblieben ... Aber ich? ... Stell' dir vor! ... Ich hab' die Musik der andern gespielt ... Eine verfehlte Existenz, nichts weiter! ... Nicht mal Kinder! ... Ein ganz unnützes Wesen! ...«

Nervös öffnete sie die Bonbonniere und nahm eine reichliche Prise. Dann befehlend:

»Nimm, sag' ich dir! Das ist wahre Medizin ... Wenn man das hat, pfeift man auf alles andere!«

»Nein«, sagte Monika. »Da sind mir deine dreckigen Tropfen doch noch lieber!«

Die Gewalt des ersten Rausches hatte nachgelassen. Geduldig begann sie wieder, ihre Kügelchen erst zu formen und dann zu erhitzen, aber sie konnte ihre Pfeife nicht mehr in einem Zuge ausrauchen. Da wurde auch sie nervös, und weil sie die Ruhe nicht finden konnte, die sie ersehnte, folgte sie Anikas Rat und nahm eine Prise nach der andern.

Aber das schlecht dosierte Pulver trieb ihre Erregung nur auf die Spitze, statt sie zu beruhigen. Sie hatte mit einemmal das Gefühl, als sei ihr ganzes Gesicht von Holz, die Nase, die Stirn, die Schläfen so vollkommen verhärtet, daß sie sich vorkam, als sei sie zur Maschine geworden. Und nun begann auch sie, unermüdlich Worte zu leiern, ins Leere hinaus. Mit schroffen Gesten predigte sie unaufhaltsam ...

Die ganze Nacht hindurch, bis in der Dämmerung die Lampe auf dem zwischen ihnen stehenden Tischchen erlosch, redeten sie so aneinander vorbei wie zwei Taube.

Als Monika völlig durchfroren erwachte, war es schon Mittag. Das Atelier lag noch in geheimnisvollem Halbdunkel. Anika schlief und war so bleich, daß sie sie besorgt betrachtete. Man hätte glauben können, sie sei tot. Sie berührte ihre kalte Hand ... Aber ein kurzer Atem hob regelmäßig die flache Brust ... Monika schlich fort, ohne sie zu stören.

Am Nachmittag ging sie auf die Probe, obwohl sie sich sehr elend fühlte. Man probte zum zweiten Male in der Dekoration, und die Direktion hatte morgens angerufen, daß Herr Lair

Fräulein Lerbier persönlich zu sprechen wünsche. Sie betrat die Bühne und blieb erstaunt stehen, als sie laute Stimmen hörte. Lair brüllte:

»Die Akademie? Darauf pfeif' ich! ... Deswegen ist Ihr Stück auch nicht besser! ... Ein Mist, sag' ich Ihnen! Hier kann nur eins die Sache herausreißen: die Inszenierung!«

»Aber Herr Lair!«

Sie erkannte die gereizte Stimme Dussols, die sofort von dem Gebrüll des Schauspielers übertönt wurde ... Als sie erschien, schwiegen alle.

Fernand Dussol betrachtete mit starrem Staunen seinen Interpreten; der nahm seinen Hut, stülpte ihn in kalter Wut auf den Kopf und schritt, seinen Stock schwingend, der Tür zu. Erschreckt folgten der Regisseur und der Direktor ihm auf den Fersen und hielten ihn am Rockzipfel fest. Aber der wütende Lair wollte von nichts hören. Alle drei verschwanden in einer Kulissenspalte.

Nun bemerkte Fernand Dussol Monika; mit rotem Gesicht unter seinen weißen Haaren erzählte er ihr sein Erlebnis. Bisher war er durch Lairs Selbstherrlichkeit von allen Proben ausgeschlossen worden, denn Lair duldete keinerlei Einmischung in seine Schöpfungen, am wenigsten von seiten des Autors ... und deshalb hatte er, um Unstimmigkeiten zu vermeiden, seine Einwendungen bis zu dem Moment aufschieben müssen, wo das Stück »stand« und ihm im ganzen vorgeführt wurde ...

»Aber wie haben Sie sich das gefallen lassen können, Meister? ...«

»Entweder hätte ich Sardanapal zurückziehen müssen ... und Bartal hat mich himmelhoch gebeten, das nicht zu tun; dreißigtausend Francs Entschädigung an diesen Lair, der eigens dafür engagiert worden ist! ... oder handgreiflich werden! Und tatsächlich ...«

Jetzt erschien, von Bartal herbeigeschleppt, Lair halb freiwillig, halb gezwungen wieder auf der Bühne.

Sie betrachtete den berühmten Künstler, der trotz seines starken Schädels schmächtig aussah, und den herkulischen Komödianten … Er war Sardanapal in Person und kam als König in sein Reich zurück … Zum Glück diente der ziegelrote Vorhang als Blitzableiter. Lair erklärte, er trüge ein weißes Kostüm und wünsche daher einen schwarzen Hintergrund.

»Wird das nicht etwas hart wirken?« warf Monika ein.

Da Fernand Dussol das Unglück hatte, der gleichen Meinung zu sein, maß der Monarch ihn von oben herab:

»Sie quatschen, Herr! … Ich kann auch quatschen, aber nur, wenn ich will.«

Und zu Monika gewandt, schloß er in einem Ton, der keinen Widerspruch duldete:

»Schwarz! Verstanden?«

Sie verneigte sich, drückte Fernand Dussol, der vor Empörung und Zorn bebte, mit respektvollem Mitleid die Hand und verschwand … Unfug, derartige Narren frei umherlaufen zu lassen! … Sie bedauerte, in diese Menagerie gegangen zu sein. Der Anfall von Komödiantengrößenwahn, dessen Zeugin sie soeben gewesen war, ließ ihr die tragische Farce, an der mitzuwirken sie jeden Tag müder ward, in ihrer Lächerlichkeit noch trauriger erscheinen.

Die Tage, die sie bis zur Premiere verbrachte, waren die fürchterlichsten, die sie je erlebt hatte. Ein einziger schwerer Schlaf, ein einziges endloses Gähnen in den Pausen zwischen den Nächten und der doppelten Betäubung durch Kokain und Opium. Sie aß nicht mehr, denn beim ersten Bissen schon fühlte sie sich satt. Ein Geschmack von Asche stieg ihr bis zu den Lippen.

Sie befand sich, zerschlagen vom Absturz, den ihr anscheinender Aufstieg bedeutet hatte, in dem gleichen Abgrund wie damals im Treppenhaus der Avenue Henri-Martin an der Bahre ihrer Tante Sylvia. Am Fuße eines großen Felsens lag sie auf den Klippen. Und das eiskalte Wasser überschäumte sie wütend unter einem tintenschwarzen Himmel.

Wenn Fräulein Tscherbalief sie nicht zum Hingehen gezwungen hätte, so würde am Abend der Premiere Lair-Sardanapal sich dem Publikum auf der assyrischen Terrasse gezeigt haben, ohne daß sich ihr mechanischer Applaus mit den enthusiastischen Bravos aus dem Zuschauerraum gemischt hätte. Sie ärgerte sich über die Laschheit der eigenen Bewegungen wie über eine weitere Abdankung. Aber wozu? ... Auf eine Schlappheit mehr oder weniger kam es auch nicht mehr an! ...

Sie war gerade dabei, im Napolitain mit Baron Piombino, Ransom und Frau Bardinot, die sie beim Hinausgehen getroffen hatte, Eis zu essen, als auf dem gegenüberstehenden Sofa ein Mann, dessen Blick den ihrigen angezogen hatte, sich nach kurzem Zögern verneigte. Sie suchte in ihrem Gedächtnis: Wer war das nur?

Dies gelbliche Raubtiergesicht, die Katzenaugen und der rote Bart? ... Sie konnte sich nicht erinnern. Träumerisch hatte der Unbekannte wieder begonnen, an seiner Pfeife zu saugen. Aber Fernand Dussol und seine Frau, die unbemerkt eingetreten waren, setzten sich neben ihn ... Sie merkte bald, daß man von ihr sprach. Dussol winkte ihr freundschaftlich. Ein Instinkt – Sympathie für den einen, Neugier auf den andern – trieb sie hinüber.

Sie erhob sich, um den alten Dichter und seine Frau zu begrüßen ... Nach den ersten Worten stellte Dussol vor:

»Regis Boisselot ... Monika Lerbier ...«

»Ich kenne den Herrn schon«, sagte sie und drückte kameradschaftlich die große knochige Hand, die er ihr ungeschickt entgegenstreckte.

»Alle Welt hat doch ›Ehrliche Herzen‹ gelesen«, bemerkte Frau Dussol.

Boisselot brummte:

»Fünftes Tausend. Die Welt ist klein! das wußte ich schon, gnädige Frau.«

Monika scherzte:

»Aber nein, denn ich habe seit vier Jahren nicht mehr das Vergnügen gehabt, Ihnen zu begegnen! ...«

Für die Dussols setzte sie erklärend hinzu:

»Bei Vignabos ... es ist lange her ...«

Sie bemerkte das Erstaunen im Blick des Romanschriftstellers, der sie nicht offen anzusehen wagte, sondern sie nur flüchtig von der Seite musterte. Sah sie denn so heruntergekommen aus? Sie dachte an Blanchets Gesichtsausdruck, vorige Woche ... Auch Boisselot schien sich von seinem Staunen gar nicht erholen zu können!

»Ja ... es ist lange her!« murmelte er.

»So lange, daß Sie mich beinahe nicht erkannt hätten!«

Er beteuerte:

»Das liegt nur an Ihrem kurzen Haar! Übrigens habe ich Sie zuerst erkannt ...«

»Aber mit Mühe ...«

Er schwieg ... Es stimmte ... Sie hatte nichts mehr von dem blendenden jungen Mädchen, an das er sich erinnerte. Eine Frau war aus ihr geworden und offenbar eine sehr unglückliche, die sich, verwundet, in sich selbst zurückzog. Der Schmetterling war wieder Puppe geworden. Wieviel zurückgehaltene Tränen drückten wohl auf diese Augen, an deren Blau er sich erinnerte und die er nun grau wiedersah? ... Ein Regenhimmel ...

Er hatte seine Pfeife beendet. Sie plauderten. Als die Dussols gingen, setzten sie ihre Unterhaltung fort, und sie verstanden sich zu ihrem Staunen sogar besser, als sie allein waren. Sie fand mit Vergnügen die geistvolle Grobheit und die brutale Offenherzigkeit wieder, die ihr damals aufgefallen waren, ohne sie zu verletzen.

»Sie sind dabei, Dummheiten zu machen«, sagte Boisselot und sah ihr gerade ins Gesicht. »Sie rauchen!«

»Sie doch auch!«

»Aber nicht den gleichen Tabak! Meiner regt an, der Ihre stumpft ab ...«

»Sieht man das?« fragte sie und wandte ihre Blicke zu einem Spiegel, der ihr ein unter der Schminke abgemagertes Gesicht zurückwarf.

»Einigermaßen«, brummte er. »Wissen Sie, daß Sie miserabel aussehen? Hohle Wangen ... Und Augen!!! ... Opium und Kokain! ... Das hab ich gleich gesehen! So was täuscht nicht!«

Sie erklärte ernst:

»Doch, es täuscht.«

»...?«

»Über die Stunden hinweg!«

Er war entrüstet:

»Das haben Sie gerade nötig! Und Sie halten sich für gescheit? ... Es gibt doch im Leben so viel zu tun! Statt Ihren Nabel zu betrachten und über Ihre kleinen Wehwehs zu jammern! ... Wissen Sie denn überhaupt, was Unglück ist? Ich will's Ihnen sagen ... Als ich heute morgen in die Küche kam, um meiner Wirtschafterin etwas aufzutragen, traf ich die Frau, die das Brot bringt. Eine hagere Alte mit hartem Gesicht. Gleich darauf erschien Julia mit meinem ersten Frühstück und sagte: ›Haben der gnädige Herr die Frau gesehen, die das Brot brachte?‹ ›Ja; sie hat ein häßliches Gesicht.‹ ›Ach, gnädiger Herr, die Ärmste, die hat ein Elendsgesicht! Aussehen tut sie wie sechzig und ist erst fünfundvierzig.‹ ›Was fehlt ihr denn?‹ ›Sie ist ein Flüchtling aus dem Norden. Es gibt doch wirklich zu arme Leute! Hören Sie nur, was die durch den Krieg gelitten haben ... Sie wohnte in einem Dorf bei Lille. Durch fleißige Arbeit hatten es ihr Mann und sie so weit gebracht, daß sie sich ein kleines Häuschen kaufen konnten. Sie hatten sogar ein gutgehendes Geschäft. Davon lebten sie mit ihren beiden Söhnen und ihrer Tochter. Dann kam der Krieg. Der Mann und die beiden Söhne mußten hinaus ... Eines Tages sind die Deutschen da. Sie flieht mit ihrer Tochter. Einen Monat später erzählt man der Kleinen, die kränklich ist, daß ihr Bruder gefallen ist. Das schlug sich ihr aufs Herz. Nach einer Woche haben sie sie begraben. Ein schönes junges Mädchen, gnädiger Herr, die ganze Freude ihrer Eltern! Und dann hören sie, daß ihr Haus, das bisher unversehrt war, von einer englischen Granate dem Erdboden gleich gemacht worden ist ... Und dann wird der zweite Sohn schwer verwundet. Nach dem Waffenstillstand kommen alle drei nach Paris und hungern sich so durch; sie warten auf die Entschädigung, aber bis jetzt haben sie noch nichts davon zu sehen bekommen! Der Vater und der Sohn fanden Arbeit in einer Fabrik. Aber glauben Sie vielleicht, nun hätten sie Ruhe gehabt? Der Sohn kann nicht mehr arbeiten, er ist verbraucht, spuckt Blut. Und voriges Jahr hat's den Mann erwischt! Er ist in eine Maschine geraten. Eine Hand abgeschnitten! Und den Schädel zertrümmert! Man hat ihn aufmeißeln müssen ... Nun kann er nicht mehr arbeiten. Er hat ein starres Auge, und sie fürchtet, er wird noch verrückt! Heute nacht hat er ihr weinend gesagt: hoffentlich tue ich dir nicht mal was zuleide, wenn ich meinen Anfall habe! Wie schrecklich, wenn du das auch noch erleben müßtest, wo du ohnehin schon so viel ausgestanden hast! ... Das hat sie mir gerade erzählt, gnädiger Herr! Jetzt arbeitet sie allein für die ganze Familie ...‹ «

»Entsetzlich!« sagte Monika erschüttert.

»Glauben Sie, man kann Ihr Schicksal noch bejammern, wenn man so etwas hört? Sie haben nichts zu tun? Sehen Sie, da wären Schmerzen zu lindern! ... Die Adresse? ... Ja, die will ich Ihnen geben. Als Julia zu Ende erzählt hatte, bekam ich eine wahre Wut auf mich selbst! Daß ich nicht gleich geahnt hatte, wieviel Kummer, Resignation und Opfermut in diesem armen Wrack steckte!«

Sie schwiegen. Die zermalmende Wucht des Schicksals lastete auf ihnen.

»Sie haben recht«, flüsterte sie mit einer Mischung von Mitleid und Scham ... »Man denkt immer nur an sich! Ich werde Ihre Lehre nicht vergessen! Man weilt bei Schönheit, Schönheit, welche stirbt.«

Sie sah ihn freundschaftlich an. Nach einem Weilchen fuhr er fort:

»Wenn Sie nicht imstande sind, die barmherzige Schwester zu spielen, dann arbeiten Sie wenigstens ... Sehen Sie, mein Papier ist auch kein besonders fruchtbarer Acker! ... Aber das macht nichts, ich lasse mich nicht entmutigen, ich hacke weiter ...«

Sie warf ein:

»Gut! Geben Sie mir Ihre Feder. Und nehmen Sie dafür meine Pinsel.«

»Nein! Keinen süßen Brei! Ich habe vielleicht auch nicht mehr Talent als Sie. Aber ich glaube an die Nützlichkeit der Anstrengung um der Anstrengung willen. Nicht jeder kann ein

Victor Hugo oder ein Delacroix sein ... Aber es ist immerhin schon ganz nett, ein ...«

»Wer zu sein?«

»Wer? Das weiß ich nicht!«

Er suchte, warf Namen hin. Er urteilte mit treffenden Worten. Sie erzählten einander von ihren Lieblingen, die sie oft gemeinsam hatten. Monika gab sich ganz dem Vergnügen hin, mit dem Schriftsteller über Literatur und Kunst zu diskutieren, und mußte sich gleichzeitig fragen, wie es möglich sei, daß sich so schnell eine derartige Sympathie bilden könne ... Er war häßlich und prunkte noch mehr als bei ihrer ersten Begegnung mit bösartigem Esprit ...

Aber auch diesmal mißfiel ihr die grobe Art Boisselots nicht ... Warum eigentlich nicht? Ein dunkles Hingezogensein zu dem Gefährten einer Stunde, deren Andenken in ihr Gedächtnis eingegraben war? ... Das unsichtbare Band der Vergangenheit, die so schön war? ... Dann hätte sie aber ebenso die Unterhaltung mit Blanchet fortsetzen müssen, als er ihr im Louvre begegnete ... Nein, was mich an ihm interessiert, dachte sie und horchte auf die schneidende Stimme, ist sein gerader Charakter ... Wenigstens einmal ein anständiger Mensch! ... Die Persönlichkeit, die aus Boisselots Reden sprach, und auch die Naivität, die er unter seinem Raubtieräußern verbergen mußte, schienen ihr etwas so Seltenes und Neues, daß ihr diese Erkenntnis plötzlich sehr wertvoll vorkam.

Wiederholt hatte sie die vorwurfsvollen Winke Frau Bardinots mit einer Bewegung beiseite geschoben: »Ich komme schon! ...« Aber die Minuten verstrichen ... sie unterhielten sich noch immer.

»Adieu, Sie Treulose!« rief ihr Pony im Weggehen zu, ohne bei ihr stehenzubleiben.

Sie hatte sich gründlich gelangweilt zwischen dem schläfrigen Ransom und dem wütenden Piombino. Die beiden hatten, als Monika sie im Stich ließ, wieder von ihren ewigen Geschäften angefangen ... Die kleine Lerbier war doch wirklich komplett verrückt! Mit so einer Idiotin war ja nichts anzufangen! Sich vor den Millionen zu zieren, die sie nur zu nehmen brauchte, ohne es nötig zu haben, irgend etwas dafür zu geben! ... Dem Baron diese bissig aussehende Fratze vorzuziehen!

Würdig und vorwurfsvoll schritten alle drei an dem Tisch vorüber, während Boisselot plötzlich schwieg, um ihre Parade abzunehmen ...

Als Piombino, den Rücken gebeugt unter dem Sack, den er noch immer zu tragen schien, als letzter verschwunden war, rief ihnen Monika lustig nach:

»Glückliche Reise!«

Boisselot neckte sie:

»Wissen Sie, der Dicke – das Nilpferd, wie Sie ihn nennen! – der schien ja recht ärgerlich zu sein!«

»Der Ärmste!«

Sie erzählte ihm in kurzen Worten von Piombinos unglücklicher Liebe und wie sie ihn um den Preis ihrer Arbeit zu einem der bedeutendsten Wohltäter des Nansenkomitees gemacht habe.

»Der Baron ist ein wahrer Philanthrop!« schloß sie ironisch. »Spotten Sie nicht über ihn!«

Boisselot spielte den Erstaunten: »Baron? ... Baron? ... was ist denn das für eine Tierart?«

Sie bemerkten plötzlich, daß das Café sich geleert hatte. Die Kellner begannen schon die Stühle auf die Tische zu stellen.

»Eins!« sagte Monika und sah auf die Uhr ... »Schon? ...«

»Wahrhaftig«, bestätigte Boisselot. »Wie die Zeit vergeht!«

Auf dem Bürgersteig an der Ecke der Oper machte er linkisch Miene, sich zu verabschieden. Monika wollte eben einem Taxameter winken, als er sie fragte:

»Wo wohnen Sie?«

»Natürlich rue de la Boetie!«

Er brummte:

»Sie konnten doch auch zufällig nicht in Ihrem Laden wohnen!«

Lächelnd mußte sie an ihr Junggesellenheim am Montmartre denken und antwortete:

»Ich wohne im Zwischenstock über dem Laden. Und ich hoffe, Sie werden mir nächster Tage einmal das Vergnügen machen, mit unserm Freunde Vignabos bei mir zu frühstücken ...«

Er schwieg geschmeichelt. Eigentlich würde er sie sehr gern besuchen. Er drückte freundschaftlich die Hand, die sie ihm hinstreckte. Als er den Wagenschlag schloß, warf sie ihm zu:

»Also abgemacht, ja? ... Ach so, Ihre Adresse!«

»Rue Vaugirard 27.«

»Auf Wiedersehen! Ich schreibe Ihnen! ...«

Als der Taxameter sich in Bewegung setzte, neigte sie sich aus dem Fenster und betrachtete die stämmige Silhouette, die sich langsamen Schrittes entfernte:

»Netter Mensch, dieser Boisselot ...«

Der Leichenwagen der Liebe

I.

Nach jenem Abend im Napolitain hatten sie sich nur drei- oder viermal wiederzusehen brauchen ... Schon stieg die ungewisse Dämmerung des Begehrens zwischen ihnen auf, und bald flammte ein heißes Morgenrot.

Zuerst das Frühstück mit Vignabos in dem entzückenden Zwischenstock in der rue de la Boetie. Monika war Boisselot in der schlichten Eleganz dieser Umgebung, in der jede Kleinigkeit ihren ganz persönlichen Geschmack zeigte, wie ein völlig neues Wesen erschienen.

Und nicht nur ihre Eleganz und ihre körperlichen Reize bezauberten den Schriftsteller, der trotz seiner Kratzbürstigkeit empfindsam war, sosehr er sich auch Mühe gab, das zu verbergen. Er war das Kind armer Leute und hatte aus schweren Anfängen und seinem langen Leben in der Bohême von Montmartre unter einer verächtlichen Miene viele zurückgedrängte Begierden angehäuft; Monika hatte ihm Eindruck gemacht durch alles, was ihr Luxus für ihn an neuen und schätzenswerten Annehmlichkeiten bedeutete. Aber endgültig hatte sie ihn durch ihre Feinheit gefesselt und durch ihre umfassende Kultur, die sie öfters im Laufe der Unterhaltung bewiesen hatte ...

Trotzdem Regis Boisselot der Ansicht war, daß es genüge, wenn eine Frau schön und zur Wollust fähig sei, trotzdem er sogar ein geheimes Vorurteil gegen Frauen hatte, die sich um andere Dinge kümmerten, empfand er Monikas Individualität doch als einen Reiz ... Die Tatsache, daß sie einen Beruf ausübte, und zwar erfolgreich, der von dem seinen ganz verschieden war, hatte ihrer Kameradschaft von Anfang an eine gewisse Gleichberechtigung verliehen, die das Verständnis förderte. Als Innenarchitektin belustigte sie ihn ebensosehr, wie sie ihn als Schriftstellerin wahrscheinlich abgestoßen hätte ...

So respektierte er in ihr die Gleichberechtigte, und zwar auf einem Gebiet, auf dem ihre beiderseitige Entwicklung nicht gestört wurde; und aus dem gerngesehenen Boisselot war rasch der intime Freund Regis geworden.

Sie waren noch nicht eine Woche lang zusammen ausgegangen, als eines Abends – sie hatten in der Avenue Frochot bei dem Maler Rignac gegessen, und er begleitete sie wie gewöhnlich zu Fuß nach Hause – das Unvermeidliche geschah.

Er hatte nicht nötig gehabt, ihr zu sagen, daß sie ihm gefiel – und wie! Sein Schweigen und sein Erröten führten eine so deutliche Sprache, daß Monika – selber gerührt durch diese so unerwartet und rasch emporgewachsene Neigung – sich von dem angezogen fühlte, was sie unter der rauhen Schale immer deutlicher erkannte: eine reine Seele und ein zärtliches Herz ... Sie nannte ihn scherzend: »Mein Bär!« und sagte sich: »Er ist ein Kind! ...« und lächelte, wenn sie an seine kräftige Muskulatur dachte ...

Als sie an jenem Abend in der rue Pigalle an den verschlossenen Fensterläden ihrer Junggesellenwohnung vorüberkamen, hatte Monika unwillkürlich ihre Schritte verlangsamt. Er wußte, daß sie in dieser Gegend eine eigene kleine Wohnung besaß, die ihrem Laster, dem Opiumrauchen geweiht war. Das schien Boisselot der einzige dunkle Punkt bei Monika, der sie erniedrigte, weil er sie abstumpfte ... Das übrige ... ihre freien Gewohnheiten ... kümmerte ihn nicht. Das war ihre Sache! Er billigte sie sogar gewissermaßen, seit er angefangen hatte, damit zu rechnen, daß sie ihm zugute kommen könnten ...

Er erriet sofort, als er den Blick auffing, den sie auf das Parterre warf ... Und höhnte:

»Aha! Hier also! ...«

Er wußte nicht, ob er größere Lust hatte, stehenzubleiben oder zu fliehen. Das Opium mit all seinen Folgen: seiner künstlichen Erregung, seiner kalt überlegten Ausschweifung, stieß ihn ab als etwas Armseliges, ein Vergnügen für Impotente gegenüber der Schönheit und Gesundheit des Liebesrausches. Und gleichzeitig stieg das Bild der entkleideten, hingegebenen

Monika vor ihm auf. Er zögerte, blieb stehen. Seine Sohlen waren wie Blei.

Sie wechselten kein Wort. Sie sahen sich mit einem Blick des Einverständnisses an. Und plötzlich folgte er ihr wie ein Schoßhündchen. Aber als er in das große Zimmer trat, dessen verhängter Kronleuchter Grabeslicht verbreitete, und den scharfen Dunst des Giftes einatmete, fühlte Boisselot mürrisch, wie sein unterbewußter Zorn über sein Verlangen siegte.

»Man sollte meinen, man wäre in einem Grabgewölbe«, brummte er und wies auf die Wandbespannung von schwarzer Seide mit den Goldornamenten und den Diwan, der wie ein riesiger Katafalk dastand mit seinem Tischchen und seinen Geräten.

Sie wollte ihm die Vorzüge des vermeintlichen Zaubertranks beweisen: »Eine kleine Pfeife! Nur eine einzige! ...«

Aber er wies den Kimono zurück, den sie ihn aufforderte anzulegen, während sie selbst es sich hinter einem hohen Lackwandschirm bequem machte. Er beschnupperte das leichte Gewand, das wie die Hülle eines Verstorbenen auf der Rücklehne eines niedrigen Sessels lag ... Wie vielen Partnern, männlichen und weiblichen, mochte es schon gedient haben? Er wußte nicht, ob dieser Gedanke ihn anekelte oder erregte. Endlich entschied er sich für den Ekel, streckte sich wütend auf dem Diwan aus und wartete auf Monika.

Sie kam, in ein pflaumenblaues Gewand gehüllt, auf dem weiße Ibisse und Rosen gestickt waren. Aber er sah unter dem weichen Stoff nur das geschmeidige Spiel ihres Körpers. Schweigend folgte er ihren methodischen Bewegungen, die sie mit einem Ernst ausführte, der ihn reizte. In diesem Augenblick haßte er Monika, ihren abwesenden Gesichtsausdruck, die Fernheit und Gleichgültigkeit, mit der sie in einem langen Zug die erste Pfeife einsaugte.

Sie hatte sich sofort mit dem Ausdruck einer so seltsamen Ekstase zurückfallen lassen, daß er in ihren berauschten Augen die Erinnerungen an all ihre früheren Genüsse vorüberziehen zu sehen glaubte. Ein dumpfer Haß wühlte in ihm und brach aus, als sie ihm gefällig eine zweite Kugel anwärmen wollte, damit auch er versuchen könne.

Heftig entriß er ihr die Nadel, warf sie auf das Tischchen, das er mit zorniger Faust umstieß, so daß es mitten ins Zimmer rollte. Die Pfeifen lagen am Boden umher, die Lampe erlosch.

Sie hatte nur Zeit zu murmeln: »Was machen Sie denn?«

Da war er schon über ihr und beschimpfte sie in abgehackten Worten: »Sind Sie denn ganz verrückt? Schämen Sie sich nicht? Halten Sie mich vielleicht für eines von Ihren Betthündchen? ...«

Aber sie blieb unempfindlich für die Beleidigung; ja die Kränkung, in der sie mehr Eifersucht und Begehren als Empörung spürte, beglückte sie fast; sie beschränkte sich darauf, ihm die Hand auf den Mund zu legen.

Überrascht hatte er geschwiegen und mechanisch die duftenden Finger geküßt ... Er fühlte, wie sie ihn mit der andern Hand an sich zog, sah durch ihr sich öffnendes Kleid ihre nackten Brüste ... Da warf er sich auf sie wie ein Raubtier.

Augenblicke des Taumels, wo sie, die Lippen ineinandergewühlt, nur noch ein einziges Wesen waren, das der gleiche wilde Drang der Instinkte fortriß.

Ihre Leidenschaft sprengte alle Fesseln. Beiden kam dies Erleben ganz unerwartet, und sie suchten es nicht verstandesmäßig zu ergründen, am wenigsten Monika.

Am nächsten Morgen war es nicht nötig, daß Regis sie bat, energisch mit der Vergangenheit aufzuräumen ...

»Wollen wir nicht Rignacs Haus an der Oise mieten? Wir könnten vierzehn Tage dort sein ... Klara braucht mich nicht zur Leitung des Geschäfts, und du könntest in aller Ruhe die Korrekturen für dein neues Buch lesen.«

»Einverstanden!«

Gesagt, getan. Monika hatte ihren Bären entführt, nachdem sie vorher Fräulein Tscherbalief insgeheim lange Anweisungen erteilt hatte, mit der ausdrücklichen Ermahnung: »Er darf nichts ahnen!«

Ihr Bär! Seit gestern hatte das Wort einen doppelten Sinn, es bedeutete für sie gleichzeitig einen Ausdruck des Besitzes und der Dankbarkeit. Sie fühlte sich fast wie ein neuer Mensch.

Die Gleichgültige liebte. Sie liebte jemanden, der gesund, würdig, stolz war. Sie liebte moralisch ebensosehr wie physisch. Sofort hatte sie wieder festen Boden unter sich gefühlt. Die Liebe, das einzige fruchtbare Feld der Existenz!

Die vierzehn Tage, die sie in Rozeuil zubrachten, waren Tage ungetrübten Glücks. Das niedrige Haus hinter den hohen Pappeln auf der Wiese ... der Bauerngarten hinter den dichten Hecken ... Der Strand, der so bequem war für die verliebten Ruhestunden des Nachmittags ... die grasumwachsene Oise, die an der Bootsterrasse vorbeifloß ... die Fahrten zwischen den Inselchen mit ihrem frischen grünen Zauber am Morgen und der blauen Wärme der Nächte ... der Nächte, in denen sie ihre Einsamkeit noch inniger genossen als am Tage ...

Der Bär war zum Lamm geworden. Und Monika hatte bei diesem Landleben, im Schmelzofen der Natur, ihre Kinderseele mit all ihrer unschuldigen Begeisterung wiedergefunden. Das Mittagessen im Wirtshaus und das Abendbrot »daheim«, die wundervollen Fischzüge, bei denen er als einziges Gericht einen alten Schuh und sie die Wurzel einer Wasserpflanze gefangen hatten, die Spiele, die Rignac zurückgelassen hatte, alles entzückte sie wie ungeahnte Entdeckungen. Jede Stunde brachte sie einander näher.

Endlich, bei der Rückkunft freute sie sich wie ein Kind auf die Überraschung, die sie mit Hilfe Klaras für den schlecht gelaunten Regis vorbereitet hatte, den die Rückkehr nach Paris mit ihrer erzwungenen Trennung verstimmte. Er bewohnte mit seiner Mutter zusammen eine kleine Wohnung. Wo sollte man sich treffen?

Die Banalität der Hotelzimmer war ihm zuwider, mehr aber noch jener Rauchsalon im Erdgeschoß, Zeuge einer Vergangenheit, an die er – verliebter, als er sich eingestehen mochte – nicht ohne nachtragende Gehässigkeit denken konnte. Das Junggesellen-Grabgewölbe! Nein, danke.

Der Zwischenstock der rue de la Boetie, wo sie ihm kühn

vorgeschlagen hatte, künftighin mit ihr zusammen zu wohnen, war ihm auch nicht recht, der Leute wegen. Er war arm und wollte nicht bei seiner Geliebten leben.

So hatte sie es nicht ohne Knurren seinerseits erreicht, ihn dazu zu überreden, am Abend ihrer Rückkehr noch einmal mit in die rue Pigalle zu kommen. Dann könnte man ja etwas anderes suchen ... Aus Feigheit hatte er sich überreden lassen, denn der Genuß war ihm zum Bedürfnis geworden, und Monika genoß im voraus die Wirkung ihrer Überraschung.

Als sie aus dem vollständig umgestalteten Korridor in das große Zimmer getreten waren, das nicht mehr die Spur seiner früheren Ausstattung erkennen ließ, hatte er einen Ausruf des Staunens nicht unterdrücken können:

»Das ist ja fabelhaft! Hast du eine andere Wohnung gemietet? Hat das Haus zwei Parterrewohnungen?«

»Nein, es ist die gleiche. Aber Klara hat sie nach meinen Angaben neu eingerichtet. Gefällt sie dir?«

Geschmeichelt hatte er die Verwandlung betrachtet. Keine Spur mehr von der Vergangenheit. Das Geflüster der bösen Stunden, die sein eifersüchtiges Forschen nur zu oft heraufbeschwor, war verstummt ... In dieser zarten Geste Monikas erkannte er eine vorbeugende Unterwerfung und den spontanen vollkommenen Entschluß, Vergangenes auszulöschen ... Sie verjagte die Gespenster.

Reden wir nicht mehr davon! schienen die mit ockerfarbenem Leinen im Ton von Bootssegeln bespannten Wände zu sagen, an denen Bilder Rignacs und Marquets ihre blauen Mittagshimmel auf dem orangenen Grund aufleuchten ließen. Hier soll man nur lieben und vergessen, fügte der schmalere, zweischläfrige Diwan, die tiefen mit blauem Samt bezogenen Sessel, die niedrigen Tischchen, auf denen Lieblingsbücher lagen, und die blumenbesetzten Etageren hinzu. In einem Delfter Topf wartete Marylandtabak auf die Finger des Herrn, und kurze Pfeifen häuften sich zur Auswahl in einer Onyxschale ...

Sosehr er auch im Grunde noch der alte Bär geblieben war, rührte ihn das alles doch von Herzen. Wie konnte er sich eigentlich unterstehen, sich als Richter von Taten aufzuspielen, die ganz allein sie angingen? Er hatte nicht über Monikas Vergangenheit zu urteilen. Die Gegenwart genießen, sich allein auf sie beschränken, war ein einfaches Gebot der Klugheit ...

Nach einer erschöpfenden Nacht betrachtete Boisselot, über sie geneigt, die schlafende Monika. Er hätte in diesem Körper, den er noch im vereinsamenden Schlummer sein wußte, lesen, in sein Rätsel, in den geheimsten Grund ihres Wesens eindringen mögen.

Sie hatte die Arme im Nacken gekreuzt und atmete regelmäßig, rosig lag ihr Gesicht in dem kupferroten Gebüsch ihres Haars. Sie erwachte langsam durch das sie umgebende Fluidum, sah das nachdenkliche Gesicht über sich geneigt und lächelte.

Sie lagen nackt nebeneinander unter dem Bettuch, das sie gegen Morgen fröstelnd über sich gezogen hatten. Der helle Tag drang durch das dunkle Blau der Samtvorhänge. Ein Sonnenstrahl bestickte sie mit Gold.

»Schönes Wetter!« flüsterte sie, umschlang mit ihrem kühlen Arm seinen Nacken und zog die geliebten Lippen zu ihrem Mund nieder.

Dann stieß sie ihn sanft zurück und flüsterte:

»Du hast mich ausspioniert, du Schuft?«

»Ich habe dich bewundert.«

Er hatte das mit so spontaner Aufrichtigkeit, mit einer solchen Glut gesagt, daß sie die Worte wie Liebkosungen auf ihrer Haut spürte.

Schweigend genossen sie die Süßigkeit der Stunde. Sie dachte nur noch an diese beruhigende Hingegebenheit und an jene Wasserrosen, deren breite Blätter sie gestern noch auf der Oise mit ihrem Ruder gestreift hatten ... Wie sie, hatte sich Monika vom besonnten Strome wiegen lassen ...

Er atmete berauscht den Duft des dunkelgoldenen Haars. Sie hob die Augen und bettelte um Antwort auf ihre stumme Frage: liebst du mich? ... aber er erklärte nur:

»Wenn du deine Haare nachwachsen ließest, ohne sie zu färben? Ihre echte Farbe an der Wurzel ist entzückend.«

Unter seiner äußerlichen Verwilderung war er ein echter Spießbürger geblieben, den derartige Kleinigkeiten störten. Sie waren für ihn Symbole einer Unabhängigkeit, mit der er Monika oft neckte, ohne sich das Empfinden eingestehen zu wollen, das sich in diesen versteckten Vorwürfen äußerte.

Eifersucht? ... Warum? ... Das wäre doch zu albern! Was hätte sie denn vereint, wenn nicht die Sympathie ihrer Neigungen und der Genuß ihrer Sinne? ... Ehrlich hatte sie ihm, als sie erkannt hatten, daß sie Freunde seien, wie einem brüderlichen Vertrauten all ihre Abenteuer gebeichtet.

Sie hatten einander mit vollem Bewußtsein genommen, frei, fröhlich ... Und heute eifersüchtig? ... Mit welchem Recht? ... Er war doch kein Vieh! Niemals, ehe er Monika fand, hatte er noch den Rausch einer dauerhaften erwiderten Liebe gekannt. Seine übermäßige, bis zur Heftigkeit gehende Offenheit war schuld daran, daß er die nie lange hatte halten können, die sein großes Talent und seine robuste Männlichkeit hätte fesseln können ... er hatte eine nach der andern durch seine täppische Tyrannei vertrieben ...

Allerdings hatte ihn keine so schnell und so gänzlich erobert wie »dies verdammte Mädel«, dessen Besitz ihn noch drei Monate später ebenso entzückte wie am ersten Tage.

Sie hob die Stirn und schüttelte die dichten Locken. Sie hatte so viel Haare, daß sie, trotzdem sie nur bis zum Nacken reichten, leicht eine Frisur daraus hätte aufstecken können.

»Eigentlich«, meinte sie, »ist's meine Frisur, die dir nicht gefällt! Sei ehrlich!«

»Sie steht dir sehr gut ...«

»Aber ...«

»Ich bin nicht für das Übermoderne.«

»Tyrann«, neckte sie ihn, »was kann dir daran liegen, ob ich mein Haar auf diese oder eine andre Art trage, wenn es mir nur gut steht?«

»Das paßte besser für die Monika von gestern.«

Sie erblaßte. Erschrocken hätte er das Wort zurücknehmen mögen. Es war wie ein Stein, der von oben in einen Brunnen geworfen wurde: schon hatte er unter dem klaren Wasser den Schlamm aufgerührt ...

Nun hatte auch Monika sich aufgerichtet. Sie empfand plötzlich ein Gefühl von Scham darüber, nackt vor diesem Blicke dazuliegen, der sich bei der brutalen Anspielung unwillkürlich verfinstert hatte ... Sie streckte den Arm aus und faßte einen Schlafrock, mit dem sie sich mechanisch bedeckte.

Er wollte seine Ungeschicklichkeit wiedergutmachen und beteuerte:

»Glaubst du, daß ich mich um die geringsten Kleinigkeiten kümmern würde, die dich betreffen ... ja selbst um das, was die Leute von dir denken, wenn ich dich nicht so liebte?«

»Für mich ist nur eines wichtig: was du von mir denkst ... Und die Monika von heute. Eine andere gibt es nicht mehr.«

Er warf den Kopf zurück:

»Eine Frau kann man nicht mitten durchschneiden wie einen Apfel ... Die eine Hälfte die Vergangenheit, die andere die Gegenwart ... Wenn man liebt und sobald man liebt, ist das geliebte Wesen ein untrennbares Ganzes. Das, was es jetzt ist, läßt sich nicht durch einen glatten Schnitt von dem trennen, was es früher war. Alle Augenblicke eines Lebens hängen zusammen ... Weil ich dich so leidenschaftlich liebe und einzig, weil ich dich liebe, muß ich immer wieder an die denken, die du warst, ehe du mein wurdest. Und die hasse ich!«

»Wenn du mich so sehr liebtest, wie du behauptest, dann würdest du sie nicht hassen, sondern bedauern ...«

Sie war aufgestanden; er tat es auch und empfand nun seinerseits seine Nacktheit peinlich. Er hatte das Gefühl, daß sie nun wieder zwei arme Wesen geworden seien, die das Bedürfnis hatten, Leib und Seele voreinander zu verhüllen ...

Mußten sie sich denn immer, wenn das Verlangen gestillt war, gegenüberstehen wie zwei Gegner nach der Kampfpause? ... Diese Offenheit brannte ihm auf der Zunge. Aber er war klug genug, sich zu beherrschen ... Ihr weh tun? ... Nein, das wäre Flegelei gewesen ... Aber sie etwa noch bedauern? ...

Er fühlte einen Zorn in sich, eine Eifersucht, ein Leiden, das sogar die neutapezierten Wände in diesem Zimmer noch vermehrten. Der schmale Diwan verschwand; an seiner Stelle sah er den Katafalk aus der Opiumzeit, auf dem Monika unter andern Umarmungen ihren Körper gewälzt hatte.

Und hinter jener Tür war das unveränderte Badezimmer, das wer weiß wie viele vor ihm benutzt hatten! ... Er zog sich schweigend und hastig an. Er hatte es instinktiv eilig, wieder allein zu sein, um seine sturmbewegten Gedanken zu ordnen ...

Sie ahnte das Drama, das in ihm begann nach den vierzehn einsamen Tagen, die ihre Seelen in das Paradies von Rozeuil verpflanzt hatten ... ja, das Paradies! Hatten sie es nur gefunden, um es wieder zu verlieren?

Der Instinkt in ihr überschrie den Stolz. Die Furcht gab nach, wurde Geschicklichkeit. Er wandte ihr den Rücken und band sich die Schnürsenkel. Sie umschlang ihn mit ihren Armen. Und scheinbar ohne seine Verstimmung zu bemerken, versuchte sie ihn abzulenken:

»Vergiß nicht, deinem Verleger zu sagen, daß er morgen den Buchschmuck für die Kapitelenden bekommt. Sie werden heute gestochen und klischiert. Ich will, daß auch etwas von mir in deinem Buch ist ...«

Er versprach. Er war gerührt, erwärmt von der Glut, die noch unter der Asche in diesem Herzen brannte. Aber wider seinen Willen zeigte ihm seine Besessenheit dies Herz ausgebrannt, geschwärzt von all den früheren Gluten. Von seinem besitzwütigen Mannesegoismus verblendet, ahnte er nicht, bis zu welchem Grade die Liebe in einer Seele wie der Monikas mit steiler, vernichtender Flamme alle alten Spuren vertilgt und reine Bahn schafft.

Für sie gab es seit der Stunde, in der sie Regis erkannt und gewählt hatte, nichts mehr von all den Freuden und Schmerzen, die ihr von andern zuteil geworden waren. Von ihrer Ruhestation in Rozeuil war sie erneuert weitergeschritten. Eine glückliche Monika, die wußte, was das Glück wert war und die es sich erhalten wollte.

Eine andere Frau ...

II.

Tage, Wochen verstrichen.

Sie hatten sich auf Halbpart ein Auto gekauft. Sie lernten die Trunkenheit unvorhergesehener Abreisen, die Flucht vor sich selbst in die Weite hinaus kennen. Sie hätte gern einen größeren und schnelleren Wagen gekauft. Aber er war dagegen gewesen, da er seinen Anteil nicht hätte bezahlen können. Es verstimmte ihn genug, daß er sie chauffieren lassen mußte.

Kurzsichtig und zerstreut, wie er war, hatte er sich darein gefunden, daß sie am Steuer saß. Einige Unterrichtsstunden hatten genügt, um sie zu einer geschickten Fahrerin zu machen und ihn zu einem gewissenhaften Mechaniker. Eine untergeordnete Rolle, über die er selber, die Pfeife zwischen den Zähnen, häufig scherzte, die ihn aber insgeheim demütigte, ohne daß sie eine Ahnung davon hatte.

Monika empfand mehr und mehr, wie sehr sie – in ihrer Begierde befriedigt – auch in einer geistigen Gemeinsamkeit hätten leben können. Er war ein so guter Kamerad. Er hatte über Menschen und Dinge ein so vornehmes Urteil! Er war mitleidig, trotz seiner Heftigkeit ... Unter den stets gefletschten Reißzähnen spürte sie die Schwäche wahrer Güte ...

Selbst ihre ersten Zwistigkeiten, diese Zanksucht, die ihn beim leisesten Anlaß zur Eifersucht so unausstehlich machte, war sie nicht gerade ein Beweis für die Ausschließlichkeit seiner Neigung und darum rührend und beinahe schmeichelhaft?

Wenn sie unter seinem schweigenden Zorn, unter seinen vorwurfsvollen Anspielungen, unter dem ganzen hinterlistigen und aufreizenden Guerillakrieg wieder einmal litt, redete sie sich ein: »Wie er mich liebt!«

Sie glaubte selbst einen Augenblick lang, es müsse süß sein, ihr Leben noch enger zu vereinen. Wenn sie eine gemeinsame Wohnung nähmen, wo sie ihre Zeit ungestörter miteinander verbringen könnten? Er würde alle Tage bei der alten Frau Boisselot zu Mittag essen ... Aber er fürchtete, diese halbe Einsamkeit könne der alten kranken Frau schaden ...

Monika war mit dieser Doppelexistenz unzufrieden, die von ihren Geschäften zerschnitten und zerhackt wurde, besonders dadurch, daß Regis sich verpflichtet fühlte, seine Mutter nicht allein zu lassen.

Die Unsicherheit und Flüchtigkeit ihrer Begegnungen – außer den Nächten, die sie in der rue Pigalle verbrachten – hinterließ in ihnen nur einen Durst nach neuem Zusammensein. Ein bitterer und quälender Durst.

Wie ein beengender, vergeblich neuvergoldeter Rahmen zwang das ehemalige Rauchkabinett, das Junggesellenwohnung geblieben war, ihre Liebe zu verhängnisvoller Abgeschlossenheit und wandte ihre Gedanken unaufhörlich einer unwillkürlichen Feindseligkeit und Herausforderung zu. Da begann ihre Begeisterung nachzulassen.

Die ständigen Mißhelligkeiten, für die sie doch nichts konnte, fingen sie zu reizen an. Sie zürnte ihm deswegen. Sie sagte ihm wieder und wieder: »Das Vergangene ist vergangen, weder du noch ich können etwas daran ändern ... Was kann dir alles andere ausmachen, da ich dich doch liebe?« Er gab ihr recht, gestand seine Albernheit zu und fing fast unmittelbar darauf wieder von neuem an.

Krankhafte Neugier trieb ihn zu ständigen Fragen. Da sie in der Gegenwart keine Nahrung fand, zwang ihn seine Besessenheit, unaufhörlich in ihren Erinnerungen zu wühlen. Die schmerzlichste von allen war für ihn Peer Rys.

Er begnügte sich nicht damit, die zu verabscheuen, von denen er wußte, daß sie Monika genossen hatten, sondern er wollte auch die Namen aller andern erfahren, die vor ihm diesen Körper besessen hatten. Es nützte ihm nichts, zu wissen, daß dieser jetzt sein ausschließliches Eigentum war. Er konnte es nicht ertragen, daß sie schon vor ihm unter so vielen Küssen anderer gebebt, den Kelch der Lust geschlürft hatte und vor allem die Erinnerung daran in ihr lebendig war.

Visionen, deren Bilder ihm seine Vernunft vergebens fernzuhalten riet. Sie verfolgten ihn mit bestimmten Gesichtern und mit Phantasiegestalten. Sie rollten ihren Film vor ihm ab.

Schlüpfrigkeiten, die sein Begehren aufpeitschten und gleichzeitig an ihm fraßen ...

Aber sie, geleitet von dem tiefen Gefühl für alles, was ihre Liebe erhalten konnte, setzte diesen verfolgungswahnsinnigen Verhören – leider zu spät – den Willen entgegen, zu schweigen und ihn durch Sanftmut abzulenken.

Sie suchten neue Liebesverstecke auf. Sie erfanden das Vergnügen plötzlicher Reisen, sie flohen die Banalität der großen Hotels, und Monika lernte den Reiz kleiner Landwirtshäuser und Provinzhotels kennen. Aber sobald ihre Arme sich voneinander gelöst hatten, las sie in seinen gehetzten Augen wieder jene fixe Idee.

Nach sechs Monaten traf Regis ein schwerer Schlag: seine Mutter starb. Eine trübe Zeit, in der es Monika verstand, ihm Trösterin zu sein. Und dann konnten sie den Plan ausführen, den sie von Anfang an gehegt hatten: sich mehr angehören, in der Wärme eines eigenen Heims, in dem nichts an die alten Zeiten erinnerte.

Es machte ihnen Freude, die bescheidenen Räume mit Wandbespannungen aus kariertem Leinen, Etageren in kräftigen Farben und Bauerntöpfereien zu verschönern. Sie selbst ordnete seine Bücher neu und trieb als Schreibtisch für ihn ein monumentales Bauernmöbel aus gelbem Eichenholz auf, an dem drei Jahrhunderte fast spurlos vorübergegangen waren.

Alle Abende trafen sie sich hier, um zu Abend zu essen und zu schlafen. Morgens um elf ging sie wieder fort. Er arbeitete an einer Fortsetzung der »Ehrlichen Herzen« mit dem Titel: »Besitz?« ... denn er gehörte zu jenen Schriftstellern, die weniger Phantasie als Beobachtungsgabe besitzen und unwillkürlich in all ihren Büchern immer sich selbst schildern.

Nun atmete Monika eine Zeitlang auf. Unter dem Einfluß Boisselots hatte sie sich schon vom ersten Tage ihres Zusammenlebens wieder um ihren Beruf gekümmert, denn er sah in ihm eine Ablenkung von allen Gefahren und Versuchungen, die in den Stunden, in denen sie ihm fern war, der alte Kreis hätte mit sich bringen können: Beziehungen, Gewohnheiten ...

Sie hatte die Leitung ihres Geschäftes wieder selbst übernommen. Fräulein Tscherbalief hatte sie allerdings behalten, ja sie sogar beteiligt. Gleichzeitig hatte sie ihr ihre alte Junggesellenwohnung erb- und eigentümlich geschenkt. Nur nichts mehr davon hören! ... Die Einrichtung der Villa Piombinos, die »Fräulein Klara« entworfen und ausgeführt hatte, erhob sie über den Rang einer Angestellten, und da sie außerdem die Huldigungen des enttäuschten Barons angenommen hatte, verfügte sie nun über namhafte Kapitalien. Aber die Russin war Monika dankbar dafür, daß sie ihr zu ihrem Glück verholfen hatte, und wollte gerne dem Titel nach und ohne Risiko in einem Unternehmen an zweiter Stelle stehen, in dem sie in Wirklichkeit den ersten Platz einnahm.

Monika überließ ihr die Leitung des allgemeinen Geschäftsbetriebes und hatte freudig wieder zu ihren Pinseln und Stiften gegriffen ... Eine zwar erst teilweise, aber doch ausreichende Wiederaufnahme der eigenen Persönlichkeit, um das selbstsüchtige Rechenexempel Regis' zu einem ganz unerwarteten Ergebnis zu führen. Denn indem sie wieder in dem heilsamen Strom der Arbeit untertauchte, schöpfte Monika gleichzeitig aus ihm eine Energie, mit der sie wie aus einem Bade emporstieg, mit klarem Blick und entschlossenem Denken. Mit dem körperlichen Wiederaufleben stellte sich nach und nach auch die moralische Gesundheit wieder ein.

Die Beschäftigung, in der ihr Geliebter nur ein Mittel gesehen hatte, sich ein Autoritätsmonopol zu sichern und zu bewahren, gab der Seele, die er gerne unterjocht hätte, das Bewußtsein des eigenen Wertes wieder. Ein Gefühl, das Monika beim Auftauchen aus ihrem Zusammenbruch als starken Trost empfand.

Nun ertrug sie den Despotismus schwerer, mit dem Regis unwillkürlich Mißbrauch trieb. Empörung war in ihr, sooft er sie zwang, an jenen Ufern zu landen, von denen er sie doch selbst entführt hatte.

Alles diente seinen ungeschickten Bemerkungen zum Vorwand, das unbedeutendste Ereignis genügte, um in diesem Kulturmenschen die Bestie zu entfesseln ... Und die Szenen, denen dann heiße Reue folgte, wiederholten sich in immer peinvollerer Form. Keine war aber so heftig, als die, die ein unvorhergesehener Zufall hervorrief: das Auftauchen des Nackttänzers.

Sie ereignete sich bei einer Galavorstellung, die Ginette zum Besten des Hilfswerks für die Kriegsverstümmelten organisiert hatte: denn das Hospital sah sich nach sechsjährigem Bestehen leeren Kassen gegenüber. Die Unglücklichen starben zu langsam.

Peer Rys war noch im letzten Augenblick ins Programm eingeschoben worden. Eine Ankündigung Marlys – der bei dieser Gelegenheit die Regie führte – hatte Regis und Monika gleichzeitig erzittern lassen. Während des Befriedigungsgemurmels, das sich allerseits erhob und in vielen »Bravos« endigte, hatte er sich zu ihr hingeneigt und sie mit seinem Blick durchbohrt:

»Freust du dich?«

»Du bist wahnsinnig!«

Nie hatte sie so sehr die Beichten bereut, zu denen sie sich in den ersten Tagen ihrer Freundschaft hatte verleiten lassen. Ohne das Wiederaufgehen des Vorhangs abzuwarten, hatte er seinen Platz verlassen und befahl ihr, ihm zu folgen. Verletzt hatte sie sich geweigert.

Aber als sie sah, wie er entschlossen zur Tür hinausging, in deren Nähe ihre Plätze waren, wurde sie schwach. Er litt um ihretwillen. Und trotzdem dies Leiden unbegründet war, rührte es sie, weil sie ihn fast noch ebenso heiß liebte wie in den schönen Tagen von Rozeuil.

Sie fuhren im Taxameter heim, ohne ein Wort miteinander zu wechseln. Jeder drückte sich in eine Ecke und hing seinen Gedanken nach, einer hielt gegen dem andern eine Ährenlese der Bitterkeit. Aber als sie dann in ihrem kleinen Schlafzimmer waren und er ihr haßerfüllt zusah, wie sie den Mantel ablegte und mit bloßem Hals und Armen in ihrem Perlenkleid dastand, konnte sie sein beleidigendes Schweigen nicht länger ertragen. Versöhnlich ging sie auf ihn zu:

»Liebling, ich kann dir nicht böse sein, weil du unglücklich bist ... Ich selbst leide mehr als du. Wie weh du mir auch ohne allen Grund tun magst. Du siehst doch, ich leide mit dir an der Qual, die du allein uns verursachst ...«

Er stieß sie grob von sich:

»Ja, natürlich, *ich* habe ja mit Rys geschlafen!«

Sie zuckte die Achseln.

»Hast du darum die ›Ehrlichen Herzen‹ geschrieben, daß du mir heute meine Ehrlichkeit zum Vorwurf machst? Habe ich nicht, ehe ich dir angehörte, den Anstand besessen, dir die ganze traurige Wahrheit über mein Leben zu gestehen?«

»Ich hatte dich nicht darum gebeten.«

»Regis! Das ist doch nicht möglich! Das bist doch nicht *du*, der so spricht? ... Dies Geständnis, das meinem Vertrauen, meiner Zärtlichkeit entschlüpft ist und das du heute dazu benutzest, um uns alle beide zu martern, hätte ich lieber nicht ablegen sollen? ... Vergißt du denn ganz, daß gerade dieses plötzliche Vertrauen uns einander nähergebracht hat? Wäre es dir lieber gewesen, ich hätte geschwiegen ... und wenn wir einander dann trotz alledem geliebt hätten – denn auch das war vorbestimmt –, dann hätten wir Masken tragen sollen?«

»Vielleicht.«

»Nein, nein, das hätten wir beide nicht fertiggebracht. Oder wir wären eben nicht wir und würden uns nicht wahrhaft lieben. Kann denn einer dem andern etwas verbergen, wenn man sich wahrhaft liebt? Und kann man sich wahrhaft lieben, ohne einander zu kennen?! Einander gründlich und völlig zu kennen?!«

»Nein.«

»Kannst du dir denken, ich verschwiege dir etwas, selbst wenn du mich danach fragtest, auf die Gefahr hin, eines Tages Lügen gestraft zu werden? ... Denn jetzt fragst du mich doch aus!«

»Ich kann nicht anders.«

»Ja, und deswegen war es gut, daß ich dir alles vorher gesagt habe. Überleg doch nur. Früher oder später hättest du es notgedrungen doch erfahren müssen ... Und dann hättest du nicht weniger gelitten.«

»Das stimmt.«

»Du machst mir Vorwürfe über mein Geständnis! Was würdest du erst tun, wenn ich dir etwas verheimlicht hätte?«

»Stimmt auch. Aber trotzdem! ...«

»Trotzdem, was? Wäre es dir angenehmer gewesen, wenn ich deine Fragen mit falschen Beteuerungen beantwortet hätte? Womöglich einen Meineid geschworen hätte? Denn mein bloßes Wort hätte dir ja nicht genügt, du hättest Schwüre verlangt! ... Liebling, Liebling, fühlst du denn nicht, daß deine Liebe alles Vergangene verzehrt, vernichtet hat? ... Daß ich nur glücklich bin, weil ich fühle, daß wir in der Wahrheit leben? Und weil nur die Wahrheit auslöscht und wiedergutmacht?! ...«

Er hatte den Kopf gesenkt und schwieg finster.

Sie packte ihn bei den Schultern:

»Schämst du dich denn gar nicht, so böse und ungerecht zu sein? ... Sieh mich an, wenn du mich liebst!«

Mit verzweifeltem Blick murmelte er:

»Du weißt es ja! Würde ich alle, die dich früher geliebt haben, so hassen, wenn ich dich nicht liebte? Dich allein! und grenzenlos!«

Sie rief:

»Ich liebe dich auch allein und grenzenlos! Aber was würdest du dazu sagen, wenn ich dich ewig mit Erinnerungen an deine früheren Geliebten martern wollte? Denn du hast ja auch vor mir andere gehabt.«

Er betrachtete sie so unverschämt, daß eine Kälte ihr bis ins Herz drang:

»Das ist ganz was anderes!«

»Weshalb?«

Er hatte ihr den Rücken gedreht und begann sich, pfeifend, auszuziehen. Empört warf sie hin:

»Etwas anderes? Wieso denn, bitte, erkläre mir das.«

Er zog die Weste aus und sagte trotzig:

»Das wäre zu umständlich.«

Sie schrie:

»Man sollte meinen, du hättest mich aus der Gosse aufgelesen, so behandelst du mich! Ich bin keine Dirne!«

»Nein. Wenn du eine Dirne wärest, eine arme Dirne, die mit den Männern schläft, weil das ihr Broterwerb ist, würde ich nicht so mit dir reden. Man hat kein Verlangen danach, eine Dirne zu heiraten!«

Sie machte eine abwehrende Bewegung. Aber er fuhr fort:

»Man hat ganz einfach Verlangen nach ihr, wie man Verlangen nach einem Stück Braten oder nach einem Buch hat, das man durchblättern möchte. Man leistet sie sich, wie sie gerade ist. Und wenn man sich zufällig in sie verlieben sollte ... Warum auch nicht? ... Dann müßte man ja rein verrückt sein, wenn man auf die Männer eifersüchtig sein wollte, die sie gehabt hat, haben mußte! Erstens mal kennt man sie nicht. Kennt sie sie überhaupt selbst noch? Es sind zu viele! Die Masse ist anonym ... Aber du, du ...«

Sie hörte ihm schmerzerfüllt zu:

»Wer hat dich gezwungen, dich wie eine Verrückte dem ersten besten hinzugeben? Dich auf seine schöne Fresse hin in diesen Trottel von Nackttänzer zu vergaffen? ... Von den andern will ich gar nicht weiter reden, weder von denen, die du die Prahlerei hattest, mir zu nennen, noch von denen, die du dich geschämt hast, ans Licht zu stellen, weil du genau wußtest, daß es schmutzige Wäsche ist, die man besser in einer festverschlossenen Schublade verbirgt.«

Sie bedeckte das Gesicht mit den Händen, um ihre Schamröte zu verbergen. Er schrie:

»Du hattest nicht das Recht dazu! Du hättest daran denken müssen, daß du vielleicht eines Tages einen anständigen Menschen treffen könntest – so einen wie mich ... Und daß ihr euch hättet lieben können, und wenn du, eine durch Geburt und Erziehung Bevorzugte, dich wie eine Hure herumschmiertest ... ja schlimmer als eine Hure ... daß du dann ihn und dich selbst unglücklich machen würdest!«

Sie antwortete nicht. Sie suchte sich innerlich darüber klarzuwerden, was von alledem sie verletzte und was nicht. Einige

Worte hatten sie bis ins Innerste getroffen, weil dort die schwache Stelle einer Reue saß. Andere wieder hatten sie noch tiefer verletzt, so völlig unverdient waren sie. Schließlich sagte sie:

»Reden wir nicht mehr von mir, da du ja nicht einsehen willst, was ich war, ehe ich dich kennenlernte, und was ich vor allen Dingen war: unglücklich! ... Und da du schon einmal mit den Aufrichtigkeiten angefangen hast, so sei es auch jetzt!«

»Los! ...«

»Du hast mir eben gesagt: eine Dirne heiratet man nicht! Zugegeben! Obgleich das eigentlich alle Tage vorkommt! Aber eine Witwe oder eine Geschiedene? ... Antworte! ...«

Er sah ihr Argument voraus und knurrte:

»Das kommt darauf an!«

»Nein! Drück dich nicht, das paßt nicht zu dir! Antworte ... Wenn du eine Witwe oder eine geschiedene Frau so liebtest, wie du mich liebst, würdest du sie dann heiraten?«

»Du bist weder eine Witwe noch eine geschiedene Frau. Mit ›wenn‹ und ›aber‹ läßt sich gut streiten.«

»Ich wiederhole dir, es handelt sich nicht um mich. Würdest du eine Witwe oder eine Geschiedene, die auch schon ihr Teilchen erlebt hätten, wovon du aber nichts wüßtest ... würdest du die heiraten, wenn du sie liebtest?«

»Natürlich!«

»Das verstehe ich nicht.«

Sie standen einander gegenüber und forschten in ihren Augen wie in Spiegeln. Er fügte hinzu:

»Eine Witwe oder eine geschiedene Frau ist weniger verantwortlich für ihr Schicksal als du für das deine. Sie haben dem Gesetz gehorcht.«

»Welchem Gesetz?«

Er meinte schon ihr Lachen zu hören und schnitt kurz ab:

»Also, wenn du gestattest, dem Gesetz. Dem der Menschen und dem der Natur.«

Sie brach in spöttisches Gelächter aus:

»Du bist zu spät geboren, Regis! Haha! Der Gatte und Gebieter! Der Herr und Meister!«

Er packte sie am Arm:

»Nein, aber der, ob nun Gatte oder Geliebter, der als erster in euer Fleisch ein so tiefes Mal gräbt, daß ihr ihm für immer verfallen seid, und noch in den Armen eines anderen sein Geschöpf, seine Sache bleibt!«

»Ach ja, die Durchdringung! Das Kind aus der zweiten Ehe, das dem ersten Manne gleicht! Literatur! Ich kann dir jedenfalls sagen … Nein, nein, Regis! Erstens mal heirate ich dich nie, darüber kannst du ganz beruhigt sein! Und wenn ich jemals Kinder bekommen sollte, so möchte ich nicht, daß sie dir glichen!«

»Danke schön!«

Sie machte eine müde Bewegung:

»Wozu streiten wir uns eigentlich? All diese Dinge sind doch so völlig individuell! Es gibt Mütter, die sterben, ohne die Liebe je kennengelernt zu haben … Die Frau erwacht erst zum Leben, wenn sie zum Genuß erwacht …«

Er höhnte:

»Peer Rys!«

»Habe ich behauptet, daß der Genuß allein das Leben sei? Schreit mein ganzes Leben dir nicht das Gegenteil zu? Man ist nur glücklich, wenn man einander mit Leib und Seele liebt.«

Er wandte den Kopf weg. Sie seufzte:

»Das hast du mich gelehrt, Regis! Nur unter der Bedingung ist man glücklich … oder vielmehr, man sollte es sein …«

Unbeweglich standen sie nebeneinander. Sie empfand eine Regung der Güte und näherte sich ihm. Da sah sie, daß er weinte. Das rührte sie.

»Warum quälen wir uns eigentlich so? Es gibt doch nichts Entwürdigenderes als Schmerz um eine Jämmerlichkeit. Und es ist auch so unnütz!«

»Wenn man leidet, fragt man nicht nach Vernunftgründen!«

Er schämte sich und fiel ihr zu Füßen:

»Verzeih' mir, ich bin ein Vieh!«

Sie hatte eine Hand auf seinen Kopf gelegt und sah ihn mehr mitleidig als zärtlich an. Er sprang auf und umschlang sie …

Wie oft hatte schon ein Streit zwischen ihnen damit geendet, daß sie umschlungen auf das Bett niederfielen. Aber heute sagte Monika traurig:

»Nein, Regis, nein! Heute abend mußt du mich in Ruhe lassen. Du hast ein Band zwischen uns zerrissen ... Morgen ... Wenn wir ruhiger geworden sind, wenn du ...«

Aber da nahm er sie mit Gewalt. Sie fiel nieder, während sie sich noch wehrte. Und als sie dann aus dem Taumel, der sie erfaßte, wieder erwachte, erfüllte beide eine große Trauer. Sie schliefen erst gegen Morgen ein, mit verschlungenen Gliedern, aber ihre Gedanken waren einander fern.

Von da an führte Monika ein unruhiges Leben. Melancholisch dachte sie an die friedlichen Stunden ihrer Liebe zurück. Das Paradies von Rozeuil, aus dem der Teufel sie vertrieben hatte ... Ja, der Teufel, der sich jetzt Boisselots ganz und gar bemächtigt hatte! Das Übel hatte ihn gepackt und beherrschte ihn. Er gab sich nicht einmal mehr Mühe, vernünftig zu sein und seine Eifersucht zu unterdrücken. Sie quoll aus der Vergangenheit in die Gegenwart hinüber und vergällte auch diese.

Obwohl ihr Stolz sehr darunter litt, bei dem, von dem sie ihre Freiheit erwartet hatte, nur in eine neue Art von Sklaverei geraten zu sein, hing Monika doch an ihm mit aller Gewohnheit ihrer Sinne. Vielleicht würde er sich doch noch bessern? Die schlimmsten Krankheiten heilen ja zuweilen aus ... All das Kluge und Gute, was in Regis steckte, würde schließlich doch die Macht des Giftes dämpfen ... vielleicht sogar ganz erstikken! ...

So stimmten Liebe und Eigenliebe darin überein, ihr zur Geduld zu raten. Aus Furcht, den Wahnsinnigen, der jetzt überall Verdächtiges witterte, zu erregen, hatte sie eingewilligt, ihn kaum noch zu verlassen. Sie verzichtete fast auf ihren ganzen Verkehr und auch auf ihre Arbeit. Sie ließ sich jeden Tag mehr unterjochen.

Er warf sich zum Alleinherrscher auf und verwies sie in seinen Schatten. Sie wurde die Hüterin seiner Arbeit. Sie begleitete ihn, wenn er ausgehen wollte. Sie verkehrten nur noch mit seinen Freunden, ein paar hypermodernen Malern und Liter[…] selten mit Vignabos, seitdem sie dort Blanchet getroffen h[…] und die Unterhaltung sich sofort unangenehm zuspitzte. Es hatte genügt, daß Monika der gleichen Ansicht war wie der Professor. Da hatte Regis sofort mit wütender Leidenschaft widersprochen.

Auf die Dauer mußte diese Vereinsamung ihre Wirkung ausüben: Monika glaubte zu ersticken und kam sich vor wie in einem Gefängnis. Sie setzte sich zur Wehr, und der scheinbare Friede nahm ein jähes Ende.

»Nein«, erklärte sie entschlossen, als er sie hindern wollte, eine Einladung Frau Ambrats für Sonntag mittag anzunehmen. »Seit zwei Monaten weigere ich mich, nach Vaucresson zu kommen, das ist ja geradezu idiotisch. Du bringst mich schließlich noch mit der ganzen Welt auseinander.«

»Ich wußte nicht, daß Frau Ambrat die ganze Welt wäre!«

»Du hast mich schon gezwungen, Vignabos abzubauen, und das genügt! ... Von den andern rede ich gar nicht ... die habe ich dir gern geopfert! Ja, ich kenne schon deine Formel: man veredelt durch Vereinsamung und so weiter! Aber Vignabos! ... und Frau Ambrat! ... Das geht zu weit!«

Er legte los:

»Und ich sage dir, daß das gerade genügt! Glaubst du vielleicht, ich wüßte nicht, warum du Sonntag nach Vaucresson willst?«

»Um mal in einer andern Luft zu atmen.«

»Da ist doch immer das gleiche los!«

»Was willst du damit sagen? Bitte, sprich dich aus!«

Ein zweimaliges Klopfen an der Tür verhinderte die Antwort, die Monika schon erriet und auf die sie ihre Entgegnung bereit hielt. Verrückt! Er war ja verrückt! ... Die Wirtschafterin Julia mit ihrem verbundenen Auge erschien. Sie war eine dicke asthmatische Matrone mit einem von Vitriol zerfressenen Gesicht. Ein Liebesandenken! ... Sie meldete, den Schürzenzipfel in der Hand drehend:

»Es ist angerichtet!«

Sie warteten, bis sie wieder allein waren. Endlich entschloß sich Julia, schleppenden Schrittes das Eßzimmer zu verlassen. Sie hatte kein anderes Interesse, als ihre Herrschaft zu beobachten. Mit Wonne lauerte sie auf jeden Zank und suchte die kleinsten Einzelheiten zu erhaschen. Instinktiv nahm sie immer für Regis Partei: als ein dem Manne versklavtes Arbeitstier. Monikas Eleganz und Unabhängigkeit empörten sie insgeheim.

»Darf ich jetzt vielleicht erfahren, was mich nach Vaucresson zieht?«

Er zauderte, denn er fürchtete sich davor, den Argwohn, der an ihm nagte, auszusprechen.

»Als ob du das nicht selbst am besten wüßtest!«

Mitleidig betrachtete sie ihn. Der Narr, der sie erst auf Gedanken brachte, bei denen sie sich sonst niemals aufgehalten hätte! ... Er konnte ihr höhnisches Mitleid nicht ertragen und bemerkte hämisch und scharf:

»Vaucresson, der Treffpunkt der Freunde! Der wahren, der einzigen! ... Wetten, daß zufällig nicht nur Vignabos da sein wird, sondern auch dieser famose ...«

»Blanchet, nicht wahr?«

Er sagte:

»Du warst es, der seinen Namen nannte!«

»Weißt du, was du bist?«

»Ein Idiot, selbstverständlich! Aber blind bin ich jedenfalls nicht. Glaubst du, ich habe nicht bemerkt, wie ihr euch angestellt habt, als wir ihn das letzte Mal zusammen getroffen haben? Ich sage zusammen, weil ich ja nicht weiß, was du in meiner Abwesenheit treibst!«

»Regis!«

»Was? Ich stelle nur eine Tatsache fest: Ich weiß es nicht. Weiter nichts ...«

»Kannst du zweifeln?«

»Man sollte immer zweifeln! Es gibt keine andere Gewißheit als den Zweifel. Sieh dich vor, daß der meinige durch deine Gekränktheit nicht noch mehr verstärkt wird!«

Sie schwieg stolz. Das nutzte er aus:

»Glaubst du, ich hätte nicht bemerkt, wie ihr einander zugeblinzelt habt, wenn ich sprach, und was du für ein Gesicht machtest, sobald er den Mund auftat? ... Es würde mich gar nicht wundern, wenn ihr schon einig miteinander wäret!«

Julia kam wieder herein und brachte wenig appetitlich aussehende Beefsteaks und Bratkartoffeln. Sie stellte die Schüsseln auf den Tisch und wechselte mit ihren Wurstfingern und schwarzumrandeten Nägeln die Teller. Relativität der Dinge! Heute empfand Monika stärker als gewöhnlich diese Art von trotziger Armut, die alles in Regis' Umgebung ausströmte: enge Seelen und enge Mauern.

Mechanisch teilte sie das Fleisch. Sie aßen, als wären sie zwei Fremde, die am gleichen Tisch sitzen. Er hielt es nicht mehr aus, stieß seinen Stuhl zurück und stand auf:

»Du wagst nicht einmal zu leugnen? Ich wußte es ja! ...«

Nervös ging er auf und ab wie in einem Käfig.

»Bitte, setz' dich wieder«, bat sie. »Und nun hör' zu: Ich werde mich nicht so weit erniedrigen, zu versuchen, dich aufzuklären. Dazu ist die ganze Geschichte zu albern! ... Unserer zu unwürdig ...«

»Also Sonntag?«

»Gehen wir zum Essen zu Frau Ambrat.«

»*Du* gehst!«

Sie antwortete sanft, aber mit solcher Festigkeit, daß er der Herausforderung nicht entgegenzutreten wagte:

»*Wir* gehen! Entweder du gibst mir diesen Beweis von Vernunft – das ist das einzige, was ich von dir verlange –, oder zwischen uns ist alles für immer zu Ende.«

Er starrte sie mit drohenden Katzenaugen an, seine schillernden Pupillen sprühten Funken. Nachgeben? ... Ja, vielleicht? Um sie besser auszuspionieren, um zu wissen ... Sie fuhr fort:

»Ich will nicht das Opfer deiner Marotten werden. Ich werde mich so benehmen, wie es mir paßt. Ohne gegenseitigen Respekt gibt es keine dauernde Liebe! Bist du der unseren überdrüssig? Man sollte es fast meinen, wenn man sieht, mit welcher Wut du sie zu zerstören suchst!«

Den Kopf in den Händen, fiel er auf seinen Stuhl nieder:

»Nein, Monika! Ich liebe dich! Verzeih' mir! Ich werde mich bessern!«

III.

Auf ihrer Fahrt zum Ambratschen Landhaus stellte es sich Regis im Geiste vor ... Das getäfelte einstöckige Haus am äußersten Ende von Vaucresson ... die Laube mit den Gästen ... Blanchet war natürlich auch da ... Und er wurde immer schweigsamer und finsterer.

Er nahm sich fest vor, er schwor sich zu, die Ruhe zu bewahren: Monika hatte ja recht, es war albern, sich selbst sein Glück zu zerstören! ... Warum genoß er nicht ruhig das Wunder, das eine solche Liebe in seinem Leben bedeutete? Noch nie war er einer Frau begegnet, die so viel wahren, moralischen Wert mit so viel verführerischer Schönheit vereinigte, und nie würde er ihr wieder begegnen!

Ihr, ob sie nun verantwortlich dafür war oder nicht, eine Vergangenheit vorwerfen, die ihn logischerweise gar nichts anging? Blödsinn! ... Ihr wegen ihrer geistigen Unabhängigkeit zürnen? Kleinlich! ... Wegen ihres Reichtums? ... hier quälte ihn ein unbestimmtes, gemischtes Gefühl. Er war empfänglich für den Luxus, der sie schmückte, und fühlte sich dadurch gedemütigt, daß sie auch in diesem Punkt von der Norm abwich und nicht die abhängige Frau war, der der Mann befahl ...

»Hier entlang!« sagte er an einem Kreuzweg.

»Aber nein! Die Akazien sind doch da ... Wir fahren ganz richtig!«

Das Auto sauste mit gleichmäßigem Brummen dahin.

Sie hatte eine rote Ledermütze auf, den Hals frei unter dem offenen Mantel, steuerte mit aufmerksamer Energie und sah so knabenhaft hübsch aus, daß Regis sie trotz seiner schlechten Laune bewundern mußte.

»Na«, meinte Monika, »hatte ich recht?«

Das Auto hielt vor der Villa. Sie lag vergraben hinter ihrem efeuumrankten Tor, und durch die kleine weißgestrichene Gittertür sah man im Hintergrund auf dem Rasen das niedrige Haus mit seinem alten Ziegeldach.

»Hübsch ist's, das muß man sagen!« rief Monika. »Vielleicht wäre es weise, so zu wohnen, nahe genug bei Paris, um es im Notfall rasch zu erreichen und doch weit genug draußen, um ungestört in frischer Luft zu leben.«

Der Herbstnachmittag überstrahlte die Büsche mit seiner lichten Helle. Ein duftiger Himmel leuchtete so sanft, daß man nicht wußte, war das nun der sterbende Sommer oder ein neuerstehender Frühling.

Sie ließen das Auto in der Allee stehen und schlossen das Tor. Beim Ton der Klingel erschien Frau Ambrat auf der Schwelle des Hauses ... Sie schwenkte grüßend die Arme zum Willkommen und beschleunigte ihren Schritt.

»Guten Tag, liebes Kind! Guten Tag, Herr Boisselot! Wir überlegten gerade, ob Sie noch kommen würden ... Denn – das soll kein Vorwurf sein – Sie machen sich wirklich rar! ... Ich bin Ihnen nicht böse darüber. Liebesleute sind immer Egoisten.«

Sie hatte Monika unter den Arm gefaßt.

»Warum sind Sie nicht zu Tisch gekommen? Es gab ein Spanferkel mit weißen Bohnen! ... Und Vouvray dazu, den Herr Boisselot doch nicht verachtet ...«

Sie wandte sich zu ihm:

»Es warten noch zwei kalt gestellte Flaschen auf Sie! Wenn Sie es auch nicht verdienen, Sie Räuber! ... Kommen Sie rasch, alle warten schon auf Sie!«

»Wer alle?« fragte Monika.

»Ihr spezieller Freund Vignabos, Herr Blanchet und die Murroys, die Sie ja kennen.«

Regis zog ein langes Gesicht. Er überlegte, ob er nicht auf der Stelle umkehren solle. Aber schon gingen sie durch den Salon, das Hauptzimmer des Hauses, dessen Türfenster nach vorn auf den Garten und hinten auf den Wald hinausgingen. Er folgte. Monika blieb einen Augenblick stehen:

»Dieses Zimmer gefällt mir zu gut!«

»Es ist sehr einfach«, meinte Frau Ambrat.

»Eben deshalb!«

Der gemütliche Raum wirkte beruhigend mit seinen alten gutbürgerlichen Möbeln, die von einer Patina glänzten, welche nur die häusliche Pflege von Generationen verleiht. Monika liebte besonders einen großen Schrank von schlichten Formen, der noch von Herrn Ambrats Großeltern stammte. Ein Andenken an das Stammhaus der Familie.

Regis berührte im Vorübergehen das samtglatte Holz und dachte:

»Da kannst du in die Ecke gehen! Das schlägt den Stil Lerbier gründlich!« Als wenn sie seine Gedanken erraten hätte, sagte sie:

»Das geht den schönsten modernen Möbeln ab. Das kann nur die Zeit geben, dies Abschleifen der harten Kanten – diese Bereicherung des Tons durch das Leben.«

Er hätte fast geantwortet: Das Leben! ... Das ist ein Witz ... Ja allerdings! Wenn wir fünfzig Jahre warten wollen, kommt auch das unsere ins Lot! ... als von der Laube, in der sich bei ihrem Anblick alle erhoben hatten, ein kleines Mädchen herbeirannte und sich Monika in die Arme warf.

»Wie schön du bist, Riri! Geht es dir gut?«

Das Kind hob seine flachsblauen Augen und ihr ganzes glückstrahlendes Frätzchen mit dem seidigen kastanienbraunen Haar, das ein Band von der Farbe ihrer Augen schmückte. Ihr ganzes Wesen antwortete mit einem einzigen Freudenschrei. Monika streichelte den kleinen Kopf und beglückwünschte Frau Ambrat:

»Wie sie sich herausgemacht hat!«

Stolz leuchtete in den mütterlichen Zügen:

»Nicht wahr? Geh, Riri, hol mal schnell zwei Gläser!«

Gerührten Blickes folgten sie den hüpfenden nackten Beinchen, dem ganzen tanzenden Körperchen, das davonrannte ... Es war noch nicht volle zwei Jahre her, daß Henriette Lamus – sie war jetzt sechs Jahre alt – von den Ambrats aufgenommen worden war.

Sie war die Tochter einer Schuhstepperin, die am Krebs oder vielleicht auch am Elend und körperlicher Erschöpfung gestorben war. Der Vater war Zinkarbeiter, ein brutaler Trunkenbold; er hatte das arme Wurm, das er nur zu verprügeln pflegte, dem Kinderheim überlassen. Besser als der schriftliche Verzicht auf seine Rechte – der in den Augen des Gesetzes, das noch beim viehischsten Manne die väterliche Gewalt respektiert, wertlos war – hatte seine Wiederverheiratung, der glücklicherweise die Auswanderung des Lumpen in das befreite Gebiet folgte, die Ambrats instand gesetzt, die endgültige Rettung des Kindes durchzuführen. Aus dem armen Opferlamm hatten zwei Jahre vernünftiger Erziehung und zärtlicher Liebe ein anderes Wesen gemacht. Die verpflanzte Riri wuchs gerade und gesund empor.

»Was für ein Erfolg! Darauf können Sie stolz sein!«

Frau Ambrat lächelte bescheiden:

»Sie ist so lieb! Und es ist so erfreulich zu sehen, wie eine Seele sich entfaltet, die nur danach verlangte, leben und lieben zu dürfen. Ich komme tatsächlich immer mehr und mehr zu der Überzeugung, daß die Wahlfamilie die einzig wahre ist. Riri liebt mich wie eine Mutter. Vielleicht sogar mehr. Die Familie ist nur ein Wort, wenn man sie ausschließlich auf die Bande des Blutes gegründet denkt. Ja, ich sehe es jeden Tag deutlicher: die wahre Kindschaft ist die des Herzens und des Geistes.«

»Aber man kann die Vererbung nicht unterdrücken«, bemerkte Regis.

»Nein, Herr Boisselot. Aber man kann sie derart korrigieren, daß man sie vollkommen umgestaltet. Das Okulieren ist eine gute Erfindung! Warum sollte man nicht aus so einem Wildling einen schönen Fruchtbaum machen, wenn ein okuliertes wildes Mandelstämmchen nach zwei Jahren prachtvolle Pfirsiche trägt?«

Herr Vignabos hatte sich Monikas bemächtigt und tätschelte ihr freundschaftlich die Hände. Jeder verneigte sich mit einem Eifer vor ihr, der Regis wider Willen verdroß. Er konnte sich schwer daran gewöhnen, erst in zweiter Linie in Betracht zu kommen. Ohne Wärme drückte er Blanchet die Hand und nahm bitter die banalen Höflichkeiten der Murroys entgegen. Sie waren Herrn Ambrats Vettern; der Mann war Notar in Langeais, seine Frau eine bescheidene Hausfrau. Ein altes Ehepaar ohne große Kultur, denen der Name Boisselot offenbar nichts sagte.

Sie besuchten die Ambrats regelmäßig ein- bis zweimal jährlich, auf jeder ihrer Reisen. Die Ambrats schätzten sie ihrer Gradheit und Duldsamkeit, auch ihrer lächelnden Philosophie wegen. Es war eine jener altfränkischen Ehen, die im Frieden der Provinz grau geworden, und deren einziger großer, stoisch ertragener Schmerz der Verlust des einzigen Sohnes gewesen war, des Obersten Murroy, der am 20. August 1914 bei Morhange gefallen war.

Man bildete wieder einen nun vergrößerten Kreis in der Laube. Riri kam zurück und trug vorsichtig zwei Gläser in ihren Händchen.

»Hier, Patin!«

Mit der Geschicklichkeit eines Winzers öffnete Herr Ambrat eine der beiden auf Eis stehenden Flaschen. Die Murroys hatten Riri an sich gezogen und streichelten sie: sie glich ihrer Enkelin, einer unehelichen Tochter des Obersten, der sie zugleich mit ihrer trauernden Mutter das Haus geöffnet hatten. Nun war ihr hauptsächliches Gesprächsthema mit Frau Ambrat wieder im Gange – die Kinderfürsorge, für die sie in Langeais eifrig Propaganda machten. Durch ihre Vermittlung hatten bereits zwei Knaben, einer in Angers, der andere in Saumus, unerwartet Eltern gefunden.

»Wenn nur«, sagte Herr Murroy, »die, die wir gerettet haben, nicht immer davon bedroht wären, eines Tages von den eigentlichen Urhebern ihrer Leiden zurückgefordert zu werden! In bezug auf die Kindergesetzgebung leben wir noch vollkommen unter römischem Recht … Der Familienvater hat alle Rechte und keine einzige Pflicht. Als ob die Kinder nicht ein soziales Kapital darstellen, das vor allen Dingen geschützt werden müßte!«

»Das hat Herr Blanchet in seiner Studie in der ›Neuen Welt‹ kräftig betont«, bemerkte Frau Ambrat ... »Doch, doch, lieber Freund! Sie haben uns einen großen Dienst erwiesen. Auf ihren Artikel hin hat das Hilfswerk eine Menge von Zuschriften und Anfragen erhalten ... Sie ahnen gar nicht, wie einflußreich Sie sind!«

»Blanchet kann Abgeordneter der Seine-et-Oise werden, sobald er nur will«, meinte Herr Vignabos.

»Das werde ich nie wollen. Vorträge und Artikel, so viel man will, aber im Palais Bourbon reden! ... Wissen Sie, woran mich das immer erinnert, Ambrat? An die großen Windmühlen am Loireufer. Die Flügel dreh'n sich ...«

»Und laufen leer?«

»Allerdings.«

Und wer soll denn die neuen Gesetze schaffen«, fragte der Notar, »wenn nicht die Gesetzgeber?«

Blanchet machte eine unbestimmte Geste:

»Es wird wohl, und vielleicht eher als wir glauben, eine Zeit kommen, da man der Wortmühlen müde wird. Die Welt um uns entwickelt sich. Und nur der Selbstmord kann uns dieser Entwicklung entziehen. Die Stunde der Tat wird kommen.«

»Die Revolution?« fragte Herr Murroy ohne Begeisterung. »Wenn die gelingen soll, braucht man mehr als einen Generalstab und Truppen, da braucht man Reserven. Wo sind die? Ohne den dritten Stand kein 1789!«

»Entweder kennt die Bourgeoisie von heute die Gewerkschaften nicht, oder sie unterschätzt sie wie damals Adel und Priesterschaft den dritten Stand. Vertraut auf das Volk!«

»Gut gesagt, Blanchet!« unterstrich Herr Vignabos.

Aber der Notar meinte besorgt:

»Eine Revolution ist das Unbekannte, oder vielmehr es ist immer die alte Geschichte: man schießt übers Ziel hinaus und muß dann zurückstecken! Was hat der Bolschewismus für Rußland erreicht? Können Sie mir das vielleicht sagen?«

»Aber«, warf Blanchet ein, »Rußland ist nicht Frankreich. Und außerdem hatten in Rußland der Ruin und die Hungersnot andere, tiefere und weiter zurückliegende Ursachen als die kommunistischen Utopien. Sogar ihr Fehlschlag streitet zugunsten der französischen Reformer. Wie es aber auch kommen möge, die Nationalisierung des Bodens und der Großindustrie wird im alten Zarenreich die Herrschaft der Bolschewisten überleben. Die ganze Menschheit wird Vorteil daraus ziehen, zugleich mit dem kindhaften Riesenvolk, das wir wachsen sehen werden, wenn es erst seine blutigen Krämpfe überwunden hat. Was soll man machen? Ohne Kampf und ohne Schmerz kann nichts Großes entstehen.«

Eifrig hörte Monika der klangvollen Stimme zu. Die innere Überzeugung gab ihrem Wohllaut einen Reiz, dem sogar Herr Murroy nicht widerstehen konnte. Nur Regis umfaßte mit der gleichen ironischen Mißbilligung den »Komödianten« und sein Auditorium ... Sing nur deine Baritonserien, alter Freund! Das zieht immer! Er höhnte:

»Blanchet hat unrecht, sein Talent für den Hausgebrauch aufzusparen. Mit seiner Stimme ist er in zwei Jahren Minister.«

Der Professor fühlte den groben Ausfall unter dem lausigen Einfall.

»Ich bin nur ein einfacher Philosophieprofessor, mein Lieber. Und ich lehre nur das, was ich selber glaube.«

Der Romanschriftsteller entschuldigte sich perfid:

»Ach! Ich dachte, Sie hätten einen Lehrstuhl für Rhetorik. Verzeihung!«

»Ich verstehe nicht«, entgegnete Blanchet, »was dabei Beleidigendes wäre. Auch die Rhetorik hat ihr Gutes. Jedenfalls ist es das erste Mal, daß ich einen Literaten schlecht von ihr sprechen höre. Sie speien auf Ihr Brot!«

Regis wurde blaß. Der Hieb saß! Unter dem scherzhaften Ton stießen die Degenspitzen Wunden. Ein Wortduell, dessen Ernsthaftigkeit niemand außer Frau Ambrat erriet und dessen Hiebe Monika empfand, die gleichzeitig Richter und Zeuge war. Ihretwegen kreuzten diese beiden Männer die Waffen ihrer Blicke und ihrer Worte.

Denn sie erkannte mit plötzlicher Klarheit, die sie erschreckte: Boisselots Eifersucht witterte nicht vollkommen blindlings hier den Rivalen. Sie gab sich davon Rechenschaft, weniger auf Grund der stets gleichen Haltung des Professors als auf Grund ihrer gegenseitigen Sympathie. Seit ihrer letzten Begegnung war in Blanchet ein neues Gefühl erwacht.

Erst war es Neugier, dann zog ihn etwas Stärkeres als bloße Kameradschaft zu ihr hin, an Stelle der bisherigen herzlichen Höflichkeit. Mit dem Instinkt aller Frauen, denen es schmeichelt zu gefallen, selbst wenn ihnen ursprünglich gar nichts daran lag, fühlte sie den Fortschritt bei jedem Wiedersehen.

Das war nicht mehr bloße Geistesverwandtschaft, nicht mehr nur geistige Freundschaft, die ihr nach jeder Trennung diesen Menschen nähergebracht hatte, dessen Vornehmheit sie endlich voll schätzen lernte. Ein stärkerer Magnet zog ihn an ... Vielleicht unbewußt? Denn äußerlich gestattete nichts, in seiner Haltung etwa anderes zu bemerken als herzliche Achtung. Es bedurfte der Katzenaugen eines eifersüchtigen Liebhabers, um sofort klarzusehen.

Gleichzeitig prüfte sie sich selbst. Von Regis bis zu einem Grade besessen, daß außer ihm physisch niemand für sie existierte, konnte sie vom sinnlichen Standpunkt weder Abstoßendes noch Anziehendes in Georges Blanchet entdecken. Er reizte sie weder, noch stieß er sie ab. Er war ihr gleichgültig ...

Wenn sie schärfer nachdachte, gestand sie sich aber doch, daß er bei näherer Bekanntschaft gewann. War der erste Eindruck, als er ihr damals vorgestellt wurde, nicht eher unangenehm gewesen? Jetzt sah sie ihn gern wieder. Sie liebte seinen großen Horizont und vor allem seinen Glauben, der doch die Duldsamkeit nicht ausschloß. Ja, ein schöner Charakter!

Sie wollte ganz aufrichtig sein: hätte sie ihn wirklich so geschätzt, wenn nicht Regis durch seinen albernen Verdacht, durch seinen ungeschickten Eigensinn sie gezwungen hätte, öfter, als sie dies wohl sonst getan haben würde, den Vergleich zu ziehen? ... Nein. Wenn das Bild Blanchets für sie so sehr Gestalt gewonnen hatte, daß es oft ihre Gedanken beschäftigte, wenn sie allein war ... wessen Schuld war das?

Was von den plumpen Vorwürfen am meisten an ihr genagt hatte, war weniger deren Haltlosigkeit als ihre Ungerechtigkeit. Ihr zerquältes Herz, das zur Heilung sanfter und sorgsamer Pflege bedurft hätte, hatte um so grausamer die Brutalität der Hand empfunden, die den kaum angelegten Verband herabgerissen und die Wunde freigelegt hatte.

Sie klaffte nun wieder, und ein neues Leid vergiftete sie, das Monika bisher noch nicht gekannt hatte: der Kampf der sich loslösenden Seele mit dem Fleisch, das ein beschmutztes, aber festes Band bindet. Und jede Stunde nährte jetzt dieses Leiden ...

So war für alle drei, ohne daß sie es ahnten, der entscheidende Augenblick gekommen.

Regis, der sich seiner Unvorsichtigkeit nicht bewußt war, drang auf seinen Gegner ein. Er gehörte zu den Menschen, die sich von ihrer Leidenschaft hinreißen lassen, und fühlte sich außerdem seiner Beute viel zu sicher. Aber auch wenn er an seiner Macht gezweifelt haben würde, hätte er sie kaum wütender verteidigen können.

»Mein Brot!« knurrte er. »Sie sind gut!«

Er rief ihren alten Lehrer zum Zeugen an.

»Rhetoriker, ich? ... Wenn ich etwas hasse, weil ich nichts Gefährlicheres und – vom literarischen Standpunkt aus – Verächtlicheres kenne, so ist es die Beredsamkeit! Sooft ich kann, befolge ich den Rat Verlaines: ich nehme sie beim Wickel und drehe ihr den Hals um!«

Blanchet lächelte, und Ambrat schenkte sich in Gedanken noch ein wenig Vouvray ein. Er errötete, als er bemerkte, daß alle Gläser leer waren, und reichte die Flasche hin:

»Oh, Verzeihung! ... Noch ein Gläschen, Herr Boisselot! Sie mögen ihn doch so gern. Ein Glück, daß es noch ein paar so gute Dinge in unserem Lande gibt!«

»Warum sollte man eine Zeit oder eine Gesellschaft«, nahm Blanchet sein früheres Thema wieder auf, »nach einem ihrer vergänglichen Aspekte beurteilen? Was sind zehn, zwanzig Jahre vom Standpunkt der Geschichte aus? ... Wer weiß? ...

Vielleicht entwickelt sich auch aus der Anarchie eine neue Ordnung ... Auch die heutigen neuen Sitten der jungen Mädchen mit ihren Exzessen, die jede Lehrzeit der Freiheit mit sich bringt, verschönern vielleicht das Gesicht der Frau von morgen.«

Boisselot hohnlachte.

»Und was wäre weiter dabei? Die Jungfrauschaft, die die früheren Weiberkäufer so hoch schätzten, scheint mir nicht wichtiger als ein Milchzahn! Und den Aberglauben, den manche mit ihr verbinden, halte ich eher für eine Art von Sadismus als für einen Beweis von Intelligenz. Ich bin der Meinung Stendhals, für den die Jungfernschaft die Quelle aller Laster und allen Unglücks in unseren heutigen Ehen ist!«

»Jetzt wundere ich mich nicht mehr über Ihre Duldsamkeit den Bolschewisten gegenüber. Der Kommunismus in der Liebe ist Geschmackssache.«

Blanchet zuckte die Achseln:

»Es handelt sich hier nicht um Kommunismus, sondern ganz einfach darum, unser Recht auf Freiheit und auf freie Wahl auch auf die jungen Mädchen auszudehnen. Es ist albern, sie zu Tausenden zur Abstinenz zu verurteilen, während wir die triste Masse der öffentlichen Dirnen zur Marter eines erzwungenen Geschlechtsverkehrs verdammen. Das Zölibat der Jungfrauen vermehrt nur die Anzahl der Prostituierten. Ganz abgesehen davon, daß jetzt, wo die Geburtenziffer sinkt ...«

»Wirklich«, schloß Frau Ambrat, »es kann nie genug Kinder geben! Es lebe das Leben!«

Regis wollte eben antworten, als er den Blick Blanchets auf Monika ruhen sah. Gleichzeitig erhob diese die Augen. Sie nickte nur, aber ihr ganzes Wesen stimmte ihm bei.

Da erhob er sich, so wutverzerrt, daß Frau Ambrat auffuhr, als sei der Teufel aus dem Kasten gesprungen.

»Haben Sie mich aber erschreckt!« scherzte sie.

»Entschuldigen Sie! Bei all dem Gefasel ist es spät geworden, wir müssen heim ... Ich bedauere, mein lieber Blanchet, daß ich Ihnen eine Anbeterin entführe ... Kommst du, Monika?«

»Bleiben Sie doch!« drängte Frau Ambrat, empört über diesen unpassenden Ausfall ... »Wir essen das Spanferkel auf mit einem guten Gemüsesalat ... aus dem Garten! ... Unsere Freunde fahren erst nach dem Abendbrot mit dem Zehnuhrzug.«

Regis fühlte, daß die Einladung Monika lockte und daß sie zögerte. Da ging er aufs Ganze:

»Unmöglich! Unsere Scheinwerfer sind in Unordnung!«

Er log. Aber bei dem befehlenden Blick, den er ihr zuwarf, gab sie nach aus Angst vor einem Skandal ...

Blanchet küßte ihr die Hand. Sie sah Regis gerade ins Gesicht, es war weiß vor Wut, und sagte sehr laut wie ein Versprechen:

»Auf baldiges Wiedersehen!«

IV.

Nachdem sie das Auto in die Garage gebracht hatten, gingen Monika und Regis stumm ihrer Wohnung in der rue Vaugirard zu.

Während der Rückfahrt hatte sie vermieden, eine Unterhaltung anzuknüpfen. Und als sie jetzt den unvermeidlichen Augenblick nahen sah, ahnte sie schon, wie es kommen würde: wenn sie zu Hause waren, würde die übliche Szene losbrechen in ihrem ständig gleichen Ablauf, ein Platzregen von Vorwürfen, ein Hagel beleidigender Worte, und dann, wenn das Gewitter ausgetobt hatte, der erniedrigende Sturz in den erbärmlichen Sinnengenuß, aus dem sie sich jedesmal beschmutzter wieder erhob.

Sie fühlte schon, wie die drückende Luft der kleinen Stuben sie erstickend an der Kehle faßte. Schon im voraus schienen sie ihr noch ärmlicher und leerer als sonst – an diesem herbstlichen Sonntagabend, dessen Glanz über dem grünen Park des Luxembourg lag –, die Wohnung, in der sie nichts erwartete ... keine Traulichkeit, kein Behagen. Nichts als ihre gegenseitige Feindseligkeit ...

An der Ecke der rue Bonaparte blieb sie stehen:

»Es ist so schönes Wetter, und ein Abendessen ist nicht vorbereitet ... Es ist ganz überflüssig, daß wir die drei Treppen hinaufsteigen, um doch gleich wieder fortzugehen.«

»Wir können uns doch vor dem Essen etwas ausruhen.«

»Nein. Geh du nur nach Hause, wenn du willst. Ich setze mich lieber hier in den Park. Ich muß allein sein ... Du kannst mich nachher abholen.«

Er schüttelte den Kopf:

»Setzen wir uns in den Park.«

Sie gingen an den großen Rasenflächen entlang, auf denen Liebespaare und ganze Familien lagerten und den prachtvollen Abend genossen. Traurig betrachtete sie die Frauen, die zärtlich am Arme ihres Begleiters hingen, die Scharen spielender Kinder, die zwischen den Stühlen, zwischen den Gruppen ihrer lesenden Väter oder handarbeitenden Mütter umhertollten ... Sie beneidete sie um ihre Gleichgültigkeit. Wie viele dieser Spaziergänger trugen wohl so viel inneres Leid wie sie? Sie suchte hinter den Gesichtern zu lesen, ihre Geheimnisse zu durchdringen ... Wieviel Leichtsinn, wieviel Resignation! Wie einsam war sie inmitten dieser Menge! ...

Regis ging neben ihr her. Wenn sie den Arm ausstreckte, konnte sie ihn berühren. Sie betrachtete ihn, und es überraschte sie, wie sie sich trotz dieser körperlichen Nähe von ihm getrennt fühlte. Endlich fanden sie zwei freie Sessel unter einem Baum, der die Statue der Frau von Ségur beschattete. Sie sagte:

»Hier ist es ganz schön.«

Noch einen Augenblick lastete das drückende Schweigen auf ihnen. Dann gelang es Regis, seinen Grimm zu unterdrücken und ein Wort zu sagen, auf das sie nicht gefaßt war und das sie deshalb ergriff:

»Ich verdiene deine Liebe nicht! Mein Verhalten heute nachmittag war eine unerhörte Flegelei.«

Er hatte seine bis dahin gesenkten Augen demütig flehend zu ihr erhoben. Überrascht mußte sie sich einen Augenblick sammeln. Sie war so angewidert gewesen von seinem unmöglichen

Benehmen Frau Ambrat gegenüber, daß sie seitdem geschwiegen hatte. Ein Schweigen, das verächtlicher war als alle Vorwürfe! Angreifen? Diese Ehre war er nicht wert! Aber sie war auf der Hut und zu jeder Entgegnung bereit ... Und nun entwaffnete sie diese unvorhergesehene Zerknirschung. So fragte sie, indem sie ihm auf den Grund der Seele zu schauen versuchte:

»Meinst du das ernst?«

»Das sollst du an meiner künftigen Haltung erkennen. Seit einer Stunde sage ich mir, daß ich dabei bin, unser Glück endgültig zu vernichten ... Und es ist mir doch lieber als mein Leben! Was wäre mir alles andere ohne dich! Ich kann dich nicht entbehren. Du bist mir notwendiger als ...«

Er sprach mit leiser Stimme und trotziger Stirn ... Er suchte einen Vergleich ... Sie kam ihm zu Hilfe:

»Als deine Pfeife! ... Wie kann ich dir noch glauben, nachdem alle deine Versprechungen das traurige Ergebnis von heute nachmittag gezeitigt haben?«

»Es gäbe schon ein Mittel. Stell' mich auf die Probe. Gehen wir fort von hier, wir können es doch alle beide ... Weißt du, wir könnten nach Rozeuil gehen! Rignacs Haus ist für den Winter zu vermieten. Und wenn wir es kaufen wollten, würde er es schließlich auch verkaufen.«

»Wozu?«

»Um da zu leben.«

»Das glaubst du ja selber nicht!«

»Ich wünsche mir nichts inniger als das. Im Zorn sagt man mitunter ungereimte Dinge, Dummheiten, die man nachher bereut ...«

»Zum Beispiel?«

»Nein, von Vergangenem wollen wir nicht mehr reden. Ich hatte unrecht! ... Aber jetzt handelt es sich um die Gegenwart und um die Zukunft, und die liegen in unserer Hand. Wenn du gut wärest, würdest du all das Böse vergessen, das ich dir wider Willen angetan habe. Denn im Grunde bin ich doch kein schlechter Mensch ... Wir würden weit von Paris und von allen

Leuten weggehen. Uns hält ja hier nichts. Ich nehme mein Tintenfaß mit und du deine Pinsel, jeder sein Handwerkszeug ...«

»Wenn man nichts weiter mitnähme als das! ... Aber was nützen Reisen und Ortswechsel ... Man schleppt nicht nur sein Handwerkszeug im Koffer mit ... man nimmt vor allen Dingen sich selbst mit!«

»Wir wollen alle üblen Erinnerungen hierlassen. Alles, was mich in Paris verfolgt, bedrückt ... In Rozeuil finden wir nur die Erinnerungen an unsere Liebe wieder. Nur frohe Erinnerungen. Und wenn wir so allein und nur füreinander leben, werden wir glücklich sein. Ich habe nur noch einen Wunsch: Alles zu tun, um zu vergessen! ... Vergessen! ... Vergessen! ...«

Sein Ton war so schmerzlich und drückte eine solche Willensanspannung und Hoffnung aus, daß sie unsicher wurde. Sprach er wahr? ...

Er fühlte festeren Boden unter sich und rückte vor:

»Ich bitte dich nur um das eine: versuchen wir's! ... Wenn du duldsam genug sein könntest, meine Ungerechtigkeit zu vergessen! ... Wenn du mir den Beweis liefern wolltest, daß nichts und niemand dich an Paris fesselt.«

Der Gedanke an Blanchet stieg wieder zwischen ihnen auf, aber er verjagte ihn, beschwor sie mit heißer Bitte, als er sah, daß ihre Stirn sich verfinsterte.

»Fern von allen leben, arbeiten und einander lieben ... Vielleicht würdest du dann, wenn die Probe bestanden ist, von selbst deinen Entschluß zurücknehmen, und wenn ich dich dann recht innig bäte ...«

Er zögerte, und eine demütige Schüchternheit ließ ihn erröten.

»Was?« fragte sie ahnungslos.

»Ich wage nicht, es auszusprechen. Aber der Gedanke daran verfolgt mich unaufhörlich ...«

»Sprich!«

Er hatte Angst. In seinen Ohren klang noch der schneidende Satz wieder: »Ich werde dich niemals heiraten« ... Aber seitdem sie ihn ausgesprochen und damit einem Plan feste Gestalt verliehen hatte, an den sie bisher nur hin und wieder gedacht hatten, verfolgten ihn diese Worte mit immer stärkerem Wunsch. Heiraten! ... Diese Vorstellung, die mitunter wohl jeder von ihnen für sich gehegt, von der sie aber nur gesprochen hatten, um sie von sich zu weisen, hatte seitdem immer energischer von seinen Gedanken Besitz ergriffen. Sie heiraten! Ja ... das war das einzige Mittel, sie künftig ganz für sich, völlig für sich, nur für sich zu haben ... Sie begriff und rief aus:

»Deine Frau soll ich werden? ... Heiraten? ...«

»Das ist mein Traum!«

»Mich ganz zu deiner Sklavin machen, nicht wahr? ... Du meinst, dann hieltest du mich fester?«

»Wen fesselt denn die Ehe heutzutage noch! ... Hab' keine Angst! Blaubarts Kammer ist eine sehr alte Geschichte. Ein Märchen! ... Nein, ich möchte dich heiraten, damit wir noch inniger eins werden, damit wir uns rückhaltlos angehören können ...«

Wenn auch ihr ganzes Innere in instinktiver Selbstverteidigung sie diesen unerwarteten Vorschlag wie eine tödliche Drohung von sich weisen hieß, gegen ihn protestierte, empfand sie doch in der unbelehrbaren Harmlosigkeit ihres Körpers und ihres Herzens eine Regung des Verzeihens ... Rozeuil? ... Wer weiß? ... Und warum sollte man schließlich nicht noch einen letzten Versuch machen?

Sie willigte nicht am gleichen Abend ein. Aber einige Tage später gab sie nach, gerührt durch Regis' Versuche, ihr seine zärtliche Reue zu beweisen. An einem nebligen Morgen trug sie das Auto dem kleinen Haus am Flusse entgegen. Julia war am Abend vorher mit den Koffern vorausgefahren.

War es die Spiegelung der Jahreszeit? Die milde Schönheit dieses Altweibersommers, die über der neugewonnenen Umgebung und über ihnen selbst lag? In diesen letzten sonnigen Novembertagen fanden sie Rozeuil mit seinen goldenen Pappeln, den perlmutternen Nebeln über dem Wasser und den roten Wäldern noch ergreifender als im Frühling ihrer Liebe.

Regis war wieder der gute Kamerad geworden, der er damals

gewesen war. Die erste Woche verging in langen Fahrten über die Landstraßen, während scharfe Luft ihnen um die Schläfen pfiff und sie rasch durch die kleinen Dörfer hinsausten. Am Abend erhellte und erwärmte ein mächtiges Feuer das kleine Eßzimmer, wo sie, wenn der Tisch abgetragen war, ihr weißes Papier herausholten und fröhlich bis in die tiefe Nacht hinein arbeiteten.

Sie begann an die Möglichkeit eines Wunders zu glauben: dieses Zusammenleben war angenehm genug, um sie über viele Fehler hinwegsehen zu lassen, die er trotz all seiner Mühe nicht ablegen konnte ... Und sie hatten ja auch genug innere Berührungspunkte, um gute Freunde, ja sogar Liebende zu bleiben. Aber der Plan, über den er aus Klugheit schwieg, von dem sie indessen fühlte, daß er immer noch auf ihn hoffte, entsetzte sie schon beim bloßen Gedanken.

Heiraten?! ... Niemals! ... Frei war sie, frei wollte sie bleiben! Denn was konnte ihr im Grunde eine solche gesetzliche Bestätigung noch geben? Was bedeutete sie für ein glückliches Zusammenleben? Nichts. Und für das Gegenteil? Den Strick um den Hals ...

Hintergedanken, die er in ihr ebenso spürte, wie sie in ihm, und die gegen ihren Willen ihre Stimmung trübten. Die zweite Woche erschien ihr länger als die erste. Die Tage wurden kürzer, der graue, nun schon kalte Morgen und die frühe Dunkelheit der Nachmittage mit ihrem einförmigen Regenwetter zwangen sie, endlose Stunden eingesperrt einander gegenüberzusitzen ...

Die Abgeschiedenheit von der Außenwelt verwies beide auf ihre innere Wärme wie ein Feuer, das keine Nahrung mehr findet. Vergebens bemühten sie sich, die Flammen wieder aufzuschüren. Sie fanden nur noch glimmende Kohlen und Asche.

Nur Monika hatte den Mut, sich das einzugestehen, weil sie unter der Feststellung nicht mehr litt. Sie glaubte in bezug auf Regis, im guten wie im bösen alles ausgeschöpft zu haben, was sie von ihm zu erwarten hatte. Sollte sie vergeblich so viel gegeben und noch diesen letzten Versuch gewagt haben? ... Der

Gedanke verletzte mehr ihren Stolz als ihre Liebe. Der Schmerz dessen, der glaubte, im Hafen gelandet zu sein und sich wieder auf die hohe See hinausgeworfen sieht als steuerloser Kahn.

Und als sie bei diesem Menschen, den sie um seiner ganz außergewöhnlichen Offenheit und Geradheit willen geliebt hatte, die gleiche Angst vor der Wahrheit entdeckte wie bei dem ausgekochtesten Lügner, war die Demütigung und das Erstaunen so groß, daß sie völlig davon betäubt war ... Hatten denn die andern, »Heuchler & Genossen«, wie Niquette zu sagen pflegte, tatsächlich recht? ... Und war sie mit ihrem immer brennenderen Durst nach Ehrlichkeit und Gerechtigkeit anormal?

Nach vierzehn Tagen, von dem Regen zur Verzweiflung getrieben, der seit dem frühen Morgen unaufhörlich vom Himmel goß, trat sie plötzlich vom Fenster zurück, aus dem sie in die Nacht und die regennasse Landschaft hinausgeschaut hatte. Ein Sturm! ...

»Klingle«, sagte sie. »Julia soll Licht bringen ... So ein drekkiges Nest! Nicht mal elektrisches Licht!«

Er rauchte und antwortete nicht. Als Julia die beiden Kerzenleuchter, die den Kamin schmückten, angezündet auf den Tisch gestellt, Holz ins Feuer gelegt und die Läden geschlossen hatte, erklärte er:

»Es ist doch wunderschön hier! Du bist eben schwer zufriedenzustellen.«

»Findest du?«

»Was fehlt dir denn eigentlich? ... Sprich dich aus!«

Sie blickten einander an. Der Wind rüttelte an den Fenstern. Und als sei eine Mauer eingestürzt, brachen plötzlich Sturm und Dunkelheit über sie herein. Das schwanke Gerüst, das ganze Gebäude dieser vierzehn Tage stürzte zusammen.

»Also los!« befahl er, als wolle er den Ruin rasch vollenden ... »Oder soll ich's dir vielleicht sagen? ... Dir fehlt nur dein Paris ... Und dein ...«

Blanchet? Sie zitterte.

»Du lügst!«

»Jetzt braucht man ihn nicht einmal mehr zu nennen! ... Der Herr kommt dem Appell zuvor! ... Zur Stelle! ... Wie sich das trifft!«

Sie fand es unter ihrer Würde, sich zu rechtfertigen, und nahm ein Buch zur Hand. Er riß es ihr weg:

»Antworte! Umsonst hast du doch gestern nicht den Brief von Frau Ambrat bekommen! ... Einen so interessanten Brief, daß du mir nicht mal was davon gesagt hast, und wenn ich nicht den in kleine Fetzen zerrissenen Umschlag im Papierkorb gefunden hätte ... Ach, nur den Umschlag! Sieh her, da ist er!«

Unter seiner Schreibunterlage zog er ihn Stück für Stück sorgsam wieder zusammengeklebt heraus und zeigte ihn ihr.

»Mein Kompliment!«

»Was dir fehlt und was sie dir vorschlägt, nicht wahr – denn sie ist nicht nur eine schöne, sondern auch eine gute Seele –, ist ein kleiner Besuch in Vaucresson? Stimmt's?«

»Es stimmt.«

Er sprang mit der gleichen Wut auf wie an jenem Sonntag, als er sie aus Ambrats Villa weggeschleppt hatte. Aber diesmal packte er sie bei den Handgelenken und schüttelte sie.

»Du Vieh! Du Rohling!« ächzte sie. »Jawohl. Paris fehlt mir und Vaucresson ... und auch Blanchet, wenn dir das Freude macht!«

Sie verglich unwillkürlich das edle und feine Antlitz, das Regis selbst vor ihr heraufbeschworen hatte mit diesem gelben bärtigen Gesicht, seinem wilden Blick und den harten Kiefern.

»Laß mich los!«

»Niemals ...«

Er hatte sie von der Tür weg gegen die Mauer gedrängt. Unempfindlich gegen die Schläge, die sie ihm versetzte, hielt er sie an den Schultern fest und brüllte:

»Gestehst du endlich? ... Ich wußte es ja ... Du bist ja nie etwas anderes gewesen als eine Hure! ...«

Mit einem verzweifelten Ruck machte sie sich los. Er sah sie schon verloren, fort von sich. Da riß ihn seine Wut hin. Er spie den ganzen Groll aus, der ihn erstickte:

»Ihr seid ja füreinander geschaffen! Eine Hure und ein Zuhälter! ...«

Sie sah ihn mit so beleidigendem Mitleid an, daß er Lust verspürte, sich auf sie zu stürzen und sie zu erwürgen.

»Sei nur noch obendrein unverschämt! Deswegen gebt ihr doch ein ausgesuchtes Pärchen ab! ... Den wird dein Junggesellenleben nicht weiter stören! Der Herr ist nicht wählerisch, er ißt auch Reste gern ... Ja, ja! Ein edles Herz und ein hoher Geist! Verstopfte Nase, aber vorurteilslose Gesinnung! Nein! Warte! Ich bin noch nicht fertig! Setz nur deine Kaiserinnenmiene auf! Du bist immer nur ein armes Luder gewesen, das von nichts etwas verstanden hat ... eine Perverse! ... Statt dich zuerst für einen Vorübergehenden auf den Rücken zu legen, nur weil man das gnädige Fräulein angelogen hatte – hättest du, wie die andern auch, dich verheiraten sollen ohne so viel Mätzchen zu machen! ... Aber nein! Das will die Welt verbessern! ... Wenn es alle Frauen so machten, würde was Schönes dabei herauskommen! Und was das beste ist, das hält sich obendrein noch für anständig! Anständig! ... Zum Schieflachen! Geh nur ... geh nur zu deinem Blanchet ... Ihr paßt wunderbar zusammen! ...«

Er hatte sein Gift verspritzt und schwieg scheu. Sie sah ihn immer noch an, hochaufgerichtet, bleich, Auge in Auge ... er gab nach, wich zurück. Langsam ging sie an ihm vorbei, öffnete die Tür; mitten auf der Treppe saß Julia und lauschte. Als sie Monika erblickte, rannte sie schleunigst die Treppe hinunter und entschuldigte sich vom Flur aus:

»Ich war heraufgekommen, um nachzusehen, ob Sie Holz brauchten ... Da hab' ich den Herrn brüllen hören ... Arme kleine Frau! Was hat es für einen Zweck, sich so aufzuregen! ...«

»Bringen Sie meine beiden Koffer!«

»Gnädige Frau will fort?«

Das narbenzerrissene Gesicht der dicken alten Frau drückte mitleidigen Tadel aus. Der schwere Körper wackelte in der offenen Küchentür hin und her.

»Ich weiß wohl, daß ich der gnädigen Frau keine Ratschläge zu erteilen habe ... Aber ich an Ihrer Stelle ... Wegen dem bißchen Krach gleich weggehen?! ... Das ist doch unvernünftig ...«

Monika zog den Regenmantel an, setzte die Lederkappe auf und schlug die Kapuze über den Kopf. Die erstaunte Julia fuhr fort:

»Wenn man jedesmal auseinanderlaufen wollte, wenn man sich Bescheid gesagt hat! ... Die Männer sind nun mal so. Sie müssen immer die Herren sein ... Man kann das ja verstehen, sie sind eben die Stärkeren. Sehen Sie, meiner hat mich mit Vitriol begossen. Trotzdem bin ich, als mein anderer gestorben war, wieder zu ihm gegangen. Es ist nun mal mein Mann ... Das mit dem Vitriol war sein gutes Recht ... Und Kinder haben wir ja auch nicht mehr, die sind gestorben. Da bleibt man eben zusammen. Er prügelt mich ja manchmal ... Was ist da weiter dabei? ... Das bringt einen wenigstens auf andere Gedanken ... Und dann sag ich mir: sterben müssen wir ja doch alle einmal! ... Also wozu? ... Bleiben Sie schon! Der Mann hat Sie im Grunde doch sehr gern ... Er ist ein bißchen hitzig, das stimmt ja! ... Aber dafür ist er eben ein Mann!«

Melancholischer Ekel durchschauerte Monika. Dies tierische Hinnehmen, diese jämmerliche Gewöhnung! Julia erschien ihr mit einem Male als die Verkörperung Tausender ihrer Schwestern aus dem Volke. Ja! Die hatten keine Zeit gehabt, sich mit psychologischen Problemen aufzuhalten! Die Analyse! Die taugt nur für Leute, die nichts zu tun haben! ... In dem zerklüfteten faltigen Gesicht las sie Jahrhunderte demütigen Duldens und drückender Sklaverei. Welch ein Abgrund klaffte zwischen ihnen! Würde er sich je überbrücken lassen?

»Ich gehe ins Dorf und bestelle einen Wagen. Ich fahre mit dem Achtuhrzug.«

»Bei dem Wetter!«

Die Tür schlug zu. Beleidigt kehrte Julia in ihre Küche zurück.

Monika ging die dunkle Landstraße entlang. Nur mühsam

konnte sie ihre Gedanken zusammenraffen. Sie ging, wie der Wind sie trieb und hob. Endlich erschienen die ersten Häuser von Rozeuil, und das Gasthaus winkte mit seinen erleuchteten Fenstern ...

Dem erstaunten Wirt gegenüber hatte sie ihre volle Ruhe wiedergefunden und mit energischer Stimme ihre Aufträge gegeben ...

Als sie im Regen, der ihr die Wangen peitschte, zurückging, atmete sie auf: ... Aus!!! ... Es war aus!

Von nun an war sie ganz ruhig, packte bedächtig ihre Koffer, wobei ihr Julia seufzend half. Hinter der geschlossenen Zimmertür hörte man hämmernde Schritte.

Als Monika damit fertig war, ihre Wäsche kunstgerecht in den Koffer zu legen, ging sie, als sei nichts geschehen, ins Nebenzimmer, um ihre Schreibmappe und ihren Farbenkasten zu holen. Regis pflanzte sich vor ihr auf:

»Also du glaubst, ich werde dich so einfach gehen lassen?«

»Ja. Ich lasse dir das Auto hier. Du kannst mit Julia zu Abend essen.«

Sie ordnete ihre Stifte und Pinsel und kümmerte sich nicht um die Wut, in der er sichtbar bebte. Plötzlich stürzte er sich auf sie und zerschlug mit der Faust den Deckel der Schachtel, die hinfiel.

»Glaubst du vielleicht, du könntest mich einfach sitzenlassen und dich morgen mit dem andern über mich lustig machen? Du wirst nicht gehen! Du gehörst mir! Ich habe dich und halte dich ... Laß das alles! Du bleibst!«

Mit kalter Entschlossenheit hob sie die kleinen Farbflaschen auf und warf sie ins Feuer, dann nahm sie ruhig ihre Schreibmappe. Außer sich vertrat er ihr den Weg und befahl:

»Du sollst das lassen? Hörst du wohl? Sonst ...«

»Sonst ... was?«

Nun bäumte sie sich gegen die schneidende Stimme auf und schrie:

»Ich habe keine Angst vor dir! Jetzt ist's genug! ... Nichts kann mich hindern, fortzugehen! Nichts!!! ... Du müßtest mich totschlagen, um mich zum Bleiben zu zwingen! ... Von mir aus ist's zu Ende! Aus!! Laß mich durch! Du kannst dich mit Julia trösten! ... Du brauchst gar nichts anderes als eine Wirtschafterin!«

Ihm wurde rot vor den Augen; aber sie ging mit derartiger Erregung auf ihn los, daß er zögerte. Im gleichen Augenblick hörte man draußen das Rollen eines Wagens. Der Kutscher rief. Sie stürzte ans Fenster:

»Sind Sie's, Vater Brun? Kommen Sie herauf!«

Schnell lief sie in ihr Zimmer, Regis folgte ihr fassungslos. Als er aber den gutmütigen Mann hereinkommen sah, machte er kehrt, ging in den kleinen Salon, warf die Tür heftig hinter sich ins Schloß und drehte den Schlüssel zweimal um ... Fast gleichzeitig hörte sie, wie die Fensterläden aufgestoßen wurden und heftig gegen die Hauswand schlugen.

Schnell schloß sie die Koffer, die Vater Brun einen nach dem andern mit Julia hinuntertrug: die atmete schwer, und ihre Hängebrust schwabbelte im Mieder. Monika folgte dem breiten, unter der Last gebeugten Rücken auf den Fersen. Eine Hast jagte sie: fliehen, diesen plötzlich verhaßt gewordenen Ort und die eingesperrte wilde Bestie da oben verlassen!

Sie nahm sich nicht einmal Zeit, ihren Mantel zuzuknöpfen, sondern sprang rasch in den Omnibus, auf dessen Dach der Kutscher die Koffer festschnallte. Im gelben Laternenlicht dampfte der nasse Gaul. Julia stand glotzend auf der Schwelle. Monika beugte sich aus dem Wagenschlag, um ihr Lebewohl zu sagen, und bemerkte im offenen Fenster des ersten Stockes Regis, der sich schwarz vom belichteten Hintergrund abhob. In wildem Zorn saugte er an seiner Pfeife ... Sie warf sich zurück. Der Wagen fuhr an.

Im Augenblick war das kleine Haus, Julia, Regis, alles verschwunden. Um sie war dichte, schwarze, nasse Nacht ... und in ihr eine ungeheure Erleichterung.

In der rue de la Boetie erwartete man sie nicht. Schlüssel hatte sie auch nicht. Also mußte sie ihre Koffer beim Portier lassen, wieder eine Taxe nehmen und im Hotel übernachten. Sie war so matt, daß sie auf nichts mehr reagierte. Zerschlagen legte sie sich nieder, als käme sie von einer langen, langen Reise zurück. Sie war so nervös, daß sie kein Auge schließen konnte.

Sie brauchte mehrere Tage, um ihr Gleichgewicht wiederzufinden. In ihre Freude, der entwürdigenden Marter entronnen zu sein, mischte sich so große Ermattung, daß jede Kleinigkeit sie zur Raserei bringen konnte. Nur wenn sie lag, war ihr wohl. Ihr schien, als sei sie todkrank gewesen und erwache nun im ersten Stadium der Rekonvaleszenz.

Fräulein Tscherbalief wußte von ihrem Erlebnis und erriet aus Andeutungen, was Monika aus Selbstachtung verschwieg; sie bewies ihr in diesen Stunden wertvolle Freundschaft. Sie stand Schildwache neben ihrer Chaiselongue, fing lästige Besucher und Telefongespräche ab und wachte darüber, daß die Post keine unliebsamen Überraschungen brachte. Regis schrieb Brief um Brief.

Aber der Anblick der eckigen Schriftzüge, die sie früher mit solcher Inbrunst Seite für Seite gelesen hatte, rührte Monika nicht mehr; ungeöffnet warf sie sie ins Feuer. Sie bogen und verzehrten sich in der Glut, ohne daß ein einziger Widerschein den düsteren Blick aufgehellt hätte, der den tanzenden Flammen zuschaute.

Regis begnügte sich nicht damit, zu schreiben, sondern erschien auch mehrere Male persönlich, um jedesmal unerbittlich abgewiesen zu werden. Von diesen fruchtlosen Versuchen kehrte er mit gesenktem Kopf und so finsterem Gesicht auf die Straße zurück, daß die Vorübergehenden ahnen mochten, er führe Böses im Schilde, und sich nach ihm umwandten.

Ende der Woche entschloß sich Monika auf das Drängen der Russin, an Frau Ambrat zu schreiben. Diese war an Grippe erkrankt und hatte nicht in die rue de la Boetie kommen können, um sich nach ihr zu erkundigen. Sie war verwundert, daß ihr letzter Brief, den sie nach Rozeuil geschrieben hatte, unbeantwortet blieb, und hatte Monika in einem kleinen Billett zärtliche Vorwürfe gemacht und sie um ein baldiges Wiedersehen gebeten. Wie es ihr ginge? Man erwarte sie bestimmt am Sonntag in Vaucresson. Zum Mittagessen und am liebsten allein! Nur Vignabos und Blanchet würden dasein ...

Blanchet? ... Nein, dem wollte sie jetzt nicht begegnen ... Später vielleicht ... Sie hatte ein solches Bedürfnis nach Ruhe und Vergessen! Wenn er auch zweifellos weniger an sie dachte, als sie an ihn, und so sympathisch er ihr auch war, empfand sie doch einen körperlichen Schauder vor allem, was sie an die vergiftete Liebe Boisselots gemahnte ... Die warf noch ihren Schatten auf alles und alle.

Die Einladung lockte sie zwar, aber nach reiflicher Überlegung hatte Monika doch eine entschiedene Absage geschrieben und ihre alte Freundin inständig gebeten: »Kommen Sie zu mir. Ich habe Ihnen so viel zu sagen! ...« Am nächsten Tage war Frau Ambrat da.

Und am Abend nahm sie Monika mit hinaus nach Vaucresson.

V.

Das Mittagessen war zu Ende. Mit den Ellenbogen auf dem Tisch saß Monika Frau Ambrat gegenüber und hörte eifrig Blanchet zu, der eine Apfelsine schälte und dabei ausrief:

»Hören Sie mal, Ambrat! Es handelt sich nicht darum, festzustellen, ob wir, wenn Deutschland uns nicht vollständig bezahlt, das Recht haben, den Rhein auf ewige Zeiten zu besetzen. Das Recht ist die eine Frage. Und die unsicherste, gefährlichste von allen! ... Die Tatsachen sind die andere. Das Recht, mag es sich nun um Völker oder um Einzelpersonen handeln, ist immer eine Sache der Auslegung und des Interesses. Wer die Macht hat, behält letzten Endes auch recht. Der Rechtsbegriff ändert sich also, sobald die Macht sich anders verteilt. Sind wir nun aber sicher, diese Macht stets zu behalten? Soll das Leben der Welt und das unsere, das von ihr abhängt, immer dieser blutsaugenden Chimäre unterworfen bleiben? Sollen wir in Ewigkeit zu Rachekriegen verdammt sein? ... Also es handelt sich hier für mich nicht um eine Rechts-, sondern um eine Machtfrage. Was ist aber nun das eigentliche und wahre Interesse Frankreichs, das hier von dem der ganzen Welt unzertrennlich ist? Die Rheingrenze oder der Friede, den eine internationale Liquidationsanleihe garantiert? Der Friede, das heißt die Weltarbeit und ein solidarisches Europa!«

»Ein schöner Traum!«

»Man muß ihn nur verwirklichen wollen. Wenn man nicht an den Fortschritt glaubt, gibt es keinen!«

Monika saß neben dem großen Schrank und betrachtete freundschaftlich seine Patina; sie fühlte sich wohl und schmiegte sich in ihren Sessel wie in eine ruhige Zuflucht. Sie würdigte das Zartgefühl ihrer Freunde, mit denen diese – Blanchet hauptsächlich – sich während des Essens bemüht hatten, ihren Gedanken eine andere Richtung zu geben.

Regis? An den dachte sie nicht mehr! Er war zur gleichen Stunde für sie gestorben, als sich ihrem Gedächtnis sein letztes Bild einprägte … der rachsüchtige Schatten am Fenster … Sie hatte ihn völlig aus ihrem Körper und ihrer Seele gerissen. So vollkommen, daß sie nun frei war, wenn auch die Wunde noch etwas schmerzte, und sich mit der unbewußten Kraft junger Menschen dem einzigen und unfehlbaren Heilmittel zuwandte: dem Willen, gesund zu werden.

Während die beiden Männer ihr Gespräch wiederaufnahmen, beobachtete Frau Ambrat mit zärtlichem Blick die nachdenkliche Monika. Sie freute sich über die Veränderung, die bereits mit ihr vorgegangen war … Die arme Kleine, die auf so weiten Wegen das Unglück gesucht hatte, während das Glück vielleicht dicht bei ihr war! Waren Blanchet und sie nicht füreinander geschaffen? Statt dessen hatte sie sich in Boisselot verliebt! Einen weniger sympathischen Menschen konnte man sich doch kaum vorstellen …

Sie hatte ihren Stuhl neben Monikas Sessel geschoben und ihre Hände ergriffen:

»Sie sehen gut aus, Kleines! Ich freue mich, daß es Ihnen hier gefällt.«

»Es ist so schönes Wetter!« sagte Monika und sah über Blanchet und Ambrat hinweg in das milchige Blau des Himmels.

»Sie haben recht«, rief Blanchet. »Was meinen Sie zu einem kleinen Spaziergang durch den Garten?«

»Zieht wenigstens eure Mäntel an«, riet Frau Ambrat.

Eine frische Kälte drang durch die Fenstertür, die Blanchet geöffnet hatte.

»Man fühlt sich sehr wohl so«, antwortete er.

»Warten Sie, Monika!« empfahl Frau Ambrat. »Ich hole Ihnen rasch einen Schal.«

Sie war allein, trat auf die Schwelle und folgte mit Freundesblicken Blanchet, der gestikulierend, elegant und schnell neben dem ein wenig gebeugten Ambrat hinschritt ... Plötzlich wandte sie sich rasch um, denn ein Fluidum durchdrang sie und verriet ihr, daß jemand in der Nähe war. Die Tür zum Vorgarten hatte sich geöffnet. Ein Mann hob sich schwarz von dem hellen Hintergrund ab. Sie war so überrascht, daß ein Aufschrei ihr auf den Lippen erstickte. Den Hut auf dem Kopf, die eine Hand in der Tasche seines Ulsters vergraben, stand Regis vor ihr. Mager und hohläugig starrte er sie finsteren Blickes an. Sie vermochte nur zu stammeln:

»Wie ... kommst du ... hierher?«

»Ich beobachtete euch durch das Fenster, seit ihr von Tisch aufgestanden seid ... Ich komme dich holen. Komm!«

»Du bist wahnsinnig!«

Drohend trat er auf sie zu, die freie Hand ausgestreckt:

»Komm!!!«

Sie sah seinen Blick und begriff. Entsetzt stieß sie einen so schrillen Schrei aus, daß Regis sprachlos stehenblieb.

»Du willst nicht?« murmelte er. »Gut!«

Gleichzeitig zog er einen Browning aus der Tasche und legte auf sie an. Aber Blanchet, der auf Monikas Schrei herbeigeeilt war, warf sich vor sie und deckte sie. Der Schuß krachte ...

Mit blödem Stieren sah Regis Blanchet schwanken und Monika mit blutüberströmtem Halse sich vorbeugen, um ihn aufzufangen. Jetzt stürzten Herr und Frau Ambrat von beiden

Seiten ins Zimmer. Der Ingenieur warf sich auf Boisselot, der sich wie ein Kind entwaffnen ließ ... Frau Ambrat half Monika, Blanchet auf das Kanapee zu legen ...

Herr Ambrat übersah als erster klar die Lage.

»Marie«, befahl er dem Dienstmädchen, das wie ein Hündchen hin und her rannte, »gehen Sie rasch und holen Sie Doktor Lumet. Es ist ein Unglück geschehen.«

Neben dem ohnmächtigen Blanchet schluchzte Monika in einem Nervenzusammenbruch. Frau Ambrat kam aus dem Eßzimmer zurück, wo sie Essig und ein Tuch geholt hatte, um das Gesicht des Verletzten zu kühlen. Nachdem man Kragen und Weste geöffnet hatte, konnte man durch das halboffene Hemd eine kleine Wunde dicht neben der Achsel erkennen. Monika horchte, den Kopf auf Blanchets Brust, ängstlich auf den Atem.

»Aber Sie sind ja auch verletzt!« rief Herr Ambrat. »Sie bluten am Hals ... Zeigen Sie her ...«

»Ach, das ist nichts!«

»Zeigen Sie her!«

Die Kugel war quer durch Blanchets Schulter gegangen und hatte dann Monika gestreift. Eine oberflächliche Verletzung; in ihrer Erregung hatte sie nicht einmal den Schmerz gefühlt ...

»Dieses Vieh!« wütete Herr Ambrat.

Und jetzt erst kam er auf den Gedanken, sich richtend dem Mörder zuzuwenden ... Niemand! Nur noch der Stuhl, auf dem Regis eine Minute vorher zusammengebrochen war ... er war plötzlich zum Bewußtsein des Geschehenen gekommen und geflohen.

Inzwischen war Blanchet wieder zu sich gekommen.

»Bewegen Sie sich nicht«, sagte Monika.

Sie kniete neben dem Sofa, hatte seine Hand ergriffen und drückte sie leise. Er öffnete die Augen, lächelte, als er die drei Köpfe sah, die sich über ihn beugten, und beruhigte sie sofort.

»Das kann nicht schlimm sein! ... Eine Kugel in der Schulter ... das kenn ich schon. 1915 hat man mir eine aus der andern herausgeholt ... Das war allerdings eine deutsche!«

»Sprechen Sie nicht, Sie strengen sich an«, sagte Frau Ambrat.

»Die hier braucht man Ihnen nicht herauszuschneiden«, meinte Monika und beugte sich zu ihm. »Sehen Sie, den Spaß hat sie sich beim Herauskommen geleistet.«

Beim Anblick ihrer Verwundung erblaßte er und wäre beinahe wieder ohnmächtig geworden ...

»Eine Kleinigkeit! Erschrecken Sie nicht ...«

Sie wußte nicht, was sie ihm sagen sollte ... Sie hätte ihm all das zuschreien mögen, was in ihr kochte, ihre ganze Dankbarkeit ... Die Worte drängten sich, blieben aber kraftlos hinter ihren Lippen ... So flüsterte sie nur:

»Wenn Sie nicht gewesen wären! ...«

Er antwortete ihr mit einem Blick, der den Worten ihren vollen Sinn verlieh:

»Danken Sie mir nicht. Es war doch ganz selbstverständlich!«

Ganz selbstverständlich! Ja, er hätte das gleiche auch für jede andere getan ... Weil er mutig war ... und ritterlich ... Aber – jetzt war sie dessen sicher – er war besonders glücklich, daß er es für sie hatte tun dürfen. Die Befriedigung darüber, die sie in seinen Zügen las, erfüllte sie selbst mit einer Verwirrung, die sie nicht zu beherrschen vermochte ...

»Da kommt Marie!« sagte Frau Ambrat. »Nun?«

»Der Doktor war zu Hause. Er kommt gleich.«

»Gut. Machen Sie heißes Wasser.«

Blanchet wartete, bis sie die Tür hinter sich geschlossen hatte.

»Und jetzt müssen wir uns verständigen ... Der Revolver?«

Herr Ambrat zeigte darauf.

»Da, auf dem Tisch.«

»Sie waren gerade dabei, ihn zu entladen, als der Schuß zufällig losging. Ganz einfach.«

Monika und Frau Ambrat wechselten einen Blick. Er hatte das so natürlich gesagt! ... Sie konnte nicht daran zweifeln, daß er auch bei dieser Überlegung wieder nur an sie dachte. Aus Zartgefühl fügte er jedoch hinzu – denn nach dem Impuls, mit dem er den Schuß abgefangen hatte, fürchtete er sich davor, seine Aufopferung mit dem leisesten Anspruch an Dankbarkeit zu belasten:

»Es hat ja niemand Interesse an einem Skandal.«

Herr Ambrat konstatierte nur:

»Der Schurke kommt leichten Kaufs davon!«

»Der Unglückliche!« korrigierte Blanchet.

Um ihre Angst zu verbergen, war Monika an die offengebliebene Fenstertür getreten und sah in den Garten.

»Da kommt der Arzt!« sagte sie.

Herr Lumet, dem man in kurzen Worten Bericht erstattete, nahm die Erklärung des Ereignisses als eine Unvorsichtigkeit als die selbstverständlichste Sache von der Welt hin. Nachdem er die Wunde untersucht und die Lage des Einschuß- und Austrittskanals ihn beruhigt hatte, erklärte er:

»Das ist in acht Tagen erledigt. Nur Ruhe und Spülungen. Wenn die Wunde nicht eitert, wird man bald gar nichts mehr von ihr sehen. Inzwischen stecken wir den Herrn mal ins Bett! Er ist aufgeregt genug.«

Trotz Blanchets Protest, der seinen Freunden nicht zur Last fallen und durchaus in einem Sanitätswagen nach Versailles geschafft werden wollte, war alles im Augenblick erledigt. Monika bestand darauf, ihm ihr Zimmer abzutreten; sie würde auf dem Diwan bei Frau Ambrat ausgezeichnet schlafen können.

Herr Ambrat und der Arzt, die den Verwundeten stützten, hatten ihn kaum hinauftransportiert, ausgezogen und hingelegt, als Monika an die Tür klopfte.

Blanchet lächelte in seinem Fieber, als er sie eintreten sah. Mit der improvisierten Krankenpflegerin erschien ihm die Halluzination der furchtbaren Kriegsjahre. Er lag in seinem Hospitalbett! ... Und der Verwundete lächelte mit dem gleichen ekstatischen Lächeln, mit dem er – vor acht Jahren – seine Auferstehung aus der Hölle des Schützengrabens begrüßt hatte, als sich die weiße Gestalt über ihn neigte, in deren guten Augen das Leben leuchtete ...

Georges Blanchet, der damals weder leichtsinniger noch egoistischer gewesen war als die meisten, hatte im Krieg den Weg nach Damaskus gefunden. Ein Übermaß von Leid hatte er bis auf den Grund ausgekostet! Wie all jene, die nicht völlig abgestumpft aus ihm wiederkehrten, hatte er einen Haß und eine Liebe mit heimgebracht: den Haß auf die soziale Lüge und die Liebe für Wahrheit und Gerechtigkeit ... Freilich ... er mußte sich das schon eingestehen ... war eine solche Auffassung nur die einer ganz kleinen Minderheit! Wenige Männer teilten sie. Und noch weniger die Frauen.

Dies Sichverlieren ins abstrakte Reich des Gedankens hatte ihn, wie er meinte, vor der Zeit verbraucht. Er fühlte sich mit seinen vierzig Jahren älter als sein Freund Ambrat mit sechzig ... Er wiederholte ihnen immer »Ich bin fertig!« »Weil Sie allein sind!« war dann die ständige Antwort ... »Heiraten Sie!«

Dann nahm er aus einem Fach der Bibliothek sein erstes Buch und zeigte es ihnen scherzend: »Von Ehe und Vielweiberei!« »Ich gehöre zu der Sorte von Köchen, die nichts essen, was sie selbst gekocht haben! Wenn ich auch geschrieben habe, die Ehe sei ein Ziel, so glaube ich doch, daß sie nur ein Ausgangspunkt ist! Ich habe gesagt, sie hätte mit der Liebe nichts zu schaffen. Und doch kann ich sie mir ohne Liebe nicht vorstellen ...« »Aber«, antwortete dann Frau Ambrat und zeigte auf ihren Mann, »wenn es auch wahr sein mag, daß Ehe und Liebe selten zusammenfallen ... so sind sie doch nicht ganz unverträglich miteinander ... Wie das Beispiel zeigt! Warten Sie nur ab. Sie werden geliebt werden und heiraten! ...«

Als er Monika im Louvre begegnet war, hatte die Sympathie, die sich zwischen ihnen entspann und wie durch schweigendes Übereinkommen in jeder der knappen Stunden, die sie miteinander verbrachten, lebhafter geworden war, seine zurückhaltende Sensibilität nicht gelöst, sondern im Gegenteil verschärft. Diese Frau, die er zu den Besten zählte und im Grunde schon unbewußt liebte, in den Klauen Boisselots zu sehen, hatte ihn mit der gleichen Nervosität erfüllt, die er abends im Schlamm der Schützengräben empfunden hatte ...

Und dann plötzlich dieser Schrei, der ihm noch die Eingeweide zerriß. Und der Schuß, nach dem er als ein anderer Mensch erwachte, in dem Bett, in dem sie geschlafen hatte ...

Er schloß die Augen, als Monika eben den Verband zusteckte. Und zerschlagen schlief er ein. »Er hat heiße Hände!« stellte der Arzt fest. »Man muß ihn allein lassen. Absoluteste Ruhe! Und wenn er Durst hat, etwas Zitronenwasser. Um fünf Uhr messen. So ... Ich komme vor dem Abendessen noch einmal vorbei.«

»Seien Sie ganz unbesorgt«, antwortete Monika, »ich werde ihn nicht verlassen.«

Ambrats und der Doktor gingen auf Zehenspitzen hinaus, und sie setzte sich leise an das Kopfende des Bettes. Sie forschte in diesen Zügen, die der Schmerz noch veredelte.

Dieser schöne, kluge, gute Mensch hatte ohne Bedenken sein Leben für das ihre aufs Spiel gesetzt ... Würde ihr ganzes Leben genügen, um ihm dieses Opfer zu lohnen? Sie kam sich armselig vor, beschmutzt, minderwertig. Und doch drängte alles in ihr so heiß danach, glauben und lieben zu können.

*

»Nein! Schweigen Sie! ... Unterhaltungen mit dem Pflegepersonal sind verboten.«

»Es geht mir doch gut!«

»Es geht Ihnen besser. Das ist nicht dasselbe! Wenn Sie nicht folgen, gehe ich hinaus, statt ein Buch zu nehmen und mich neben Sie zu setzen.«

Er sah sie besorgt an, aber sie streichelte ihm die Stirne und setzte sich dann schweigend wieder hin.

Das war der sechste Tag seit dem ... Unfall. »Wie merkwürdig«, hatte sie zu Frau Ambrat gesagt, »da geht so ein Revolverschuß los wie ein Donnerschlag, und statt tragische Folgen zu haben, scheint er alles in Ordnung bringen zu wollen! ... Für Regis war das eine Art elektrischer Entladung, die die Spannung gelöst hat! ... Seine wütende Eifersucht hat sich in dem Schuß abreagiert ... Gute Reise! ...« Sie folgte ihm mit mannigfachen Gedanken auf das Schiff, das ihn zu dieser Stunde nach Marokko brachte.

Ein Briefchen Fräulein Tscherbaliefs hatte ihr am Morgen

diesen Entschluß und seine Ausführung mitgeteilt. »Herr Boisselot ist in der rue de la Boetie gewesen und hat ohne weitere Erklärungen angekündigt, daß er lange Zeit fort sein werde! ...«

Nachdenklich stellte Monika zu ihrem eigenen Staunen fest, daß sie ihm gegenüber keinen Groll mehr verspürte. Eher ein gewisses Mitleid. Wenn er sie krankhaft geliebt hatte, so hatte er sie doch wenigstens – dafür zeugte seine furchtbare Leidenschaft! – so geliebt wie noch keiner zuvor ... Er hatte sie von ihren Giften freigemacht. Und sogar die Erinnerung an seine Besitzwut stieß sie nun, da sie sich von ihm befreit hatte, nicht mehr ab, sondern rührte sie fast.

Sie prüfte sich ehrlich. Waren manche seiner Vorwürfe, die ihr zuerst ungerecht vorgekommen waren, nicht doch gerechtfertigt? »Ein Unglücklicher!« hatte Blanchet gesagt ... Ja, ein Unglücklicher, dessen Schmerz aber in seiner Rückwirkung – sie wäre sehr undankbar gewesen, wenn sie das vergessen wollte – ein doppeltes Glück schuf.

Denn wenn sie auch den Jubel ihres Inneren hätte dämpfen wollen, wenn sie auch furchtsam sich den Glanz des Blickes hätte verhehlen wollen, der sie jetzt eben wieder flehend umfaßte – in ihnen beiden war nur Glück!

»Ich sehe Sie wohl!« sagte sie vorwurfsvoll. »Es ist nicht recht, die Unaufmerksamkeit des Pflegepersonals dazu auszunützen, ihm derartige Dinge zu sagen! ...«

»Ich sage doch gar nichts!«

»Aber ich höre es! ... Lieber, lieber Georges! ...«

So nahmen die beiden ihr tägliches Zwiegespräch wieder auf. Sie sagten einander immer dasselbe ...

Das Zartgefühl, mit dem er sie zu erobern suchte ... als ob er sie nicht schon ganz und mit einem Schlage erobert hätte! ... Sie quälte sich mit vielen Skrupeln. War sie eines solchen Gefühls denn wert? Brachte sie ihm nicht eine beschmutzte Seele mit? ... Einen Körper, der schon so vielen gehört hatte? Verdiente sie dieses unerhörte Glück?

»Ich fürchte, Sie lieben in mir eine ganz falsche Monika! Habe ich denn all die guten Eigenschaften, die Sie in mir sehen?

… Manchmal möchte ich es gern glauben. Wenn Sie mich so ansehen wie jetzt … Dann stell' ich mir vor, ich wäre wie neugeboren, meine ganze Vergangenheit wäre ausgelöscht und alles finge von vorn an!«

Er wiederholte mit tiefer Überzeugung:

»Es gibt keine Vergangenheit. Alles beginnt erst!«

»Wenn Sie wüßten! …«

Ihre Erinnerungen waren in ihren Tiefen aufgewühlt, und der Schlamm stieg empor … Sie fühlte ein Bedürfnis, sich anzuklagen, sich zu entschuldigen … Und doch hatte sie ihre Offenheit teuer genug bezahlt, und die Eifersucht Boisselots schrie ihr immer wieder zu, wie gefährlich und unvorsichtig eine solche Beichte sein könne. Aber war sie dies Bekenntnis, das sie damals dem Freunde abgelegt und unter dem der Geliebte so gelitten hatte, nicht dem Manne schuldig, der ihr das Leben gerettet – so schmerzlich es auch für ihn sein mochte.

Eine schwärmerische Sehnsucht, sich zur Strafe für ihren Dünkel zu demütigen, überfiel sie. Die Aufrührerin gegen die Verlogenheit und Brutalität des Mannes, die Junggesellin, war vor der Größe einer wahren Liebe wieder zu einer wirklichen Frau geworden.

»Wenn Sie wüßten!« wiederholte sie …

»Aber ich weiß ja alles! Ja, ich weiß, daß Sie gelitten haben, wie alle Herzen, die nach dem Endgültigen dürsten! Ich weiß, daß die andern Ihnen Böses getan haben, ohne daß Sie ihnen jemals Böses zugefügt haben! Was geht mich all das an? Das ist die Vergangenheit, die Ihnen allein gehört! Für mich gibt es im Leben, und infolgedessen auch in seiner höchsten Form, der Liebe, nur gleiche und freie Menschen. Auf Menschen, die man liebt, hat man keine anderen Anrechte als die, die sie uns freiwillig einräumen. Und erst von der Stunde an, wo man sich einander geschenkt hat, ist man einander verantwortlich.

Ich weiß nur eines, Monika, daß Sie eine gute und stolze Seele haben, daß Sie ein Mensch sind, den das Leid, statt hinunterzuziehen, größer gemacht hat.«

»Wenn das wahr wäre!«

»Das Leid, Monika, ist die Offenbarung. Eine niedrige Seele bleibt im Verfall. Eine hohe Seele geht gestählt aus ihm hervor. Haben Sie Vertrauen! Die schlimmen Zeiten sind vorüber! Jetzt geht der Weg aufwärts!«

»Wie ich alles bereue!« seufzte sie ... »Wie gerne hätte ich Ihnen ein Herz mitgebracht, das noch für keinen andern geschlagen hat!«

VI.

Seit sie beide wieder ins Joch ihrer getrennten Existenzen gespannt waren, hatten sich Georges und Monika täglich wiedergesehen. Er war mehrere Male in der rue de la Boetie gewesen. An den andern Tagen fuhr sie nach Versailles hinaus – gewöhnlich in einem der Autos von Fräulein Tscherbalief – und nahm von dem Pavillon Besitz, den er in der Avenue Saint-Cloud bewohnte ... Eine alte Baracke, die für ihn zu groß war, sich aber würde herrichten lassen, mit einem Gemüsegarten, einem Hühnerhof und einer Remise, aus der sie das Gerümpel fortgeschafft hatte, um ihren Wagen dort einzustellen.

Das alte Dienstmädchen, das seit Jahren »Herrn Georges« den Haushalt führte, hatte sich sofort mit dem Eindringling einverstanden erklärt, denn sie erriet, daß die jetzige Freundin des Herrn bald hier die Herrin sein würde ...

Eines Abends, als sie zeitig mit der Bahn gekommen war und er sie nicht wieder fortlassen wollte, hatte Monika das improvisierte Abendessen angenommen und war mit einer festlichen Mahlzeit überrascht worden. Und als sie erstaunt den mit Mimosen und Rosen geschmückten Tisch betrachtete, hatte er gestanden:

»Seit Sie zum ersten Male hierhergekommen sind, ist kein Tag vergangen, an dem ich nicht davon geträumt hätte, daß Sie einmal nicht wieder fortgehen würden, daß ich Sie hierbehalten dürfte ... So erwartet Sie das Haus nun jeden Abend.«

Er erhob sich und küßte ihr die Hand. Er war rührend in

seiner kindlichen Freude und in der fiebernden Zurückhaltung seines Verlangens ...

»Nein, nicht heute abend, bitte! ...«

Es war ein Aufbäumen des Unterbewußtseins, in dem die frühere Monika, die ihren Geist und ihren Körper verschwendet hatte, sich endgültig auflöste, und die neue Monika, die jener glich, die sich einst so vertrauensvoll dem Leben erschlossen hatte, sich neu zu entfalten begann.

Sie hatte ihre Mädchenseele wiedergefunden, mit einer ernsteren Glut unter der gleichen knabenhaften Frische. Aber unbewußt äußerte sich in ihrem ruhigeren Wesen, in ihrer Zurückhaltung größere Weiblichkeit. Fräulein Tscherbalief betrachtete die in den Empfangssalon der rue de la Boetie Zurückgekehrte mit Erstaunen.

Monika hatte alle in den letzten zwei Jahren angesammelten Papiere aus dem großen Louis-XV.-Schreibtisch entfernen lassen. Fröhlich und mit einer Leichtigkeit, deren sie ganz entwöhnt zu sein glaubte, zeichnete sie auf der Tischplatte ihre Entwürfe ... Ein Entwurf für eine Wohnung: einige große, schlichte, helle Zimmer ...

»Was starren Sie mich so an, Fräulein Tscherbalief? ...«

»Merkwürdig! Sie scheinen mir so ... ganz umgewandelt! ... Sollte Fräulein Lerbier etwa mit dem Gedanken umgehen, sich zu verheiraten?«

Monika lächelte ... Frau Blanchet ... Einen Mann? ... Kinder? ... Warum nicht? ...

Was ihr noch vor einem Monat unmöglich vorgekommen wäre, schien ihr heute möglich ... Sie sah mit andern Augen, weil sie mit einem anderen Herzen empfand ... Schon machte sie unwillkürlich Pläne ... Im Frühjahr und Sommer würden sie den Pavillon in Versailles behalten. In den Ferien würden sie reisen, und im Winter ...

Klara, deren Frage unbeantwortet geblieben war, sah sie lächelnd an.

»Jetzt möchte ich jedenfalls mal ausziehen, Klara. Und da Sie mehrfache Hausbesitzerin sind und in der rue d'Astorg etwas

Passendes für mich haben ... Warten Sie! Das ist noch nicht alles! Der Baron hat Ihnen ja seinen Mercedes geschenkt, da brauchen Sie doch ihren kleinen Voisin nicht mehr? ... Den zehnpferdigen mit Innensteuerung ...«

»Nein ...«

»Ich kaufe ihn. Einverstanden?«

»Einverstanden!« sagte Klara, die seit langem daran gewöhnt war, sich bei »der Chefeuse« über gar nichts zu wundern ... »Aber nicht, ehe der Mercedes überholt ist ... Paßt Ihnen Freitag?«

»Wenn ich ihn nur zu Heiligabend habe ... Ich muß Herrn Vignabos mit nach Vaucresson zu Ambrats mitnehmen ...«

»Dann paßt es ja ausgezeichnet! Denn – das wollte ich Ihnen schon sagen, und dazu brauche ich den Voisin noch – ich muß morgen nach Magny – zu Anikas Beerdigung!«

»Anika!« rief Monika.

»Vorgestern gestorben, von allen verlassen, in einem Wirtshaus, in das sie sich vor einiger Zeit verkrochen hatte ... Wußten Sie das nicht?«

»Nein ... all das liegt so weit zurück! ...«

»Brustkrebs.«

»Das arme Geschöpf!«

Monika sah sie vor sich, leichenhaft im Dunkel des Rauchzimmers. Die ganze Vergangenheit mit ihren höllischen Bildern stieg vor ihr auf. Entsetzen erfaßte sie, wenn sie daran dachte, welchem Schicksal sie entgangen war, und sie bedauerte das traurige Geschick der Künstlerin. Gleichzeitig umtanzten sie die Gespenster der übrigen Bande. Michelle d'Entraygues, Ginette Hutier, Helene Suze und Max de Laume und Lady Springfield! ... Und die andern, all jene andern, die nur gleichgültige Masse für sie gewesen waren, die Bardinots, die Ransoms und auch die, denen sie im Vorübergehen so viel von sich selbst geschenkt hatte: Vigneret, Niquette, Peer Rys und schließlich Regis! ... Sie konnte sie sich kaum noch vorstellen ... Auch das waren Tote!

Sie verjagte die schmerzlichen Gesichte und sagte betrübt:

»Es ist nett von Ihnen, Klara, daß Sie nach Magny fahren, obwohl Sie Anika doch kaum kannten. Ich bin sicher, sie wird kein sehr großes Gefolge haben, trotz ihrer vielen Freunde! ... Nehmen Sie auch von mir Blumen mit ... Die arme Anika. Auch eine, die ihr eigenes Opfer geworden ist!«

Die Russin schloß mit ihrer energischen Stimme:

»Sie haben recht! Man hat nur dieses eine Leben, und es ist zu dumm, wenn man es sich selbst verpfuscht!«

Monika war aufgestanden, Fräulein Tscherbalief hätte in ihrer Neugier gerne noch mehr erfahren. Sie fragte, auf die Zimmerdecke weisend:

»Und was machen wir mit dem Zwischenstock, wenn Sie in der rue d'Astorg wohnen?«

»Geschäftsvergrößerung! Das ist Ihre Sache. Sobald ich ausgezogen bin, richten Sie da oben etwas Erstklassiges ein ... Ausstellungsräume für Kleiderstoffe ... Richtig, davon habe ich ja auch noch nicht mit Ihnen gesprochen ... Ich hätte Lust, folgendes herauszubringen: Tscherbalief und Lerbier, Damenmoden ... Hier könnte man eine Treppe legen ... sehen Sie, da würde sie münden ...«

Sie nahm ein großes weißes Blatt und zeichnete Pläne ... Ausdruck, Bewegung, alles sprach von einer so freudigen Energie, ihre ganze Persönlichkeit strömte sie so stark aus, daß Fräulein Klara ihr mit starrem Staunen zuhörte: man hatte ihre Monika entschieden vertauscht! ...

*

»Ich trinke«, sagte Herr Vignabos und erhob sein Glas, in dem die Bläschen des schäumenden Vouvray perlten, »auf die Genesung unseres Freundes!«

»Und auf die meine, mein lieber Meister! ... Von der ist überhaupt nicht die Rede!« protestierte Monika.

Alle errieten unter der scherzenden Beschwerde eine doppelsinnige Anspielung. Aber sie warteten schweigend darauf, daß sie sich näher erklären würde ...

Nur Blanchet hatte sie ganz verstanden. Er erhob sich rasch. Er wünschte so sehr, daß keinerlei Rückerinnerung Monika diesen glücklichen Abend trüben solle! Daher legte er ihrer Äußerung einen andern Sinn unter und erhob sein Glas:

»Monika hat recht! Um die unverzeihliche Vergeßlichkeit unseres verehrten Meisters wiedergutzumachen, trinke ich auf die noch raschere Genesung unserer Freundin. Das haben Sie von Ihrer Bescheidenheit, gnädiges Fräulein! Man spricht nur von meiner Verwundung, um die Ihre kümmert sich kein Mensch! Allerdings ist kaum noch etwas davon zu sehen!«

»Nein, Georges! Führen Sie unsere Freunde nicht irre. Die Heilung, von der ich sprach, ist die, die ich Ihnen verdanke! Wem sollte ich mich anvertrauen, wenn nicht Ihnen und diesen alten Freunden, die für mich nicht nur Tante Sylvia verkörpern, sondern meine ganze Familie! ... Denn von meinen Eltern will ich gar nicht reden! ... Für die bin ich ein Gegenstand, der ihnen einmal gehört hat und nun in andere Hände übergegangen ist! Wenn ich sie sehe, weiß ich ihnen nichts zu sagen, weil ich, wenn ich mich nicht beherrschte, ihnen zuschreien müßte: ›Ihr allein und eure verdorbene Umgebung sind die Ursache all meiner Irrungen gewesen! Bei Tante Sylvia wäre ich ein schlichtes, reines Mädchen geblieben ...‹ Ja, ich weiß wohl ... auch ich trage an vielem die Schuld! ... Ich schäme mich ja so entsetzlich darüber! Zu spät! ... Was will man machen? Wenn man einmal in den Pfuhl gefallen ist, plätschert man darin herum ... Man möchte gerne wieder heraus. Aber man kann nicht! ...«

Sie verbarg das Gesicht in den Händen.

»Armes Kleines«, sagte Frau Ambrat, »warum quälen Sie sich so? In Ihrem Alter bedeutet die Vergangenheit doch noch so wenig! ... Wenn man die ganze Zukunft vor sich hat! ...«

»Närrin«, flehte gleichzeitig Georges, »geliebte Närrin, wenn irgend etwas Sie mir noch lieber machen könnte, wären es diese übertriebenen Gewissensbisse. Wer dürfte es wagen, Ihnen aus der Vergangenheit einen Vorwurf zu machen, da Sie sie so schmerzlich beklagen? ... Sehen Sie mich an! Im Leben hat nur eines Wert: die Minute, die wir gerade erleben!«

»Sind aber meine Hände rein genug, um das Glück zu erfassen, ohne es zu beschmutzen?«

Er hatte die feinen Finger ergriffen und küßte sie innig.

»Das Gras wächst um so dichter, wenn das Feuer darüber hingegangen ist. Monika, im Andenken an Tante Sylvia bitte ich Sie, meine Frau zu werden ...«

»Kann ich denn?« flüsterte sie.

»Mein liebes Kind, Sie können es nicht nur«, rief Vignabos, »Sie müssen es sogar! ... Meinen Glückwunsch, Blanchet, Sie haben eine gute Wahl getroffen!«

»Und jetzt, meine Lieben«, bemerkte Frau Ambrat, »möchte ich euch zwar nicht gerade hinauswerfen. Aber es ist drei Uhr, und ehe ihr in Paris seid ... Wann geht eigentlich Ihr Zug, Georges?«

»Um vier!«

»Das ist ja wahr!« meinte Monika. »Ich hatte gar nicht mehr an Ihren Vortrag in Nantes gedacht ...«

Sie wandte sich zu Vignabos:

»Und Sie soll ich nicht mitnehmen, verehrter Meister?«

»Nein, da Frau Ambrat so liebenswürdig ist, mir Quartier zu geben.«

»Dann los! ... Wir haben gerade noch Zeit! ...«

»Nein! Nein!« rief Monika, als Vignabos und Ambrat Miene machten, sie zu begleiten ... »Gehen Sie schnell wieder hinein ... es ist eine Hundekälte.«

Jetzt saßen sie stumm in dem Wagen, der sie forttrug.

Wie in einer Verzauberung fuhren sie durch die Mondnacht und die nebligen Wälder, deren Tiefen sich vor dem blendenden Flug der Scheinwerfer erschlossen ...

»Langsamer, Monika! ... Es ist so schön! ...«

Sie kamen an die Seine. Wie eine Silberschleppe breitete sich der Strom zwischen den blauen Inseln aus.

»Ja, es ist schön!« flüsterte sie.

Der Wagen stand. Sie faßten sich bei der Hand. Sie redeten nicht miteinander und gestanden einander doch so viel! Da warf sie den Motor wieder an.

Zur selben Zeit waren die Ambrats und Vignabos im Begriff, ihre Zimmer aufzusuchen.

»Wissen Sie, teure Freundin«, sagte der alte Professor, die Treppen hinaufsteigend, »was das beweist? Daß für ein junges Geschöpf, das von dem Leben in unserer Gesellschaft noch nicht vollständig verseucht ist, die heutigen Sitten ein entsetzlicher Nährboden sind! Da haben Sie zum Beispiel unsere Aussteigerin! Sie ist aus ihrer zweifachen Erziehung – und aus dem Krieg – mit der Sehnsucht nach Emanzipation hervorgegangen, die so viele Frauen haben ...«

»So viele?« warf Frau Ambrat ein. »Glauben Sie wirklich? Die meisten liegen resigniert an der Kette! Viele – es ist traurig, es zu sagen – sind sogar daran geschmiedet.«

»Was macht das! Die Auserwählten ziehen die Masse nach sich. In ihrer geistigen Überlegenheit tragen sie eine wohltuende Kraft in sich ... die Überlegenheit des Friedens, der Gerechtigkeit und der Güte. Eine Kraft, die sich erschöpfen muß! ... Wir sollen, teuerste Freundin, auf diejenigen rechnen, die ihren Teil an der Arbeit gehabt haben und immer noch weiter daran haben, indem sie Gleichwertiges geben. Kann man Monika tadeln, auf ihre Weise vorangegangen zu sein? ... Ein Fehlgriff, meinetwegen. Aber immerhin ein Griff überhaupt!«

»Aber Sie müssen gestehen, daß ohne Blanchet ...«, sagte Frau Ambrat.

»Zugegeben! Aber seien wir gerecht; auch ohne Vigneret ... Wenn eine Frau strauchelt, hat immer ein Mann daran schuld.«

»Der Mann, stets der Mann!« brummte Ambrat. »Wäre es nicht richtiger, zu sagen, daß wir alle das Spielzeug von Kräften sind, denen wir nicht gewachsen? Schmerz und Freude sind blind. Nur die Kräfte sind in Tätigkeit ... Das wollen wir gefälligst zu Protokoll nehmen!«

Januar – Mai 1922.

Die »traditionelle« Frau hatte weder Komplexe noch wurde der Genuß ihr verboten: sie ging völlig in ihrer Rolle als Frau auf, war keineswegs passiv und träumte nicht wirklich von ihrer zukünftigen »Befreiung«. Es sind die Guten Seelen, die rückblickend die Frauen aller Zeiten als entfremdete sehen, die jetzt auf einmal in ihrem Begehren befreit wurden. Es liegt eine tiefgründige Verachtung in diesem Wunschbild, die gleiche, die jener sogenannten »entfremdeten« Masse entgegengebracht wird, von der man annimmt, sie sei nie fähig gewesen, anderes zu sein als Vieh, das man an der Nase herumführen konnte.

Es ist leicht, ein Bild der Frau, als durch die Jahrhunderte entfremdete, aufzustellen, und ihr heute, unter den Auspizien der Revolution und der Psychoanalyse, die Tore des sexuellen Begehrens zu öffnen. Dies ist alles so einfach, so obszön in seiner Einfachheit – schlimmer noch: es ist selbst Ausdruck von Sexismus und Rassismus: die Bemitleidung.

Jean Baudrillard (Paris 1979)

Nachwort

> Von der besonderen Einsamkeit der Frau wissen Männer nichts. Der Mann liegt im Schoß der Frau nur, um neue Kraft zu gewinnen, er baut sich auf aus der Vereinigung, und dann erhebt er sich und geht hinaus in die Welt, zu seiner Arbeit, in seinen Kampf, zu seiner Kunst. Er ist nicht einsam. Er ist geschäftig. Die Erinnerung an sein Eintauchen in die amniotischen Wässer gibt ihm Energie, Erfüllung. Auch die Frau kann geschäftig sein, aber sie fühlt sich leer. Sinnlichkeit ist nicht nur eine Entladung elektrischen Entzückens im Kontakt mit anderen. Wenn der Mann in ihrem Schoß liegt, ist sie erfüllt, mit jedem Liebesakt nimmt sie Mann in sich auf, in einem Akt von Geburt und Wiedergeburt, und trägt das Kind und den Mann. Der Mann liegt in ihrem Schoß und wird jedesmal wiedergeboren mit einer Begierde nach Taten, einer Begierde zu sein. Die Frau erreicht ihre Klimax aber nicht in der Geburt, sondern wenn der Mann in ihr bleibt.
>
> *Anaïs Nin* (Paris, 25. Mai 1932)

Sosehr uns heute eine Festlegung der Frau auf bestimmte Wesenszüge zu Recht beunruhigen mag, eines steht fest: ihre Einsamkeit und ihre Abhängigkeit von den Vorstellungen des Mannes. Sie bleibt in ihrer Begegnung mit dem Mann allein, weil ihre Erwartungen und ihre Bedürfnisse selten mit den seinen übereinstimmen. Schlimmer noch: um die weitlaufende Trennung zu überbrücken, macht sie ständig den Versuch, sich einem idealen Frauenbild des Mannes anzupassen, das einem jeweiligen männlichen Bedürfnis entspricht, mit ihrem eigenen

Selbstverständnis aber wenig gemein hat. Denn als eines will unsere Kultur die Frau nicht sehen, um D.H. Lawrence zu zitieren: »als ein richtiges menschliches Wesen weiblichen Geschlechts«. Man könnte die Anpassungsversuche der Frau ein rücksichtsvolles, auch kalkulatives Selbstversteckspiel nennen. Frauen sind durch die Jahrhunderte gewandte Diplomatinnen und Friedensstifterinnen geworden; sie können sich immer der Zeitsituation anpassen. So selbstverständlich sie während des Ersten Weltkrieges die Arbeit ihrer Männer übernehmen konnten, so widerstandslos sollten sie diese zu Kriegsende wieder abgeben. Doch der Krieg hatte seine Spuren hinterlassen, die Bewegung zur Emanzipation der Frau hatte an Schwung gewonnen. D.H. Lawrence meint zu dem Wandel der Frauen im Nachkriegs-Europa: »Jahre hindurch sind sie keusche Beatricen oder Kind-Weiber. Plötzlich ein Ruck – und die keusche Beatrice verändert sich völlig, das Kind-Weib wird zur brüllenden Löwin. Die Schablone hat dem Gefühl nicht genügt.« Aber die eine Schablone wird wieder nur durch eine adäquatere, die der Halbemanzipierten ersetzt. Die Kette der Täuschungen, und nicht zuletzt der Selbsttäuschungen, wird nicht aufgelöst, denn nur vereinzelt setzen Frauen ihrer Einsamkeit Phantasie entgegen, um das »menschliche Wesen weiblichen Geschlechts« zu entdecken.

Victor Marguerittes »La Garçonne«, 1922 zum ersten Mal erschienen, beschreibt diese Wandlung der Frau mit ihren Forderungen nach dem Mann entsprechenden Rechten, nach freier Liebe und gleichberechtigter Arbeit. Das französische Publikum reagierte auf sein Abbild der Sittenwandlung gemischt. Begeisterung (es wurde sehr schnell eine ungewöhnlich hohe Auflage verkauft) mischte sich mit Entrüstung. Die Darstellung der ambivalenten Haltung seiner Emanzipationsdurstigen, zum einen ihre Suche nach neuen Lebensweisen, zum anderen ihre Herausforderung an jene bürgerliche Moral, die ihren Erwartungen nicht entspricht und von der sie meint, sich losgesagt zu haben, löste einen Skandal aus. Dem Autor wird seine Mitgliedschaft der Französischen Ehrenlegion, trotz des Einsatzes Anatole Frances, entzogen, die deutsche Ausgabe kurz nach Erscheinen wieder verboten.

Margueritte schildert die lange, vielseitige Suche Monikas nach einer Lebensweise, die ihren Wahrheitsvorstellungen entspricht, läßt sie aus der bürgerlichen Welt aussteigen und ihre Erfahrungen in der Randwelt der Bohème machen, bis sie zuletzt ihre Erfüllung in der bürgerlichen Ehe zu finden glaubt. Hier wird in zum Teil sehr anschaulichen, zum Teil auch klischierten Episoden das Leben einer nach Emanzipation strebenden Frau gezeichnet, die ihre Haare schneidet als Ausdruck ihrer neugewonnenen sexuellen Freiheit, sich im Rausch der Jazzkapellen und des Opiums auflöst, aber auch ein eigenes Geschäft gründet, eine Wohnung für sich allein einrichtet und immerfort nach Verständnis, nach menschlicher Wärme in dieser neuen Freiheit sucht. Daß seine Heldin herumirrt, Lastern verfällt und ein Ungenügen in ihrer Freiheit empfindet, entschuldigt Margueritte, denn sie war für diesen raschen Übergang in die Freiheit durch ihre Erziehung sowie durch das vorgeschriebene Frauenbild gänzlich unvorbereitet. Seine Kritik hingegen richtet sich gegen die Gesellschaft, in der der Mann Rechte »in despotischer Weise als Monopol für sich allein beansprucht«, wodurch seine Darstellungsweise, aus polemischen Gründen, oft eine platte Karikaturhaftigkeit annimmt. Margueritte hat die Hoffnung, die Gleichberechtigung der Frau werde eine neue Menschlichkeit zustande bringen, und mahnt vor allem, die »Söhne besser zu erziehen«.

So ist sein Buch mehr als nur ein Kulturkuriosum zur Frauenfrage der 20er Jahre. Skandalös wirkt das Buch zwar heute nicht mehr. So sehr haben sich die Sitten doch geändert, daß außereheliche Liebe und zumindest die Forderung nach gleichberechtigter Arbeit (und gleichen Lohn für gleiche Arbeit), zur Norm geworden, uns nicht weiter erstaunen.

Dennoch sind die Begleiterscheinungen des Versuches von Frauen, sich zu emanzipieren, die Ratlosigkeit und Zweifel, die eine Absage an herkömmliche Lebensweisen begleiten, bis heute geblieben.

Der Ausbruch ist mit der herrschenden bürgerlichen Moral so eng verbunden, der totale Ausstieg in unserer westlichen Kultur fast zur Unmöglichkeit geworden, daß eine Provokation die Assimilation selten ausschließt und so von Anfang an eine Halbheit beinhaltet. Über George Sands Versuch, Emanzipation durch eine Mißachtung der herkömmlichen Bräuche zu erreichen, der dann doch in einer Rückkehr in die bürgerlich-aristokratischen Moralvorstellungen endete, schreibt Simone de Beauvoir: »Widerwärtig ist mir die Tugendmaske, die sie sich vorzubinden liebt. Sich Liebhaber zu leisten, sie zu betrügen, ihnen etwas vorzulügen – warum nicht? Aber man muß dann nicht auf seine Wahrheitsliebe pochen ... Was ich ihr am wenigsten verzeihe, ist die systematische Fälschung der Stimme ihres Innern, durch die sie ihr jeweiliges Verhalten zu einem erbaulichen Beispiel aufzuschönen versteht. Hier tritt bei ihr eine so grundlegende Verlogenheit zutage.« Ihr Vorwurf paßt nicht nur auf die ambivalente Haltung Marguerittes, den Ausbruch seiner Heldin durch eine neue Variante der bürgerlichen Moral, die Ehe mit dem liberalen Blanchet, wieder aufzufangen, sondern auch auf emanzipatorische Halbheiten der Gegenwart. Aus Bedürfnissen, die realen Problemen erwachsen, suchen viele die eigene Selbstverwirklichung in einer Emanzipation, die oft nur einen Kulissenwechsel bedeutet, eine Wiederholung der abgelehnten »bürgerlichen« oder »patriarchalischen« Lebensweisen in einer anderen Schattierung, nun aber für eine »wahre« und endgültige Antwort gehalten.

Nicht nur die Täuschung, das für die angestrebte Freiheit zu halten, was eigentlich nur ein erster Schritt ist, wirkt gegen den Prozeß der Emanzipation, sondern auch die Entschärfung des revolutionären Potentials der Frauenemanzipation, die dadurch stattfindet, daß das Endstadium wieder nur auf einen Tugendkatalog, eine Ontologie, mit anderen Vorzeichen versteht sich, hinausläuft. Selbstfindung wird weiterhin gesucht in einem anderen, der oder die, wie ein Objekt, mit Erwartungen besetzt, das Sinndefizit tilgen soll. Die eigentlichen Forderungen der Frauenfrage – die vollkommene Gleichstellung in Theorie wie in Praxis und der Versuch, eine Beziehung zwischen Männern und Frauen aufzubauen, die nicht auf Macht und Gewaltausübung basiert – werden dadurch verfehlt.

Marguerittes Tugendmaske läßt ihn die Polygamie zwar als natürliches sexuelles Verhalten der Frau verkünden; seine Heldin jedoch findet ihre Verwirklichung erst nach ihrem Junggesellin-Leben in der Ehe, eine Aufhebung also ihrer ursprünglichen Absage. Das auslösende Moment für diese Regression, für Monikas Unzufriedenheit, kommt nicht aus dem direkten Erleben der Freiheit, sondern aus der diese begleitende Einsamkeit. In einer autobiographischen Geschichte benennt Marieluise Fleißer, eine eminente Zeitgenossin Marguerittes, diese Einsamkeit: »Das waren die Fröste der Freiheit, sie mußte lernen zu frieren. Der Mensch lehnt sich nicht an ... Dort war was im Werden, was man anders gar nicht bekam. So was wirft man nicht weg. Man hat es nicht lieber bequem.« Ein Ablehnen des herkömmlichen Weiblichkeitsideals, der vorgeschriebenen Tugenden und Bräuche treibt die Frau in den leeren Raum des ungewissen Allein-mit-sich-Seins. Dort kann sie verschiedenste Bewegungen erproben, mit Erfahrungen jonglieren, in ihrer Suche abbrechen und neu beginnen, aber sie kann keine festen Formeln, die als Ersatz für die abgelehnten dienen sollen, erwarten. Marieluise Fleißers Heldin scheitert, wie die Heldin Marguerittes, an diesen Frösten und wählt, aber wenigstens bewußt, den Ersatz der Ehe: »da sie bald einen (Mann) fand, gab sie die Freiheit wieder auf. Es war derselbe Sog noch immer und aus dem nämlichen Grund ... sich verloben war verheerend für eine Frau, wenn sie schreibt ... aber wie kam eine da herum.«

Marguerittes Doppelmoral besteht nicht in Monikas Heirat schlechthin, sondern darin, dieses Aussteigen aus ihren »Frösten der Freiheit« in das bequeme Geborgensein in der Ehe als die glücklichste Lösung ihres Emanzipationsstrebens zu verkünden. Die Leichtigkeit, mit welcher die Erfahrungen ihres Junggesellin-Lebens als Irrungen abgetan werden und die kindlich gläubige Hingabe wiederaufgenommen wird, deutet nochmals auf die Austauschbarkeit der Schablonen Kind-Frau und

Aussteigerin hin. Die rein aus persönlichem Widerstreben entstehende Revolte kann eben doch wieder ins Gegenteil umschlagen, wenn der Erkenntnisprozeß fehlt oder abbricht.

Im Schwanken zwischen Ausbruch und Assimilation zeigt sich eine der wesentlichen Schwierigkeiten der Emanzipation der Frau, die heute noch genauso brisant ist. Margueritte stellt die richtigen Fragen zu dem Problem der Frauenemanzipation, obwohl seine Lösung aus heutiger Sicht unzulänglich erscheint. Er legt zum einen die Gefahr der Halbheit von Emanzipationsversuchen dar, zum anderen schildert er die Einsamkeit der Frau nach ihrem Ausbruch, in Bildern, die wir heute noch, oder wieder, kennen. Diese Fragen stellen wir uns immer noch, denn die »Fröste der Freiheit« sind mindestens so kalt, die Bequemlichkeit eines Kulissenwechsels genauso verführerisch. Als eine Antwort kann und sollte man das Buch nicht lesen, sondern als Fragen, die den Prozeß des Weiterdenkens einleiten und nicht zuletzt zur Selbstkritik führen könnten.

Die Welt, in der Monika sich bewegt, ist ein Jahrmarkt der Händler und der menschlichen Waren, der Jäger und des Wildes, der Besitzenden und der Sichhingebenden. Egal, ob in der Gesellschaft der Reichen, der sie sich verweigert, ob in der Bohème, in die sie sich flüchtet, oder in der bürgerlich-intellektuellen Welt der Schriftsteller und der in karitativer Sozialarbeit Tätigen, in der sie zuletzt Liebe sucht, überall ist sie den Gesetzen von Macht und Besitzbeziehungen unterworfen. Ihr Widerstreben richtet sich nicht nur gegen den handelnden Vater und den geschäftssüchtigen Verlobten, in deren Tauschaktion sie als »willenlose Ware« funktioniert, sondern auch gegen die mit ihrer weiblichen Schwäche taktierenden Mutter, die ihre Tochter als Puppe sehen will und sie so als Spiegel ihrer eigenen puppenhaften Existenz benützt. Monika widerstrebt nicht nur den sexuellen Angriffen von Männern wie Piombino, der physischen Gewalt und herrischen Eifersucht ihres Liebhabers Regis, sondern auch dem »tierischen Hinnehmen« und der »jämmerlichen Gewöhnung« der Haushälterin Julia, die geschlagen wird und dennoch bei ihrem Mann bleibt, weil ihr Selbstverständnis mit ihrer Hingabe verkoppelt ist. Vor allem aber widerstrebt ihr jenes Verhalten der Frauen, das aus ihrer Reduktion zu Tauschobjekten wieder Macht bezieht, in dem die Frauen zusammen mit ihrem Körper auch ihre Hilflosigkeit feilbieten. Monika will sich den Besitzbeziehungen entziehen, die durch die Macht der Machtlosigkeit und die Lust an der Unterwerfung ständig reproduziert werden.

Dieser Welt des Tausches und der Täuschung, der Heuchelei, die für Frauen und Männer verschiedene Tugendkategorien aufbaut, sucht Monika zu verlassen; sie versucht ihre Emanzipation zum weiblichen »anständigen Menschen«. In diesem Versuch steht sie vor dem Widerspruch, daß sich der Mensch nicht unabhängig von den Gesetzen seiner Gesellschaft verändern kann. Wenn die anderen Betroffenen nicht auch zu dieser Veränderung fähig sind, kann das ersehnte »Recht der Gegenseitigkeit« nicht eingelöst werden.

Da Recht immer Sache »der Auslegung und des Interesses« ist, erklärt Margueritte: »Wer die Macht hat, behält letzten Endes auch recht.« Aus diesem Bewußtsein heraus basiert Monikas Emanzipationsversuch auf einem Umkehrungsprinzip. Sie muß streckenweise den Weg der Mächtigen gehen, ein Stück Mann werden, um sich ihre Rechte zu sichern. So bestreitet sie nicht nur unabhängig von der Familie ihren Unterhalt, sondern benutzt ihr Recht auf Polygamie, um den männlichen Part in ihren Liebesbeziehungen zu übernehmen. Indem sie ihre Liebhaber zu Objekten reduziert, sie zur Befriedigung ihrer Bedürfnisse funktionalisiert, und so dem Tänzer Peer Rys z.B. einzig den Zweck zuweist, ein Kind mit ihr zu zeugen, wird sie überlegen. Die Menschenfeindlichkeit solcher Funktionalisierung, so wie fester Rollenzuschreibungen, wird durch die Ironie der Umkehrung verdeutlicht. In der Verweigerung des Tänzers, sich auf eine der traditionellen weiblichen Rollen, die der Gebärmaschine, zu beschränken, liegt die breitere Kritik an der Festlegung und Beschränkung der Frau.

Monika übernimmt die männliche Trennung von Liebe und Arbeit. Dadurch kann sie sich aus der traditionellen Abhängigkeit des weiblichen Selbstverständnisses vom Bezug auf andere ein Stück weit lösen. Die einfache und totale Rollenumkehrung führt jedoch zu einer neuen Beschränkung. Ein Stück weit Mann geworden, ahmt Monika jene Geringschätzung der Liebe nach, die der eigentliche Anlaß zu ihrem Ausstieg war, jenes Belügen und jene Austauschbarkeit gegenüber dem Geliebten. Der erotische Genuß wird für sie zur leeren Gymnastik, sinnlos, weil keine Berührung stattfindet. Berührung aber beruht auf der Gegenseitigkeit, die in der totalen Umkehrung wieder ausgespart wird. Die Einsamkeit, die aus ihrer Freiheit entsteht, versucht sie durch Liebhaber wie durch Arbeit, Rausch und das Kind mit einem Vater, »den sie morgen vergessen haben würde«, zu füllen. Weil sie in ihrem Selbstverständnis aber weiter abhängig von anderen bleibt, ihre Bezugsobjekte nur ausgetauscht hat, wiederholt sie jenes Machtverhältnis, dem sie sich verweigern wollte, vertauscht die eine Kulisse mit einer anderen, verändert aber nicht ihr Bewußtsein.

Wie sehr ihr Aussteigertum sich als die andere Seite der bürgerlichen Kind-Frau erweist, sieht man an der Leichtigkeit, mit welcher sie sich von neuem domestiziert. Die Halbheit ihrer Emanzipation zeigt sich am prägnantesten darin, daß für sie nie ein wirklicher Bruch stattfindet. Aus der Einsicht, daß sie mit ihren »Frösten der Freiheit« nicht zurechtkommt, so daß sie selbst meint, »mit der Freiheit nichts gewonnen« zu haben, entsteht die Langeweile und die Bereitschaft, die errungene Überlegenheit wieder aufzugeben. Ihr letzter Glaube an den Sinn ihrer Freiheit vergeht mit der Gewißheit ihrer Unfruchtbarkeit. Die machtsuchende, nach Besitz strebende Aussteigerin wird durch die sich hingebende, sich unterwerfende zurückgenommen. Ihre Lust, idealisiert zu werden, bindet sie an Blanchet; eine Wiederholung der Ausgangsposition – jener rückhaltlosen Hingabe als Zeichen von grenzenlosem Vertrauen und Wunsch nach einem Verlust von Eigenliebe. Der Mann übernimmt wieder eine Sinnfunktion, nur daß jetzt die Trennung zwischen Macht und Machtlosem nicht so deutlich verläuft. Eine Berührung findet zwar weiterhin nicht statt, aber die Einsamkeit ist wieder betäubt worden.

Monikas Verhängnis ist nicht nur eine Wiedergabe des typisch männlichen Weiblichkeitsbildes, das die domestizierte Ehegattin mit der Hetäre koppelt. Frauen heute teilen mit Monika den Wunsch nach Emanzipation, die Suche nach einem Ersatz für die abgelehnten Verhaltensmuster, und auch die Weise, wie sie mit der Einsamkeit ihrer neugewonnenen Freiheit umgehen. Wie eine Duplizität der damaligen Verachtung der Bräuche: das abgeschnittene Haar als Symbol der unabhängigen Kraft, der Wunsch nach eigener Arbeit, nach einem Raum für sie allein und auch nach einem Kind ohne den Vater. Andere Entsprechungen sind weniger offensichtlich, weil alles heute doch vielseitiger und bunter ist. Die Zuflucht, die Monika im Rausch der Bohème sucht, kann heute nicht nur in Tanzlokalen und Happenings, sondern auch in politischen wie Frauengruppen, in Demonstrationen und Frauenzentren gefunden werden. Ein vages Solidaritäts-Gefühl zu allen Frauen, Leben in Wohngemeinschaften, Arbeit in alternativen Projekten als Form der Verweigerung des patriarchalisch-bürgerlichen Systems. Blaue oder hennarote Haare, lila Pumphosen oder schwarze Lederjacken als Zeichen der »Emanzipation« verwechseln die Freiheit der äußeren Form mit einer Freiheit des Bewußtseins. Als Absage an den männlichen Diskurs wird weibliche Irrationalität, ein Wissen »aus dem Bauch« gesetzt, unbedacht dessen, daß die Rolle der Empfindsamen, der Unlogischen, der Frau in unserer patriarchalischen Welt immer schon zugesprochen wurde. Nach langem Kampf um das Recht auf Arbeit wird heute von einigen diskutiert, ob Frauen sich nicht besser der männlichen Produktion verweigern, um die Wettkampfmentalität der Männer nicht zu imitieren. Da treffen sich ungewollt die Schwestern mit ihren Müttern, die sich auch fragen, warum sie ihr Hausfrauendasein mit einer Lochkarte vertauschen sollen. Monikas Suche nach Autonomie wie auch die Gefahr, bequemen Trugschlüssen zu verfallen, bleibt für uns bestehen. Uns bleibt die Leere, die nach einem Bruch mit der alten Moral entsteht, die Fragen – was bringt eine Unabhängigkeit, wenn sie mit Einsamkeit verbunden ist? Ist sexuelle Freiheit wirklich erstrebenswert, wenn die Fähigkeit zu einer gegenseitigen Erotik verkrüppelt ist?

Nur zu oft wird von Frauen als Ware, von Frauen als Lustobjekt gesprochen. Sexuelle Macht drückt sich weiterhin in der Ausübung physischer Gewalt gegen Frauen aus. Nur, gegen Machtausübung waren Frauen noch nie gefeit und sind es mit ihrer Emanzipation, in der sie eben doch ein Stück weit Mann werden, immer weniger. Nicht ohne Grund war der autobiographische Bericht einer Lesbenbeziehung, »Sonja«, in der beide Frauen sich mehr und mehr in ein gegenseitiges psychisches Gewaltspiel verstricken, so erfolgreich. Trughaft ist ja nicht der Wunsch nach Machtausübung, sondern der Glaube, Frauen seien a priori jenseits des Machtprinzips. Denn die andere Seite der Lust auf Macht ist die Lust an Machtlosigkeit, die Hingabe und Selbstverleugnung, die sich mit dem Vertrauen, geliebt zu werden, verbindet.

Zuletzt ist Monika wieder auf der Seite des Mannes, nicht gegen ihn. Nachdem sie ein Besitzen anderer ausgekostet hat, ist sie wieder zur bedingungslosen Hingabe bereit. Der Dualismus, entweder den anderen als Objekt ihres Bedürfnisses zu besitzen oder sich als Objekt des anderen zu empfinden, wird nicht hinterfragt und schon gar nicht aufgehoben.

Vielleicht wäre eine Ernüchterung als Antwort auf die Einsamkeit der Freiheit mehr angebracht: ob es die Berührung, nach der es uns so verlangt, überhaupt gibt. In J.L. Godards Film »Rette sich, wer kann« erklärt die Hauptdarstellerin, warum sie ihren Freund verläßt, um allein zu leben und zu arbeiten: »Ich will nicht länger auf jemanden zählen, sondern mit jemanden.« Die Erkenntnis, daß sie mit ihrem Freund das Ziel, Bewegungen zusammen zu machen, nicht erreichen kann, läßt ihre gewählte Einsamkeit zu einer Hoffnung werden. Um mit jemanden zu zählen, muß man die gleichen Zahlen haben.

Wenn sie nicht oder noch nicht die selben sind, muß man entweder lernen, eine Weile allein zu zählen, oder das Bewußtsein der eigenen Zahlen, so schwer errungen, wieder aufgeben.

Ursula Krienes

suhrkamp taschenbücher
Eine Auswahl

2/2/8.86

2/3/8.86

2/4/8.86

2/5/8.86

2/6/8.86

2/7/8.86